谍报传奇

SPY INTELLIGENCE LEGEND CYNTHIA

辛西娅

丁贵明 / 著

天津出版传媒集团
百花文艺出版社

图书在版编目（CIP）数据

谍报传奇辛西娅 / 丁贵明著. -- 天津：百花文艺出版社，2016.6(2023.3 重印)
ISBN 978-7-5306-6908-2

Ⅰ. ①谍… Ⅱ. ①丁 … Ⅲ. ①长篇小-中国-当代
Ⅳ.①I247.5

中国版本图书馆 CIP 数据核字(2016)第 127701 号

谍报传奇辛西娅
DIEBAO CHUANQI XINXIYA
丁贵明 著

出 版 人：薛印胜
责任编辑：赵 芳
出版发行：百花文艺出版社
地址：天津市和平区西康路 35 号 **邮编**：300051
电话传真：+86-22-23332651（发行部）
+86-22-23332656（总编室）
+86-22-23332478（邮购部）
网址：http://www.baihuawenyi.com
印刷：三河市同力彩印有限公司
开本：787 毫米×1092 毫米 1/16
字数：230 千字
印张：17.25
版次：2016 年 7 月第 1 版
印次：2023 年 3 月第 2 次印刷
定价：68.00元

如有印装质量问题，请与三河市同力彩印有限公司联系调换
地址：河北省三河市黄庄镇赵家庄同力彩印
电话：17710717619

贝蒂·索普——辛西娅:“我酷爱我的美国和英国，后来我也很爱法国。我相信我是一个爱国者。也许我用‘爱情’换取了情报，但我问心无愧。我的工作挽救了很多人的生命，人们也是这样说的。在我所遇到的情况面前，对于那些体面的女人来讲可能会退缩的，但我是义无返顾的。我觉得单靠一些‘体面’的办法就无法赢得战争。”

辛西娅获授——乔治勋章

辛西娅顶头上司、“詹姆斯·邦德 007”原型威廉·斯蒂芬森

“恩尼格玛”密码机

英国密码破译中心布莱切利庄园

引 言

1939年9月1日,第二次世界大战爆发。

此前,中国军民已开始抗日反侵略斗争。

1945年5月8日夜,德国签认投降书,凌晨生效。

1945年8月15日,日本天皇宣布无条件投降。

2015年,第二次世界大战暨中国人民抗日战争胜利70周年。

悠悠岁月,漫漫时空。70年前,决策的帅不在了,领军的将不见了,玩命的兵有限了……

沉沉史册,深深印记。70年后,正义犹在,精神不败,浩气长存,以史为鉴继往开来……

70年来,世人以无数方式追忆二战史,遥想为战争付出的军人和平民,讴歌看不见战线上的神奇男女——间谍。

按理说,人们正常生活中,不希望有间谍的存在,更不希望看到谍战的发生。然而世界恰恰相反,人类自从有了争斗,不管是钩心斗角的智斗,还是明火执仗的战斗,就有了间谍滋生的土壤。人类自从有了社会意识形态,不管是战乱时期,还是和平年代,都成了间谍无处不在的天地。间谍的历史几乎同人类文明发展史一样久远,间谍的行迹永远与普通人的身影交织在一起。

间谍是神秘的化身,间谍是离奇的象征,间谍是惊险刺激的再现,间谍是能人强者的代表。

中国古史记载,姜子牙著述《太公六韬》中,首次出现"间谍"一词,但含义与现在的有区别。"间"和"谍"是两个字词,虽都指获取情报意思,但轻重大小不同，“间”为小，指的是猎取不太重大的情报，进行小型的“离间”活动；“谍”为大，指的是猎取重大的情报，进行大规模的“瓦解”行动。

远在三千多年前，当历史车轮刚驶近奴隶社会边缘，“间谍”及其活动就被载入史册。中国“间谍”活动据说“始于夏之少康”，而古希腊广泛流传的特洛伊木马故事里，“间谍”身影也清晰可辨；古埃及、波斯、新巴比伦、亚述、印度、罗马……古代文明鲜花盛开的地方，无不结出“间谍及其活动”的奇葩。

但谁也说不清，究竟从何年何月开始，人类舞台上出现间谍。事实上，数千年人类文明史，充满波诡云谲的争斗，充满血雨腥风的对抗，间谍作为最活跃的细胞，繁衍至快、根植至深、蔓延至广，始终渗透于人类社会的巨大有机体中，隐蔽而神速地对一切事态做出反应，即使在相对安泰的和平时期，“间”与“谍”的作用，也使平静的人类长河暗潮汹涌，或泛起层层涟漪，或荡起滚滚波涛，总会让昼夜流淌的长河宁而不静，静而不宁。

自从有了国家的概念，间谍就成为国家最灵敏的触角，异常机灵地感知和捕捉政治、经济、军事、科技各个领域的纤微变化，保障国度的健康与安全。经过数千年的成长，这个触角越来越敏锐，越来越茁壮，演绎出一幕幕迷幻而神奇的惊险剧，展现出一场场波澜壮阔、登峰造极的秘密战。

古往今来，人们对“何为间谍”一言难尽，对“间谍何为”琢磨不透，对男男女女的“间谍情结”百思不得其解。

都是秘密的错——世上多了刀剑的寒光，多了肉色迷离的狰狞陷阱，多了醉人美酒里断肠的毒药……

都是智慧惹的祸——人间多了阴谋的光芒，多了谈笑间巧妙的圈套，多了不动声色中夺命的绝招……

都是利益的错——人间多了叛乱的冷箭，多了被金钱收买的悠荡灵魂，多了尔虞我诈与血流成河……

都是诺言惹的祸——世上多了忠义的肝胆，多了满腔沸腾的热血，多了舍生忘死甘愿抛出的头颅！

于是，高超的智谋、诡异的暗算、神秘的身影、果敢的举动、成败的因果……人们对制造者评头论足，褒贬不一。

于是，人们指出：间谍及其活动在人类历史上既起到相当积极作用，也产生消极影响乃至带来灾难性后果。

于是，人们强调：必须把间谍及其活动区分为正义和非正义的两种，一切有利于人类进步、反对暴力、强权和犯罪行为的间谍及其活动，都是正义的！反之则是非正义的。

间谍就是这样一群人：他(她)们肩负猎取政治、经济、军事、科技等领域情报，背负暗杀绑架破坏、迷惑干扰敌人、进行颠覆活动等特殊使命，利用各类职业身份为掩护，采取潜入、渗透、策反、色诱、逆用、胁迫、情报欺骗(又叫“谋略情报”)等各种必要手段，有组织、有计划、有目的地进行秘密行动，从而使己方在竞争和对抗中取得优势。

因为有了间谍，便有了看不见硝烟的秘密战。

谍战，浮光掠影，扑朔迷离，刀光剑影，玄机暗算；间谍隐形者，神出鬼没……

谍战，被称之为“魔术师之战”；间谍，被称为“与魔鬼打交道的人”……

谍战，使战争跌宕起伏，随战争起伏跌宕；间谍，永远为战争赴汤蹈火……

谍战，历来是战争中的激战；间谍，无论战时，还是平时，随时准备着……

70年前的第二次世界大战，使国际谍战激烈度达到历史前所未有的新高。在这谍战高峰期，群星闪烁，争奇斗艳，其中最与众不同的是一颗璀璨耀眼的女谍星——辛西娅。

辛西娅，原意“月亮女神”，希腊神话传说中奥林匹斯十二主神之——阿耳忒弥斯，又名狄安娜，是宙斯与黑暗女神勒托所生，与阿波罗为孪生兄妹。她司掌贞洁、狩猎，主管月亮，故称“月亮女神”；她还喜欢狩猎，箭艺高超，常在山林逐兽，也被誉“狩猎女神”。

辛西娅——“月亮女神”与“狩猎女神”双料女神化身。

目 录

慈父严母掌上明珠

辛西娅，真实姓名：艾米·索普，1910年11月22日生于美国明尼苏达州首府明尼阿波利斯一个官宦家庭。父亲是斯堪的纳维亚与爱尔兰血统，母亲是法国与加拿大并掺有德国巴伐利亚血统，一个小丫头降生的大声啼哭，给全家带来“寒冬暖意”的欢乐。

明尼苏达，印第安语“乳蓝色的水”，是1858年5月1日加入美利坚合众国联邦的第32个州，地处美国最北端，与加拿大曼尼托巴省和安大略省接壤，美国大陆极北点北纬49度23分，就落在该州，因此它拥有一个别称“北星之州”。

当地人有一种传统思维，男孩子生在这寒带地区，使本该强硬的筋骨更加刚烈，而女孩子应是柔软之躯，让她们骨子里注入寒带严酷，令人心疼，至少老天让“寒女”穿裙子的日子要比别的地区同性少得多，所以女孩子成为家家备受关爱呵护的宝贝，似乎人们都有一种应替上帝对“生不逢地”的女孩子多给些补偿的心理。

辛西娅不仅生在寒区，且降在冬天雪日，哥哥姐姐都比她大十几岁，是个单独被甩在最后的“老疙瘩”。老索普夫妇十几年后又重温有婴儿的感觉，欢心异常，哥姐也都觉得家里像添了个“下一代”一样，对兄妹行列又多了个“小不点儿”欢喜得不得了。于是，这个姗姗来迟的小丫头命里注定成了父母的“掌上明珠”，成为大哥大姐隔辈儿般喜爱的小幺妹。家里人都叫她乳名“贝蒂”。这个小名跟随了辛西娅一生，“贝蒂·索普”基本取代了大号“艾米·索普”。

贝蒂的父亲乔治·赛勒斯·索普少校，早年参加过19世纪西班牙与美国战争，是海军陆战队一名初级军官，被派赴世界各地作战，所以孩子的出生年龄差异很大。在第一次世界大战中，老索普在古巴住过一段时间，刚几岁的小贝蒂在哈瓦那留下一段童年时光，并在那里学会了西班牙语。1921年索普少校又调往夏威夷，担任珍珠港海军陆战队中级指挥员，后来一家人搬到华盛顿，他先被派往国外使馆任武官，后出任美国海军高级职务。

贝蒂出生后，父亲非常喜欢这个比其他儿女小很多的小女儿，不管工作多忙，回到家里总要逗逗襁褓中的她。“来，贝蒂，让爹地抱抱！”他把头探得很低这样说，可两只手却不伸出来，习惯性地背在身后。偶尔妻子把孩子递给他，他又连忙躲闪，“不行不行，我怕把她抱坏了。”于是便会遭到妻子的白眼。

辛西娅的母亲早年留学法国，知书却不甚达理，是一个绝对依从常规的守旧女人。她十分喜爱小女儿，但与丈夫的爱法完全不同。丈夫常说：“你甭太管贝蒂，一个小孩子爱怎么样就怎么样嘛，上不了天的。”而作为母亲的她，则喜欢逼迫女儿像自己一样循规蹈矩，维持一种完全正统的生活模式，让女儿“将来做一个相夫教子安分过日子的女人”是她对女儿最大的爱。

父亲的爱还体现在一个特点上：经常送给女儿让她惊喜的各种各样小礼物。这些礼物不全是买来的，还有他自己亲手做的，有炮弹皮做的小水勺、小铲子，有子弹壳做的小玩具。有一次，父亲从院子里的树上折下一根树杈儿，用母亲不穿的裙子腰带的橡皮筋，做了一个精巧的小弹弓，刚两岁多的女儿本想跟母亲显摆显摆爸爸的杰作，可没想到，被母亲一把抢了过去，紧接着她听到的是妈对爸的一阵数落。

父亲常赴外地出差，在小女儿出生前，他就有个习惯：每到新地方总带样东西做纪念。家里偌大的住房空间，到处摆放着他从国内外带回的物品，琳琅满目，好不壮观，成为亲朋好友来家里聚会的观赏内容和谈论话题。父亲尤喜欢收藏石头，理念是“人无石不寿，家无石不安，国无石不泰”；信念是“与石相伴，为之坦然，以石为友，和其筋骨”。

父亲认真对贝蒂说过：石与人一样，是有生命的，只不过在野外是一种活法，默默无闻；被人带回家后，又有了新的活法。从此与人朝夕相处，只要人不抛弃它，它会永远存在，做人的忠实伙伴，不离不弃。

父亲的藏石不追求体大壮观，以小巧玲珑适于股掌把玩为主，数量不在多少，品种丰富为佳，有巴西虫化石、哥伦比亚煤石、俄罗斯陨石和木化石、蒙古恐龙蛋化石、中国寿山石和灵璧石；还有非洲钟乳石、澳洲熔岩石、英吉利海峡礁石，阿尔卑斯山滑坡石、波罗的海鹅卵石、东南亚热带雨林石、沙漠骨化石、北极飞流石及美国各地矿物石、晶体石等。他说：藏石玩石，只要喜爱，哪怕一块就够一辈子。

他藏石还有一大特点是不以贵贱为准，而以“象形石”为主，偏爱大自然巧夺天工生成的、未经人工动手的原石原形，于是，有的看上去像个小乌龟、小兔子、啄木鸟、蝙蝠、老虎、小猴小狗，有的呈现“云海荡舟”“雄鹰展翅”“情侣依偎”“淑女倩影”之类画像景观。他常对来客自吹自擂：自然生成的“象形石”不会像人为雕琢的那么逼真，要靠“三分相像、七分想象”来感悟那种“似像非像、不像又像、貌非神似、越想越像”的微妙品相，这才有一搭眼就拔不出来的看头，有百看不厌的兴头，有妙不可言的品头，有日思夜想的嚼头。本来，小贝蒂原先只当一块块奇形怪状的石头摆着好玩，经爸爸一说，还真悄悄用心体会过，确实感到是那么回事！所以，她从小养成了爱听爸爸话的习惯。

索普夫人不懂石趣，老叨叨“左一块右一块把家里摆得好乱，连打扫卫生都好难”，可男人爱好这一口，只能爱屋及乌。她去埃及旅游大老远带回一小块“狮身人面”象形玛瑙石，赢得丈夫一个异乎寻常的大吻，其实她“得来全不费工夫”，在地摊儿上一堆原石堆里随意挑选，便宜买到的。摊主若发现其中奥妙，会心疼得肝儿掉，这便是“黄金有价石无价”的道理。

小贝蒂从父亲那认识了石头的妙趣横生，又从石头认识了父亲的博大精深，父亲也通过石头让“仰着头扑闪水灵灵大眼睛急欲想知道一切”的小女儿了解世界、社会和人生的许多。父亲对小女儿郑重地说：家乡土地最早居住的奥吉布瓦人、达科地人和印第安人，主要以游猎和采集为生，欧洲人来开采资源后，原始生活发生变化，落后而没有记载条件，年过久远，唯一能证明这里原住民历史的只有当地出土刻有古代欧洲文字的一块石头。

自家的"纪念品石藏馆"是贝蒂孩提时代对父亲和对家庭最完整、最完美的记忆，也是她从小拥有的、他人鲜有的一笔宝贵精神财富。

贝蒂出生后，父亲把为自己买纪念品的嗜好转向给她买礼物，有时把二者结合起来，比如，买一对自己喜欢的犀牛角，回来高兴地说送给女儿。可那不是玩的呀！当然，他心里想的是以后留给孩子的"财产"，但在女儿心里，从看见的第一眼，就记住了这是爸爸给自己的礼物，每当来客欣赏和赞美时，她会自豪地声明："那是我的！"哥哥姐姐都让着这个小妹妹，更使她感到自己可以得到一切。或许，这也是她当间谍后对情报获取的心理基因。

于是，小贝蒂收到父亲的礼物往往不是专为女孩子玩的一类东西，常是又奇特、又贵重的新鲜玩意儿，什么军刀、炮弹壳、各国硬币邮票、高尔夫球具等等，而这又恰是她很喜欢很珍惜的，因为别的小朋友没有嘛！所以，她从小在心里就形成一种"人无我有、人有我优、人有我特"的欣赏感和高追求欲。后来她又跟爸爸学会桥牌，很懂"胜值最大化"道理和意义。当然，父亲也有送小女儿专属的玩具——周岁时的生日礼物布娃娃，后来辛西娅一直保留在身边。

从姗姗学步起，父亲的石藏品、纪念品天地便成了"老疙瘩"女儿的自由王国。

小时候的辛西娅非常爱与父亲那些来自世界各地的纪念品为伴，与形态各异的石头为伍，在石头群里钻来钻去，蹦蹦跳跳，享受最无忧无虑的自在和快乐。每每父亲兴致勃勃讲解时，小小的她虽然理解有限，但想象很多，无数的梦游浮想对大千世界的朦胧感觉，脑海里一次次留下深深烙印。

后来辛西娅曾回忆父亲说："我不太记得爹地多么亲热地抱过我，可又总觉得从没离开过他温暖的怀抱。"

贝蒂刚记事起，母亲就灌输传统的贞洁烈女思想，生怕她将来不自重、不自爱、不小心被男人占了便宜。那时候，母亲给女儿贝蒂讲过一则寓言故事《珍珠白兔》，故事的梗概是：小白兔妈妈出门前，交给小白兔一颗亮晶晶的珍珠，说这是上帝恩赐的，如果小白兔听妈妈的话，珍珠就可以按小白兔的心愿变两样东西，一样是火，一样是水。小白兔问妈妈：什么时候变火呀？妈妈说：狼来的时候，变火。小白兔问：为什么呢？妈妈答：狼想吃你，变火，就能把狼吓跑。小白兔又问：什么时候变水呢？妈妈答：山火来的时候，变水，这样就烧不到你了。

于是母亲就问女儿：知道怎么变火吗？她摇摇头，母亲就给她做示范：脸色一变、眉毛一竖、眼睛一瞪、嘴巴一歪，显出一副火气冲天的样子。哦，贝蒂明白了，原来是发火的“火”。母亲又问女儿，知道怎么变水吗？贝蒂想了想，往地上仰面一躺，两腿一伸，双臂一摊，说就这样。母亲大吃一惊，忙问为什么？贝蒂答：这不是像一汪不动的水嘛！母亲急了，赶紧把女儿从地板上拉起来，认认真真地告诉她：山火来了，意味着危险，而水是流动的，象征着跑，千万可不能当死水不动啊！那样山火会把一潭死水烧干的……

后来，贝蒂问母亲：要是反过来，狼来了，变水；山火来了，变火，又怎么样呢？母亲严肃地告诉女儿：狼来了，必须火起来，只顾像水一样溜，要想不被狼追上，不可能！山火来了，还是躲远点好，想用小火吞过山火，不可能！

母亲连续用了两个“不可能”，做出寓言故事结论，以不容置疑的口气，告诫孩子“防范歹人和规避风险”的道理。其实，母亲的结论本身无可厚非，但她想不到的是，自己惯用的表达方式和说一不二口吻，却在无意中刺激了女儿潜意识中积压已久的逆反心理，无形中使女儿幼小心灵里隐约形成的不大不小“心结”又锁紧一扣，“不可能？哼！”小女儿心里立刻出现一种反弹。“怎么就不可能？试试看嘛！”打那时起，小贝蒂这种执拗的心理感觉成为长大后的辛西娅一个常有心态。

贝蒂是个混血儿，有着与生俱来的美貌丽质，是一个自然催发的早熟女孩。她十三四岁时，身体就已早早发育，一头棕红色的头发，一双深绿色大眼睛，丰润而坚实的嘴唇，加上窈窕的身段，虽不是动不动就“咯咯笑”类型的女孩，却给人一笑千金的感觉，若不知她实际年龄，看上去则像待嫁姑娘的年龄段，走到哪里都会引来男人们垂青的目光。

母亲见小女儿一转眼出落成大姑娘，又喜又怕，怕大于喜。于是，贝蒂耳朵里常传来母亲的唠叨声——“别跟男孩子单独在一块儿”“绝不要让男的碰你身子”“穿裙子坐着要把两腿合上”“上衣不要穿得紧箍身”“裤子不要穿得紧勾屁股”“走路稳当点，不要把胸脯荡来荡去”“不要接受男人任何礼物”“遇到看你不顺眼的男人，要像《珍珠白兔》那样，变火、变火！”

母亲对小女儿从小就渗透个人意识，极力想把自己的所有一股脑儿传给孩子。小贝蒂刚几个月大时，母亲就把她抱到钢琴前表明决心：多看键盘！熟悉它、摆弄它！让它飘出动人旋律！后来她手把手教老闺女弹钢琴、拉小提琴，小女儿的手指柔软细长，大拇指和小拇指随意一展便可触及多位按键，小下巴与肩头一夹，就能把成人小提琴托住，孩子天生的优越令她喜不自禁。

不过，母亲教琴不觉难，让贝蒂练琴很费劲。每当丈夫建议不要勉强孩子、要顺其自然时，她立即表明：不可能！学琴练琴不是吃饭睡觉，怎么顺其自然？一个小不点孩子，能指望她主动学、主动练吗？不可能！根本不可能！老索普一脸无奈，小贝蒂自然觉得爹地向着自己说话真好，妈咪上句“不可能”、下句“不可能”真讨厌，不由得小嘴巴噘起来。

每当小贝蒂很想听爸爸讲石头、看新纪念品时，母亲常会横眉立目逼着练琴，使她觉得练琴总是自己自由自在的天敌。不过，贝蒂绝顶聪明，母亲一教，快速接受掌握，以便赶紧了事去玩，可母亲老是一环套一环，没完没了，唉…… 有时，她可怜巴巴问妈妈：“弹好这段儿能完吗？”得到的回答总是“不可能！想玩？不可能！”

老索普建议妻子少说为佳，要相信孩子自己的判断能力，要尊重女儿个人的自主权利。“这不可能！贝蒂她还不是个大人，不可能有什么判断力！她是一个女子，不可能有什么自主权！要不跟她勤说着点，她不可能知道如何保护自己！不可能知道怎么做个女人！不可能知道男人的鬼心！”母亲又是连续几个“不可能”，把女儿的逆反心理一步又一步推向深渊。

从此，贝蒂在幼小的心灵里对“不可能”表述，很敏感。

不知从哪一天起，小贝蒂开始既恨琴又爱琴，恨它总跟自己作对，总跟自己争夺玩的乐趣；爱它是在被母亲逼得最无奈时，琴又成了她最可爱、最亲近的伙伴和心灵寄托。不过，也正是这种一次次的“与伙伴心灵寄托”，使她带着一种“与高级琴师母亲较劲”的感觉，独自暗下决心“一定弹出个样来”，潜心对琴技深入揣摩、理解、练习……上小学时，贝蒂以一曲《献给爱丽丝》钢琴独奏，获得州政府为儿童综合人才颁发的特别奖。母亲亲自参加了那场演奏会，回家对丈夫平静地说了一句：“她超过了我。”

超过的何止如此！也许正是母亲那种严酷家教意识的反作用，辛西娅从小就形成了一种自有主见的反叛性格，在情商和智商上都远远超越了母亲，只遗传了她的美貌和本质的纯真。

谁都知道，一方水土养一方人。不同地方出生长大的人，尤其是地区反差较大，如热带与寒带、内陆与滨海、山区与平原、单一民族与少数民族混居地区等，在原始性情特点和表现习惯上，都具有明显的区别。所以。人的秉性形成取决于三方面：血统基因、家庭环境、地区差异。

辛西娅出生在素有“北星之州”的明尼苏达，由于这里地处美国本土最寒区域，是印第安人最早的居住地，因而明尼苏达州人在外界心目中是“抗寒耐力强、生存能力强、刚烈秉性强”的品质与形象化身，这“三强”的硬骨头特点，在贝蒂父亲和家族众亲友身上素有体现。越严寒越不惧户外活动的个性、越艰难越顽强而乐观的态度、越是面对强手强势越刚直不阿的性格，使贝蒂与代代繁衍生息的家乡人一样，天生就打骨子里被自然而然渗透了当地风土人情的传统基因。

明尼苏达人有一些典型特征：崇尚信义、好客、喜欢吃滚烫的热菜，说话富有悠扬的斯堪的纳维亚口音。这里土著文化奠定了当地社会文明基础，一些土著民族部落经营的赌场长盛不衰，至今仍是美国最盈利的赌场之一。后来最早到这里开发的斯堪的纳维亚人、法国人、德国人等大批欧洲探险创业者，在掠夺资源的同时，又给当地文化增添了新的活力成分，一些法国人等欧洲人种与土著人的混血儿相继诞生。贝蒂从小接触法语环境，使用程度相当于母语。

打猎和钓鱼等户外运动是许多明尼苏达人一生最重要的业余爱好。冰钓是当地一种特别钓鱼方式，在严寒中冒着刺骨冷风、顶着满天飘雪，长时间守在冰窟窿旁静静盯着渔漂等待上钩，被视为是一种享受乐趣和挑战意志的检验。早期的斯堪的纳维亚移民尤喜欢这种运动，并带动了当地其他居民，形成地区特有文化现象。

辛西娅家乡明尼苏达在美国几十个州中特色突出："民众抱团、一呼百应"风气根深蒂固，"抗上不媚上、敢作敢当"氛围蔚然成风，"越是艰险越向前"作风和素质具普遍现象。江山易改本性难移，这个州男女老少，无论世代土生土长的，还是外来移民融入的，一拨拨不管在本国闯荡，还是远涉重洋，个个都到处散发故土特色的人文气息。

辛西娅从小形成的"反叛性格"除了母教严厉因素，难道与地区人种特色无关吗？

当然，如果从最初的影响和熏陶来看，贝蒂更多还是继承了父亲的军人性格，至少跟父亲在世界各地的随军生活，使一个女孩子从小就喜欢新奇、刺激、冒险，总是努力表明，别人不敢做的，她敢做，也能做。

在军人父亲眼里，小女儿是个"聪明好动"的小精灵；在传统型母亲眼里，"老疙瘩"闺女是个"调皮捣蛋"的小刺儿头；在哥哥姐姐眼里，小妹妹是个"天不怕地不怕"的小大人；在外人眼里，这个小丫头好像"做事不管后果"，是个敢想敢干、敢作敢当的"冒失鬼"。

母亲似乎早看出小女儿不是个"省油灯"，尽管她这当妈的对每个儿女都喋喋不休，以身作则，但在老闺女身上好像总难看到自己的规范影子，不由得越来越有提心吊胆感觉，生怕不多加约束，会惹出什么乱子，甚至招来丢脸的麻烦。于是她向丈夫提出，该把贝蒂送出去接受正规、严谨教育了！

冰洁圣女个性丫头

1923年5月，贝蒂12岁半，父母决定，由姐姐陪读，送这个最小的女儿到瑞士日内瓦湖畔的一所女子学校接受教育。这是一所精修学校，办学宗旨不在基础文化知识，而是“专门培养少年女子未来进入社会所需的素质和能力”，这是上层社会家庭培养子女的必由程序。上世纪初期那个时代，全世界都还在封建意识笼罩下，男女不同校在欧洲比较普遍。守旧的母亲自然是这种社会意识的积极追随者，毫不犹豫将贝蒂送入清一色女孩子的女子学校。这所学校的学生基本都来自富贵家庭，小姐公主充满校园，一个个无论精神面貌还是礼仪规范都不乏“人上人”风气，因此，学校被人称为“圣女学校”，学生被外界视为“冰洁圣女”。

到女校报到时，陪读的姐姐为妹妹登记注册的名字是“艾米·索普”。自第一天起，比妹妹整大12岁的姐姐，就按母亲的吩咐非常负责地“代管”这个全家人的“小娃娃”，可贝蒂从第一天就没听姐姐话。老师第一次对全班进行报到点名时，点到“艾米·索普”，贝蒂没吱声，叫第二遍还没反应，姐姐在一旁的“家长席”冲妹妹直挥手：“贝蒂，老师点你呢，贝蒂！”这时，小贝蒂从座位上从容站起，大声对老师也是对全体同学说：“听到我姐姐喊我了吧，‘贝蒂’才是叫我的名字，‘艾米·索普’是护照上的姓名，不作为流通！”一片哄堂大笑。贝蒂姐姐第一时间通过越洋长途电话很自豪地向母亲报告：“妈咪，我敢肯定，贝蒂是新生中第一个出名的，她让所有人记住她的是：竟然用自己的大名和小名做了个‘一举成名’的文章！”

在女校期间，贝蒂学业上乘，显著特点是“常向老师提出意想不到的问题和回答老师提问常有意想不到的答案”。她个性鲜明，外柔内刚，公道仗义，人缘很好。班里开圣诞新年晚会，贝蒂被同学一致推举担当唯一的“冰姑娘”角色，她身着雪白的纱裙，头扎洁白的缎花，宛如一朵晶莹剔透的小雪花，在老师扮演的“圣诞老人”身旁欢跃飘动，在同学们中蹦来跳去，替“圣诞老人”分发小礼物，送上新年祝福。于是，贝蒂在同学心目中成为吉祥天使。

在瑞士日内瓦求学期间，是辛西娅人生中极为重要阶段。为小小的她从父母羽翼下飞出后，视野和个性形成凝固打下关乎一生的基础。如果说一个人的“家庭人生”是从嗷嗷待哺的摇篮开始，那么“社会人生”则是从“不用天天从早到晚与父母在一起”的上学时起步。不知是父母别具匠心有意设计，还是纯属阴差阳错偶然巧合，作为辛西娅“社会人生”的第一站瑞士，一个不大的内陆小国、因战后联合国机构所在地而闻名于世的永久中立国，似乎与后来同样闻名遐迩的辛西娅大有不解之缘，一个莘莘学子与一个留学国之间竟存在着某种令人难以置信的内在关联，与其说瑞士的特点和风格在成人后的辛西娅身上可见一斑，不如说成人后的辛西娅与瑞士的特点和风格有惊人的相似——

瑞士是一个高山林立的国家，素有“欧洲屋脊”之称——辛西娅惯于登高望远，目光远大，心高气盛，好高骛远，尤其擅长从高度看问题，鄙视鼠目寸光，具有居高临下俯瞰百态、傲视群雄的高调风范；

瑞士是举世公认的“钟表王国”——辛西娅头脑睿智，思维水准堪与顶级名表“欧米伽”“劳力士”“江斯丹顿”之精度媲美，对人与事的洞察和把握严谨、细腻、缜密，有如表芯齿轮一般严丝合缝；

瑞士人在西方人中素以吃苦耐劳而著称——辛西娅越是有艰难险阻越是坚韧不拔，越是逆流而上越显冲劲十足，有着不甘示弱的对抗力、百折不挠的坚韧力、忍辱负重的承受力和自强不息的拼搏力；

瑞士人精明，尤善理财，以精打细算闻名——辛西娅是个“精灵”，无论对个人身体力行，还是对特殊职业需求的“投入与产出”，都具有极高的悟性和应变能力，“不做赔本买卖”是她一贯突出的行事原则之一。

瑞士仅有 41284 平方公里国土面积，却拥有苏黎世、巴塞尔、日内瓦等国际名城,各类博物馆600多座,享有“博物馆之国”美誉——辛西娅间谍生涯有限,却亮点个个凸显,在世界谍史博物馆举足轻重。

总之,不管怎么说,每个人的成长与成型都与启蒙时期的条件和环境密切相关。辛西娅在瑞士的学习生活是其“社会人生”的起点,那里特有的条件和环境在潜移默化中对她产生这样那样的影响,不足为奇。

在结束瑞士的“冰洁圣女”留学生活时,年长贝蒂15岁的哥哥奉父命前来接她。这个小妹妹立刻向哥哥要起小无赖,非缠着要在欧洲旅行一圈再回家。结果28岁的哥哥和25岁的陪读姐姐, 领着她这个13岁的小妹妹,像一家三口似的,开始了辛西娅人生中最早的一次海外旅游。

其实,哥哥姐姐并不知道,当时小妹妹并非完全出于小孩子爱玩,而是一个由来已久的“小鬼主意”:把班会主题“从校园到世界”搬到实际。这一次的多国之旅也确实对少年辛西娅打下了早期的阅历基础。

贝蒂跟哥哥姐姐用了一个多月时间,游历了大半个欧洲,领略各民族异国风貌。她接触了很多同龄少男少女,明白了“圣女或圣男”只是相对的,在校外到处都有,自己只不过是其中一员而已,没什么可值得炫耀的;她听到了各民族人说的各种语言,感到会说西班牙语和法语还远远不够;她看到了各族人的穿衣打扮,与在这方面很讲究的母亲比,更加丰富多彩;她看到了各国海滩上、山坳里的各种各样石头,才真的感到“爹地好伟大”,家里的“石藏馆”真是应有尽有,而且,父亲和她都喜欢的那些石头很幸运地拥有了新的生命……这次旅行是辛西娅对“世界概念”第一次全方面、多角度的感性认识,使她最大限度地把家乡有的、父母讲的、课堂听的、书本上看的,与现实状况一一相比较,得到许多全新的感悟,收获很大,受益终身。

在欧洲度过一段愉快而难忘的学旅时光后,贝蒂恋恋不舍告别“圣女学校”,返回阔别已久的故乡美国,进入马萨诸塞州韦尔斯的达纳·霍尔学校,为走向青年做充分准备。在这里,她以优异成绩完成各门规定学科,还选修了建筑学、逻辑学、心理学等爱好课程。通过这个时期的深造,她在同龄人中已显得是一个很有见地、相当成熟的姑娘,举止言谈初现“高雅气质”雏形。

就一个人的人生起点而言，辛西娅自幼经过的教育历程，是当时年代典型的“受过地道上等社会教养”模式。她后来取得成就除得益于个人天赋和努力，显然与早年家庭得天独厚的培育条件是分不开的。

“冰洁圣女”的时光是那样珍贵，也是那样短暂，在辛西娅的人生岁月中几乎显得转瞬即逝。

可怜天下父母心。父亲的过于宽容没能换来小女儿的自觉，母亲的过于严厉也没有促成老闺女的自律。贝蒂妈妈没想到自己对女儿的一系列叮咛事倍功半，做梦也未料到，她对一个女孩子左一番右一番苦口婆心、耳提面命的结果，不幸事与愿违。

早熟的贝蒂在乳臭未干年纪时，竟干出一件天大的事，这倒不是跟母亲治气而为，起码是“不听老人言吃亏在眼前”，稀里糊涂干了件无可挽回的事。这件事，如让母亲知道，可能会“疯”，而“疯”的原因未必是女儿所作所为而致，恐怕是母教彻底失败。

这件事就是：一个14岁的童贞少女，背着父母家人，与一个靠卖画为生的21岁年轻画匠，暗结一段刻骨铭心的初恋情缘。

更令母亲想不到的是，事后小女儿竟以让老师和同学瞠目的文笔，写出小说《菲奥莱蒂》：一个14岁少女与一个21岁男青年情爱始末和心路历程。

贝蒂是个精明鬼，她非常常巧妙地把这部“自言体”小说挪到八竿子打不上的意大利那不勒斯的背景下来写，似乎让人难以与她本人挂钩。但是，知女莫如母，当母亲从学校女老师也是她老同学那里得到《菲奥莱蒂》，看过后毫不怀疑，那女主人公就是令她头疼的小贝蒂，其中直言不讳描写的，正是她自己失身的真实经历。

当然，母亲对女儿的“意想不到”也是“意料之中”，只是没想到来得这么快。而这又仅仅是开始，小贝蒂成年后的辛西娅，更让母亲的《珍珠白兔》寓言故事发生颠覆性改变：不是这个可爱的小女儿遇上“狼”该不该“变火”的事，而是“狼”碰上这个宝贝闺女要不要“变水”而避之！

“珍珠白兔”在“火”与“水”的迷茫中，与“兔妈妈”的观念和愿望背道而驰，渐行渐远。

但是，辛西娅当时那种少女心态和行为的演变与自甘堕落、自暴自弃全然无关，似应解释为在母教桎梏下内心压抑的反弹和情感锁闭的释放。她后来很理解母亲讲《珍珠白兔》的良苦用心，但接受不了她动不动就“不可能”的偏见与武断，也难以遵从她“好心不好好说”而让她感到“好话不好听”的主观意愿。而作为母亲，对女孩子的传统想法，实属人之常情，天经地义，但也不能不说，她对早熟型孩子的刻意做法，似乎有悖于中国“大禹治水”的原理——宜疏不宜堵。

诚然，辛西娅的反叛性格，与母教的严厉与教条不无相关，但她“遇强不弱、坚定不屈、敢于挑战”的硬骨头品质，也大大得益于此。后来，辛西娅在与友人谈及儿童教育问题时曾说：我母亲始终认为，对孩子的管教“严是爱、松是害”，我完全赞同后一半。至于前一半，从理性和宏观上讲，确实也没有什么能说得出口的反对理由，但对于小孩子来说，肯定有难以适应之处。

从寓言故事《珍珠白兔》到母亲若干的“不可能”，对孩提时辛西娅心理和性格产生的影响，良莠参半，延续到大。

应该说，辛西娅童年和少年的经历在芸芸众生中是正常的，毕竟不是单亲家庭或其他特殊情况下长大的。如果从利弊角度上来看，可以说，利大于弊。因为，寝食无忧和良好的正规教育对一个人健康成长来说，是最大的利。因此可以说，辛西娅的童年和少年生活与普通人相比，是优越的、超常的。至于个性也好、反叛心理也罢，形成的原因是多方面的，即使抛开家长式的制约因素，难道辛西娅就必定能乖乖的、没脾气的、逆来顺受地过一辈子吗？

早熟少女的初恋

一个阳光明媚的温暖日子,贝蒂去海边游泳,紧身的泳装毫无空隙地包裹着她呼之欲出的身体,海水浸泡后,薄薄的泳衣与她柔嫩的肌肤融为一体,使她犹如一条光滑活跃的美人鱼。

海滩一隅,一个看上去稚气未脱的年轻画匠面对大海在写生,出于好奇,贝蒂像其他人一样走过去驻足观看。也许是太过好奇,她欢跳着凑得很近,湿漉漉的头发和裸露的肩上滴下水珠儿,险些落在画板上。

“请稍后一点,别弄脏画面。”小画匠头也没抬提醒道,手中的画笔仍在涂彩。

“不嘛,我就要看清你的画是怎么画出来的!”贝蒂说着又向前探身一凑,把散发着诱人体香的柔软腹部抵到了小伙子扶画板的手上。

年轻画匠的手像触电一样,立刻传导到另一只握着画笔的手,停在半空不动了。

“画呀!我还看呢!”天真无邪的贝蒂一边催促,一边仍弯伏着身子,弹性十足的小腹依旧无意识地贴在他扶画板的手背上,瞧一眼远景,又看一眼画板。可见画笔半天没落下,她身子没动,左手撑着膝盖,右手把水淋淋的头发往后一搂,然后把头猛地转向画匠,瞪眼嗔怪:“你怎么不画呀?我还没看够呢!”

小画匠一脸茫然,从她温润的肉腹传出的电流仿佛使他周身麻木。待他转而定下神来,用美术人的审视目光,上下打量这个女看客,随后睁大双眼,惊异地久久凝视“像从天上掉下来的一个粉雕玉琢般的靓丽美人儿”。

“我、我可以画你吗?”小画匠脱口而出。

“画我？”贝蒂慢慢直起身子，双手往后拢顺头发，随之，一个毫无扭捏、自然舒展的泳装人体造型，脱颖而现，完美得犹如世界美术大师杰作一般。

他使劲点了点头：“我、我现在除了想画你，别的什么都画不下去了。”

也许是出于好奇，也许还出于女孩子爱美之心，贝蒂凝眸片刻，在半推半就中应允了。

于是，小画匠全神贯注下笔。围观者聚集，看一眼泳装女再看一下画板、看一下画板又看一眼原型，很快转为目光都对准了她的脸、她的胸、她身体的每一个部位，特别是男看客们毫不忌惮，用火辣辣的眼神紧盯不放，非把那薄薄泳衣看透不可。不过，贝蒂也不感到什么意外，早就领教过这种异样目光，只是这一次的注视过于逼近，过于集中和持久而已。

就这样，在众目睽睽之下，贝蒂非但没什么羞涩或慌张，反倒觉得挺自豪，挺得意，感受到一种前所未有的身心刺激。过一会儿，一幅齐胸半身速写画像在画板上跃然而出。画像画得相当不错，特别是收笔极其简洁，几乎一笔勾勒出她丰满鼓起的胸脯曲线。而且精彩就精彩在，这一笔只画出乳房二分之一轮廓，收笔点刚好止于坚挺乳峰的最顶端。正是这画龙点睛一笔，给人留下无限的遐想空间。男人一个个看呆了，眼珠子都差点儿掉到画板上那神来之笔处……

就这样，贝蒂和画匠认识了，他叫托尼，是个喜欢独闯天涯的富家子弟。

海滩上，他们谈得很投机，也很开心，两人像自来熟一样。贝蒂甚至举着画像，踮起脚，把屁股往后一撅，胸脯向前一挺，俏皮地问他：“像不像？”逗得小画匠托尼前仰后合，连连笑她说：“故意前挺后撅，恶心呀！”还说后悔没把那最后一笔画得更凸、更翘，让她当众出丑……贝蒂听他这么一说，收回身架，原地静默，重新运了运气，突然一动，再次摆出提臀、挺胸姿势，并特意做个深收腹动作，让身段曲线的上半部更突显双乳的隆起上翘，然后静止不动，十分认真地说：“故意的，做好了，也是美！”随之扭动了一下腰身，像水蛇一样。“而且，美得更美！”

托尼被眼前的女体造型惊呆了，直咽口水，暗暗强忍体内油然而生的暗流涌动。

青年男子哪个不善钟情,妙龄女郎哪个不善怀春。

后来,托尼又给贝蒂画过像。为此,她还特意换上各种特色的衣裙,但画出来的除了线条就是曲线,完全看不出衣服的好赖,原来他根本就没把注意力放在那上面。托尼还主动表示给她画像永远免费,甚至说只要她愿意让他画,宁可倒给她钱……两人的关系,在少女的纯真和青春期小伙儿的胡思乱想中,一点点开始,一步步加深。贝蒂懵懵懂懂悟到母亲禁止她与男孩单独在一块儿的用意,也从解脱这种禁锢的窃喜中尝到丝丝甜头,

再以后,贝蒂便顺其自然地为托尼充当了业余人体模特,从画头像到半身,从坐态到立姿,从画衣装整齐的,到半遮半露的,一直画到一丝不挂的……从海滩、街头,画到他简陋画室兼寝室里;从座椅、沙发上,终于画到了主人的单人床上……

有一天,在托尼的寝室画屋,贝蒂又答应他画她全身裸像。可这一次,托尼鼓足勇气,提出要亲手替她脱衣服,说这样他从一开始就能充分酝酿作画的情绪,更好地找到画她肉体而非身体的切实感觉。他这样说的时候,已经准备解她衣扣,而她的手也好像不听自己意识指挥似的自动做出了让位举动。于是,他更显得有信心了,外衣被他轻轻脱去,裤子被他慢慢褪去,剩下的只有贴身的内衣内裤……

其实,贝蒂已不止一次单独为他画半裸或全裸像而充当模特了。起初她只觉得让他画自己各种各样的像,挺好玩的,而且在他的笔下,好像穿不穿衣服无所谓,因为即使穿着衣服,他也完全可以画成不穿的样子。因而她以为,人在画师的画板上是透明的,笔在人家手中,不管穿什么都能被画得精光,还不如索性光着画,没准儿还能反过来被画上什么好看的衣衫呢。

于是,头一次为托尼脱光上身当半裸模特时,贝蒂的感觉与在“圣女学校”集体宿舍里女室友们相互袒露的感觉没什么两样,同时她也发现,像在私密宿舍里半裸或全裸的“圣女们”谁也没兴趣多看谁一眼一样,他画她半裸的状态与画她穿衣半身像的状态没什么两样。

于是,在双方各自如此感觉和状态下,半裸模特自然变成了全裸模特,

而且，结果秋毫无损，根本没像母亲说的“只要让男的看你光身子就会被吃掉”那样，甚至贝蒂发现连她脱衣和穿衣时，他都不多看一眼，只顾画前的构思和成像后的思索。有一回当她急欲想看到自己被画出的样子而顾不得穿衣奔到画板前时，托尼却双手捧着后脑勺，仰头闭目陷入创作后的沉思和歇息，似乎眼下根本不存在一个活生生的裸女。这是贝蒂的裸体第一次与托尼相距最近，他唾手可得。一个美少女像穿着衣服一样自如，光着白花花的水嫩身子，在他身旁待了好一会儿，独自欣赏画面上自己的裸体美。

那时，贝蒂每次为他当裸模，都是背过身子自己脱衣，然后问他准备好了吗，再转过身体，在指定的位置坐好或站好，有时也按他在画板前的指点和调整，摆出半仰或半卧姿态。当全裸定格于他注目的视线下时，她还会下意识地把手搭在私处，若隐若现地遮挡一下。这时，托尼会一边开画，一边冲她说：“要是把手从那地方拿开，会更有直觉感；”“不嘛，这样才更有幻觉感！”她固执己见道。可事实上，她的坚持并不起什么效果，被画成的裸体像上，她的手又常常“被他的笔给搭上腿”。当贝蒂表示异议或“抗议”时，托尼会认真说：“人体像，画的就是毫无遮掩的真实感，否则何必脱光呢？”

而这一次，托尼亲手为贝蒂脱衣、脱裤，她像一穗青棵嫩玉米被剥去外壳儿。当所剩无几时，她周身条件反射一紧，毕竟母亲如临大敌地说过“绝不能让男的碰你身子！”而脱褪贴身薄件，岂不意味异性的手会碰到紧贴的肤吗？贝蒂局部“唰”的一敏感牵动神经，可她迟疑一下，神经引发的心理感应又瞬间变成一种莫名其妙的渴望。这一次，贝蒂，未能在手搭私处的静默中被画匠的笔从模特画成裸像，而是在手足无措的惊悸中被他的身由贞女“画”成了女人。

那一年，贝蒂刚刚 14 岁，托尼不到 21 岁。他说他是第一次，她说她从来没有过。简陋画室里，彩涂缤纷，色调斑斓；小床白单上，上帝慧眼下，留下赤橙黄绿青蓝紫中最鲜艳的头一抹。

当贝蒂默默离开小画室时，脸上的潮红已经散去，浑身的酥软已经恢复，心跳的战栗已经消退；然而，肌肤的感应还在停留，嘴角的滋味还在延缓，体内的激情还在荡漾，一种意犹未尽之感挥之不去，让她惴惴不安。

就这样，贝蒂与托尼保持了一段“画与被画”的关系，在一次次亮相玉体、展示凹凸的人体模特修炼中，渐渐地，一个情窦初开的花季少女变得对自己身体的裸露习以为常，对异性之间那种难以名状的引力效应和敏感触动了然于心。与同龄人相比，年少的贝蒂“进入女人行列的步伐”大大超速，对男性的“感悟和认知”过早开发。

有一天，贝蒂兴致勃勃又到小画屋，却见画匠一副垂头丧气的样子。

“贝蒂，我要离开你了。”托尼小声说。

“为什么？”贝蒂吃惊。

“我接到家里通知，要去服兵役。”

“服兵役？这比我们在一起还重要？”

“是政府规定，逃避兵役是犯法的。”

“什么狗屁规定！”贝蒂一屁股坐到床上，喘了口气，又站起来。“那我呢，我也按这规定？”

“你不用，政府是照顾女孩子的。”托尼把贝蒂揽在怀里。两人默不作声。过了一会儿，托尼终于开口：“贝蒂，今天你画我吧。”

“我画你？”贝蒂仰起头，看着他眼睛。

“是的，把我教你的全用出来，你能行的！”

在他们俩交往过程中，贝蒂有一搭无一搭地跟托尼学了画画。她对画画的悟性令托尼感到惊讶，似乎随便的勾勒或涂彩，就能抓住一般人难以抓到的要点，在毫无专业指教也从无基础练习的情况下，竟像天生学过一样，能把人和物画得有模有样，这让从小努力学习绘画的托尼感到她天赋的魅力。于是，他主动从美术理论和绘法实践上教贝蒂画画，而她的兴趣又好像可有可无，听的比画得多，画的比看得少，有时“徒弟”还反过来像“师傅”似的，对托尼的作画指指点点。而令他更惊奇的是，贝蒂的“指点”常常很在点子上，一次又一次让他的原创更为精彩。“你真是个天才的画家！”托尼毫不恭维地对贝蒂发出由衷赞叹。

托尼默默褪去自己身上全部衣物，贝蒂凝望着一副青年男子苍劲的胴体，第一次、也是唯一一次画裸男，托尼则是第一次、也是唯一一次当裸模。

整个画与被画过程宁静而酸甜，贝蒂一直在认真体会托尼画她裸体时的感觉，托尼始终在用心体验贝蒂给他当裸模时的状态；在她和他看来，如此交叉换位思考，是上帝让他们二人弥补彼此了解和理解中的最后一点遗漏，如此设身处地冥想，是上帝让一对初恋男女在肉体与灵魂的融合上达到完整无缺的境界。

本来，托尼想把自己唯一的裸体画送给初恋情人作为纪念，也许是为给贝蒂留下一份想他时的寄托，但贝蒂在初恋情人这张唯一的裸画背面写下一行字，还给了托尼，请他自己留存。贝蒂在裸画背面写下的字是——“今生你我，来世了缘。”

年少的贝蒂和年轻的托尼，以小画屋单人床上最后一次完美无憾的“告别做爱”，完成了从邂逅到失之交臂而终生为憾的各自初恋。

一切悄悄地来，又静静地走……

从初恋小画匠到充当人体模特，一个“年少无知得连兵役法都还没弄清”的“冰洁圣女”，告别童贞，开始一步步从画面的静态裸露走向现实的性感外露；一个涉世未深的天真少女，在朦朦胧胧似懂非懂的“爱情”中，瞒着家里大人过早地变身女人；一个漂亮鲜活得浑身充满诱惑的早熟女子，对男人的感觉和体验也逐渐从情与性的泾渭分明走向漠然无忌、杂乱无章。

但是，贝蒂·索普，从未成年到成人阶段的思维、神智、心态乃至生殖机能，迷离而不混沌。

婚前婚后尽风流

青春期的辛西娅蓓蕾初绽,娇嫩欲滴,转眼到了 18 岁,出落得亭亭玉立,越发楚楚动人:一头棕红色的飘逸长发,一双碧波荡漾湖水般的眼睛,性感妩媚的小口薄唇,三围身段苗条而妖娆,艳光四射的青春气息使她对男人有着不可抗拒的诱惑力,她的身边总是围满了趋之若鹜的追求者。

不过,那时的辛西娅,不知什么原因,却看不上周围的追求者,那些美国男青年在她看来不是奶声奶气令人讨厌,就是老于世故不可信任。就在辛西娅对男性充满渴望的时候,刚满 19 岁的她遇到了比自己年长 20 岁的英国驻美国使馆二等秘书、商务官员阿瑟·帕克。

那是 1929 年底,在一个圣诞节公益活动舞会上,贝蒂与帕克偶然搭档跳舞,相识了。本来,帕克外交官在贝蒂的众多追求者中并不出众,在有些人眼里被看作是“癞蛤蟆想吃天鹅肉”的那种,甚至被其他追求者讥讽为“不知好歹的男人”。但是,就是这样一个被人视为“不知天高地厚”的英国男人,却没有因为自己 “再普通不过”而放弃对美丽姑娘的爱慕与追逐的权利。也难得帕克有这般勇气和执着。

命运女神眷顾,丘比特之箭射中了阿瑟·帕克。

也许,贝蒂那个时候被其他自以为帅的追求者追烦了,突然冒出一个貌不惊人的,反倒觉得与众不同,挺新鲜的;或者帕克恰好比一些“有贼心没贼胆”的追求者“务实”,赶上了女人的“春潮期”,反正贝蒂非但没有讥笑他,捉弄他,还似乎觉得这个中年男人比张扬而浅薄的帅哥们儿多有一种含而不露的低调魅力。当然,是不是贝蒂从小与比自己大十几岁的哥哥姐姐相处的缘故,她“接受年龄大的人”比“接受同龄的人”更容易些呢?

舞会之后，贝蒂接受了帕克大胆的邀请——滑雪。他们玩得很开心，一天下来好像已经认识一年半载了。当滑完收工时，穿裹得厚厚的、像个圆球似的贝蒂很费劲地转动身子，自然地使唤上“随身仆男”帕克：“过来，我后背痒，帮我挠挠！”帕克不知所措，她再次命令：“快点呀，我够不着，痒死了！”帕克伸手捶了捶她后背。“你那是挠吗？更痒了我！快把手进去挠！”帕克只好照办，可她还是不解痒，非逼着他不要把手隔着内衣而直接贴着肉、抓挠皮肤，“使劲！哦，这才舒服啊！”贝蒂的纯真深深感染了帕克，他的大手半天没从她后背衣囊里抽出来，直到贝蒂一个转身回望，他的手竟然被顺势从后背滑到了她的前胸……

贝蒂和帕克相爱了，从滑雪场的“立式抚爱”很快转为了正式性爱。不过，其他追求者在妒忌的同时也坚信，无论如何，一个如花似玉的大美人也不会看上这个呆头呆脑的帕克，这不过是任性的女孩跟他开玩笑罢了，漂亮妞儿总有许多稀奇古怪的令人猜不透的举动嘛，这才叫迷人！这才令追求者更疯狂！要不，就什么悬念都没有啦！

由于年龄相差一倍，许多亲朋好友都得出一个相同的逻辑思维定式：“因为”二人年龄实在不适合，“所以”走到一块儿是不可能的！

然而，正是在这件人生大事上，贝蒂自幼积压的逆反个性达到空前的总爆发——不可能的？越是不可能的，越要干出可能的！——这就是她从小到大伴随一生的性格信条。

贝蒂要嫁给帕克的消息一公开，一片哗然。什么“一朵鲜花插在牛粪上”之类的难听话都传开了。

在常人看来，这的确是不匹配的令人惊愕的一对儿。男比女大 20 岁，女的艳如鲜花，灵动鲜活，人见人爱；男的缺乏朝气，显得老气横秋，起码是未老先衰——大家都这样议论。

但贝蒂母亲却在这个问题上出奇的冷静。她向众亲友明确表示，般不般配只有上帝晓得，牛粪怎么啦？起码有充足养分能滋润鲜花——帕克有体面的职业和稳定的收入哩！

母亲异乎寻常的“顶”，起到力排众议的效果。

1930年4月30日,还差半年20岁的艾米·索普——贝蒂,闪电般地与阿瑟·帕克举行了正式婚礼。

贝蒂的母亲,索普夫人为何力主同意女儿这门亲事呢?难道她认为女孩子"嫁鸡嫁狗"无所谓?难道她觉得"小刺儿头"早嫁出去省心?难道她看中了女婿的"老"能让着女儿的"小"?

都不是。

索普夫人自从看了贝蒂少年之作《菲奥莱蒂》后,就知道自己这个小女儿已不再是黄花闺女了。作为一个典型的守旧女人,她认为这是女人出嫁前的一个天大短处,因此,如果有男人不嫌弃,要,就应求之不得,嫁!何况帕克的身份、教养和地位都属上乘,除了年龄大一些,长相也无可挑剔,而年龄大这一点,又正是这个保守妈妈感到最放心的一个方面。

此外,母亲的敏感也让她不能不当机立断同意这门婚事。因为,女儿原来老说"多玩玩再考虑出嫁",眼下却"说结婚就结婚",这一百八十度大转弯态度,让当妈的马上预感到:贝蒂的肚子一定有情况!

果然,贝蒂婚前已怀孕3个月。

也许人们认为,这正是贝蒂嫁给比她大20岁的帕克真正原因。事实上,她确实是爱上了这个大男人,才怀上了他的骨肉。

爱在前,孕在中,婚在后。

可令贝蒂没想到的是,当她兴奋不安地告诉丈夫已有孕在身时,帕克竟无何欣喜,一时张口结舌。

原来,作为英国外交部骨干外交官,阿瑟·帕克正处于事业蒸蒸日上阶段,这位传统绅士担心"结婚半年就当爸爸"这种不正当行为会遭到"道德指责",失去"职务可信度",可能影响个人升迁。为了仕途大局,他认为这个孩子来不逢时。

于是,帕克千方百计怂恿新婚妻子去从事骑马、爬山一类的剧烈运动,以期引起小产自然流掉孩子。贝蒂发现他的意图,为保住腹胎,暂时放弃自己本来也喜爱的那些运动。帕克见一计不成,又开始竭力说服妻子去做人工流产拿掉孩子。

“听我说，亲爱的，谁都能算出孩子是未婚先孕，这在外交部的道德底线上是被指指点点的大事。”帕克这样说。

“可我们已经结婚了，要孩子是合法的。”贝蒂不能理解他。

“但时机是不合理的！”丈夫坚持道。

“可它是合情的！”妻子更加坚持。

“好，那你听我说，当合法、合理、合情三者一致时，你是对的。而当它们互相冲突时，作为一个有头有脸的人，一个不能因小失大的官员，只能是：第一选择合法，第二选择合理，第三，也就是最后，才能轮到合情！”

“那是你，对于我，只有合情！”贝蒂自跟帕克相识结婚后从未有过这样顶撞，随后还嫌不过瘾，又大声补充一句：“让你的第一、第二见鬼去吧！”

贝蒂执拗的性格使她还是坚持把孩子生了下来，那是1930年10月，一个可爱的男孩儿，让年轻母亲爱不释手。当贝蒂把鼓胀的乳房贴近婴儿肉乎乎的小脸，看着那张小嘴儿含住乳头，急不可耐地把饱满的奶水吸吮出去时，贝蒂感到了上帝对女性的天大恩赐和做母亲的莫大幸运。

然而，幸福和快乐稍纵即逝。帕克坚持对生孩子一事必须保密，坚称婚前不正当性行为会毁掉他前程，执意要求她不能把孩子带在身边，不能让外界知道这件偷生“丑事”，并自作主张，从家乡找来表姐和奶妈，在孩子尚未满月时，以寄养为名强行抱走，这使20岁初为人母的贝蒂心痛欲裂。

本来，贝蒂爱上帕克，一个根本原因就是他忠厚老实，不像其他追求者普遍存在的油头滑脑。但在孩子这件事上，她突然真正意识到什么是人的虚伪、自私、浮华、冷酷！

如果没有这件事，帕克在妻子心目中的形象是高大的，因为这件事，在贝蒂眼里，他矮了半截。更始料不及的是，正是这件事，给她原本逆反、躁动的个性基因又注入了桀骜不驯的成分，使一个“风流女”更有了放荡不羁的缘由，至少她后来许多风流时光，本该是喂奶、换尿布、洗衣做饭、教识字教弹琴……围着孩子转的时候。

有一点可以肯定，贝蒂与帕克的结合为她打开了外交界大门，为她敏捷、好动、酷爱娱乐、热情奔放的性格提供了广阔天地。作为女人，自己生的孩子不能自己带，固然让一个当妈的心理平添沉重，但同时也在客观上让一个因此而减少养育负担的少妇得到轻松，虽然这种轻松是苦涩的、酸楚的，但毕竟让一个爱动贪玩的女人还能像婚前一样没有什么特别的后顾之忧。在贝蒂的一再要求下，帕克不得不同意她可以与表姐联系，了解孩子情况，但又不近人情的是，不允许母子见面，以免一有感情难舍难分，给他十分看重的名声和仕途带来负面影响。不过，尽管如此，贝蒂也总算还能知道孩子在遥远的寄养中正常生长，亲戚那边对孩子也是不错的，她沉重的心也越来越轻松下来，最初那种骨肉别离之痛随着时间的推移渐渐减弱。再后来，除了“合法生子却不能堂堂正正当妈”这一点使她耿耿于怀外，有时在尽情玩耍时，反倒还有点“感谢”丈夫让一个本应有累赘负担的女人变得无所顾忌了。由于贝蒂身材体形在生完孩子后仍魔鬼般的没有变化，加之她天性活泼，使人都觉得她哪会是个“孩子妈妈”，完全是“风流熟女”嘛！帕克专门利己的“生育保密”也给自己挖了个坑。

婚后，贝蒂的名字随夫姓变成艾米·帕克，但人们都习惯叫她贝蒂，好像没人听说“艾米”名字一样。当然，许多人开始改口称“帕克太太——帕克夫人”，特别是在正式场合，尽管她自己好长时间才适应这种叫法。后来辛西娅说过：“不管什么时候，我都喜欢别人叫我贝蒂，这会使我感到青春永驻。”似乎可见，她出嫁在思想上并未真正做好充分准备。

与丈夫婚后生活的30年代初期，正是战前风平浪静阶段。作为一个年轻的风韵少妇，贝蒂·帕克正值精力充沛、激情十足的年华。她随丈夫任职到欧洲和南美许多国家，在不同场合自然而然也不失时机地展现自己光彩照人的双面特色：一方面有谈吐优雅、举止得体、气质非凡的“外交夫人”风采，在社交圈中极具磁性，吸引众多眼球；一方面又有秀丽可人、春光撩人、妩媚动人的“浪漫女子”风情，在男人堆里备显水性，激荡花心欲浪。

贝蒂出身高贵，底蕴丰厚，博闻强记，集才子佳人特点于一身；她天生丽质，婀娜多姿，娇艳迷人，具有挡不住的诱惑。如果说，“一头棕红色秀发和一双碧绿的大眼睛”是她引人注目的外观标识，那么，富有“过人的智慧和超凡的勇气”则是她引人入胜的内涵标志。

由于父亲和丈夫的涉外工作缘故，贝蒂从小对外交界生活耳濡目染，十分熟悉，能说一口流利的西班牙语和法语，擅长周旋于社交场合，热衷于众星捧月的欢聚氛围。在对外交往上，特别是与各种男人打交道，她简直如鱼得水，游刃有余。

丈夫帕克是一个典型的老式中年男人，他的特点可以概括为“四板一从”——古板、刻板、死板、呆板，从属于一切清规戒律。

他正统有余，不苟言笑，有些自负和浮华，反应较迟钝、理解力也较差，谈情说爱笨拙，与人交往费劲，在性格和理念上，与聪明伶俐、活泼好动、气象万千的妻子反差明显，在有些问题上，如理想标准、言行准则、道德伦理以及接人待物、爱好兴趣、穿衣打扮等方面，两人几乎大相径庭，说“水火不相容”大概也不过分。但帕克成熟稳健、严谨规范，给人以沉甸甸的厚重感，能让女人有那种安全感和依靠感，也许这正是贝蒂不少同学和友人对她选择他而百思不得其解的原因。

帕克唯一爱好是跳舞，而且跳得相当好，尽管没谁认为也没人相信这属于他这种木讷之人所长，但贝蒂知道，帕克在舞场上与在任何场合都判若两人，这也正是打动她并让她感到此人不可小觑的地方，而有人小瞧他也正因他不显山不露水的低调。

阿瑟·帕克是一个虔诚的爱尔兰天主教徒，他在第一次世界大战中负过伤，身体状况一直欠佳，加之不相称的年龄差异，他与太太的夫妻生活并不理想。婚后，两人常为一些琐事发生口角吵架，且不断升级，演变到激烈冲突，多日不对话、好久不同床渐成家常便饭之事。辛西娅本来就是个不甘寂寞的人，与丈夫的不和谐生活，更使她心往外想，念往外飞，日子长了，心思渐变举动，开始把从异性暧昧关系中寻求慰藉当作不大不小的乐趣和寄托，久而久之，花心有增无减，胆子越来越大，一个个男玩伴走马灯似的出现。

但是，当时的贝蒂与那种搔首弄姿、打情骂俏、委曲求全之类的风尘女子截然不同，她从不低贱自己，毫不委屈自己，更绝不出卖自己；只不过，把异性相吸视为正常现象，把男女拉拉扯扯当成儿戏，似乎“OK”的含义无非就是“以精神惬意为快、以身心愉悦为爽”。究其成因归属，有点类似于“看破红尘”那种现实派的“人生苦短，及时行乐”，也有点像当代派“玩青春，浪年华”的“新潮万岁”一族。

1931年，帕克被调到智利首都圣地亚哥任商务专员，刚新婚一年的贝蒂随夫前往，没多久就同当地一个大亨打得火热，并以惯常的大胆同他一起玩马球，还玩得颇为出色。若知，那个时候，马球对于妇女来说是禁区，她敢与“准情人”在光天化日之下玩“稀奇玩意儿”，引起的非议可想而知。

后来，贝蒂又随丈夫调到西班牙。在那里，一次她和闺中密友克里斯蒂娜在偶然场合邂逅一位英俊潇洒的西班牙空军军官，闺密随便说了句“谁要能牵上他的手，我就请吃最好的冰激凌”。结果，一周后，这名军官请她们俩一起吃饭，并悄悄对克里斯蒂娜说：“请客吃冰激凌的时候，别忘了带上我。”令闺密不得不佩服贝蒂。

不过，当贝蒂踏上间谍之道成了“辛西娅”之后，她与这位“牵手情人”的关系又达到“质的飞跃”，从生活概念的“乱搞两性关系”升华为通过“搞男女关系”方式“建立和运用情报来源”。所以，有人说，搞不清辛西娅的生活作风问题与间谍工作需要，在界线划分上究竟该如何定义。

1935年，贝蒂·帕克正式拜于一位叫安东尼奥的牧师门下，出人意料地成为天主教徒。人们常说，聪明漂亮的女人常有“不按拳谱进招”的打法，贝蒂从小到大就突出这种特点，敢想敢干，行事高调，坚持做的事往往在别人看来有些怪怪的，就像她愣把自己的大名与小名换位一样，外界还不能不接受她一辈子。

有人说，她入教是为了取悦早就是爱尔兰天主教徒的丈夫帕克，算是对与“智利大亨”和“西班牙军官”风流“鬼混”给丈夫“戴绿帽子”的一种忏悔吧；也可能恰恰相反，孩子的事让贝蒂看到丈夫作为一个虔诚的天主教徒本不该有的冷酷、浮华、爱虚荣、自私、虚伪的一面，既然你阿瑟·帕克是这样一个天主教徒，那么我，贝蒂·索普，怎么就不能当一个风流的教徒？这算是对丈夫“强行把儿子送人”一事最强烈而无言的报复和谴责，让他信教也信不安生；更有甚者猜测，贝蒂不仅性欲强，还有性癖好，专喜欢一个男天主教牧师与一个女天主教徒同睡一张床上，倾听他对她“性传教”，她向他做“性忏悔”，获得生理快感和心理满足，持这种看法者的理由是，相信她敢当一个在幕帘后“一对一”向男牧师做“裸体祷告”的女教徒……

过去母亲曾多次规劝贝蒂奉主信教，以期引领她循规蹈矩，鞭策她安分守己，让教义信仰约束她惹是生非的导火索。可是，这个为所欲为的小公主要么不屑一顾，要么不置可否，甩出过一句“各信其教，各行其道”，让当妈的一头雾水。

少妇辛西娅正值风流巅峰期，能规规矩矩做个清心寡欲的天主教徒？能“悬崖勒马、立地成佛”？实在令人诧异不解，百思不得其意，但事实又无以辩驳：她入教了，而且高调拜师。至于为何，自有缘由。

有人说她风流至上，有人说她风流成性，有人视她“风流坯子”，有人封她“风流鬼神”。人们从她风流绯闻上，全然看不出是一个应受条条框框约束而不该风流、不敢风流的有夫之妇。而且，她的风流是不按常理的风流，一般人风流往往是偷偷摸摸的暗风流，或者是小打小闹偶尔风流，也有的表面正经而实际风流，再有或是有贼心没贼胆的假装风流。她可不，她是大张旗鼓“明风流”，胆大妄为“敢风流”，接二连三“惯风流”，床下床上“真风流”，凭外交优势满世界的“国际风流”。

社交圈男女对贝蒂一致公认：她的目光、身材不管什么时候闪现，对男人都是一种挑衅，不主动风流也得被动风流。

总而言之，那个时候，在别人眼里，贝蒂·帕克太太，好像就是“风流”的代名词，事实上，她在为人之妻前后的一段时间的确实也没离开“风流”二字！

从“别墅”到“垂钓”

年轻时代的辛西娅确实不是一个安分者，不甘做一个平庸女流之辈。作为外交官夫人，本该品行端正，洁身自好，但她的生活中却不断出现各类情人，有智利人、意大利人、西班牙人、波兰人、捷克人、英国人、法国人……有政客、外交官、军官、商贾、贵族人士、艺术名流……她在广交异性情人的同时，也把自己抛向异性群体，成了大众情人。

她无拘无束，心宽想得开，多情不专一，换情人像换家具，玩男人像玩玩具；她我行我素，好为人先，穿着打扮上虽非刻意追求奇装异服哗众取宠，但款式与色彩搭配上总是别出心裁，力求新颖别致，引人过目不忘；在与异性交往上，尽管不是凡男人就勾搭，但一经挑挑拣拣敲定后，卿卿我我乃至寻欢作乐则无所顾忌；在男人堆里，她不当小绵羊，不当开心果，只当指挥棒。

任何一个丈夫对妻子这种“天马行空、独往独来”的任性离谱怎能看惯？对如此“疯疯扯扯”不检点的私生活岂能忍气吞声！帕克是一个很注重讲理的人，而贝蒂虽是个明理的人，但又总觉得摆道理是男人的事，女人只会多讲感情少讲道理。于是，爱讲理的丈夫面对不屑于理的妻子，真是“秀才见了兵，有理说不清”。

与贝蒂结婚一年后，也就是帕克转赴智利大使馆任职期间，因为耳朵里传来“帕克太太与智利大亨打马球”的风闻，他与妻子发生了婚后继在孩子生与不生、养与不养问题上的吵闹之后又一轮大吵闹。

“你不要脸的话，我还要面子呢！”帕克厉声呵斥妻子。

“玩玩球就是不要脸吗？”贝蒂故作镇静。

“第一,那不是女人可以玩的;第二,那个有钱的男人不是你应该跟他一起玩的！”帕克总爱一是一、二是二地争论。

“既然女人没玩过,怎么知道女人可不可以玩？没钱的男人怎么会让女人应该跟他一起玩？”她狡辩道。

“岂有此理！难道你就不能不玩女人没玩过的吗？难道离开男人你就不能自己玩女人应该玩的吗？”

这话刺激了贝蒂的习性和自尊,也激怒了她本想大事化小、小事化了的心态。“好哇,我尊重你的观点,我就是爱玩女人没玩过的。”她先是很平和地说,随即又如平地惊雷般地大声尖叫:“我就是离不开男人玩！”

帕克被这从未听到过的叫声有些震惊,意识到自己的气话可能对她造成了伤害。事实上,贝蒂的修养也从未让她发出过这样的尖叫,但这次他把她看成“一个离不开男人的女人”,确实震怒了她,这种震怒不完全是因为对人格的某种侮辱,也是因为对她能力和自信的一种贬损,因为在她心里从来都是:不是她离不开男人,而是男人离不开她！

尖叫过后,两人都陷入沉默,沉默的结果又带来新一轮冷战。这期间贝蒂收敛一些,没有再与“准情人”大亨古德曼暴露在公众视野之下,但这恰恰是“从出格到出轨”的危险潜伏期。

帕克忙于公务,身体不太好,常住院治疗,一住就一两个月,冷战也算相安无事,眼不见心不烦也好。而贝蒂从公开转向不公开的约会时断时续,一方面多少有些顾忌丈夫的面子,另一方面也有闲来无事扳不住自己贪玩的惯性。而那位年仅33岁而事业有成的富豪大亨倒是很钟情于她这个气质型的大美人,三天两头发出客气而执着的邀请。她偶尔接受,但条件又是不想在公共场合,以免风言风语招惹是非。这显然使古德曼产生一种“暗示性”误解。结果,两人明目张胆地一起玩成了不便,悄悄地单独约会反倒变为正常。于是,浪漫的烛光晚餐、私密的郊外出游,幽静的别墅倾谈,一时成为一对异国男女私生活乐趣。

一次在古德曼家族一幢别墅里,贝蒂和古德曼在几瓶香槟和干红酒作用下,从平常窃窃私语、偶尔卿卿我我一跃蹿至轰轰烈烈。待从销魂回归神智，竟不敢相信死而复生，各自掐了掐肉，唉，一个顿觉活着不幸！一个深感死了更好！不知为何，两人都有些不好意思面对现实，一种前所未有的拘谨感似乎隐隐变成对过于完美的后悔，好像登山者终于历尽千辛达至顶峰，再无可攀，还不如之前放慢脚步，让心仍往高处想。

他们默默无语回到客厅，衣冠楚楚相对而坐，正当不知如何打破尴尬时，一场轩然大波不期而至。

客厅里突然闯进一个年轻女子，见古德曼和贝蒂端坐在沙发上，瞪着一双毛茸茸的大眼睛直喘粗气，然后一头奔向卧室，又从卧室钻进卫生间，最后气呼呼地回到两人面前。

细节决定成败！贝蒂心里一惊：幸亏事后亲手整理了床铺，想必未留下任何把柄，但孤男寡女独处一室，至少有暧昧之嫌呀！

一切似乎很明白，但来者不是古德曼的太太，而是未婚妻穆塔丽莎。她美丽的眼里饱含泪花，并未大吵大闹，后悔没正好赶到捉奸在床，又语无伦次说要那样更惨不忍睹，也不知，到底是想撞上两人赤条条抱一块，还是愿看到二人正襟危坐面对面。

这反倒使贝蒂不知所措，心想她还不如发疯一番，也好引自己说点什么。古德曼没有狡辩什么，只是向未婚妻表明事情不是像她想象的那么糟，他不会因为什么而改变与她的婚约。但贝蒂忽然感到自己很无辜，为古德曼从一开始就隐瞒有未婚妻的实情而心生气恼。

贝蒂平静地对古德曼未婚妻穆塔丽莎说："对不起，你让我突然知道你的存在而感到非常吃惊，所以，我和你一样，也是一个不该发生游戏中的受伤者。"

未婚妻质问未婚夫："你，你真的没跟她提起过我？"

"也许，也许这可以向你说明，我确实没有想过不正式娶你。"古德曼怯怯地对她说，活像个犯了错的小男孩在妈妈面前。

贝蒂实在觉得理屈词穷，但又不能不面对现状，如果灰溜溜地马上一走了之，恐怕错上加错。"上帝会原谅不知情的女人犯下愚蠢的错，也会原谅守婚约的男人犯了不该犯的错。"贝蒂语气诚恳，很理解眼前这个委屈得令人心疼的纯洁女郎,平和而坚定地说:"上帝一定让犯错的人无条件归还被误伤者应有的公平。"

穆塔丽莎的眼泪终于倾泻而出,抽泣不止。如坐针毡的古德曼用感激的目光望着自己的异国情人。贝蒂明白他心里想说什么,但她绝不容忍自己对另一个女人哪怕再有一点点可能的伤害。她郑重地对古德曼未婚妻说:"你放心,我见证、也祝福你的婚约。今后,只有在你的正式婚礼上,属于你的古德曼才能见到永远多余的我,当然,如果你愿意邀请我继续见证你们婚礼的话。"

一切在三人间告一段落。

3个月后,贝蒂最后一次见到古德曼,是在他与婚约女郎穆塔丽莎的豪华婚礼上,丈夫帕克也一起参加,他第一次见到传说中的"马球王"。英国外交官伉俪双双高调莅临智利大亨婚礼,贝蒂是为了在不言自明中让新娘穆塔丽莎完全放心, 也为了让新郎古德曼依稀尚存的某种幻想彻底破灭;帕克是为了向外界证明自己对挽臂在侧的妻子拥有毋庸置疑的所属,让智利上流圈子中某些树欲静而风不止的传闻"不攻自破"。

其实,穆塔丽莎自己把自己蒙在了鼓里。她一直以为自己及时赶到别墅避免了"可能"发生的一切,看到古德曼和贝蒂幽会固然有气,但见二人对面端坐,又庆幸"床戏"尚未开演,至少无据可证,只怕古德曼喜新厌旧,更怕贝蒂插足不拔,担心日后藕断丝连……

贝蒂暗自愧疚,毅然决然与情人古德曼一刀两断,让善良的穆塔丽莎一辈子安心。

不论某些事情的起因、过程和结果如何,贝蒂的不检点是不争事实,她与英国丈夫帕克的婚姻生活,也正是由于她"精神出格与行为出轨"使原本年龄和性格上的反差又增添许多不和谐因素,连续不断和越发加深的矛盾冲突使两人都挺痛苦。虽然双方在感情上似乎都没有爱到尽头的想法,在心理上也都有弥补分歧、和好如初的愿望,但嘴上谁也不让谁,吵起来谁也不服谁。帕克认为一切过错都是妻子,贝蒂认为所有过错都是丈夫造成的,本来他们俩都是明白人,可在互相让步问题上又一个比一个糊涂。结果,常常是争吵一次，冷战一回，你不理我，我更不理你，有时莫名其妙又好了，说说笑笑像当初恋爱时一样，丈夫心情的焕然一新也使本不自信的性能力偶尔让妻子感到有滋有味。可没几天，又莫名其妙闹翻了，新一轮争吵又使前一轮冷战雪上加霜。

一次吵嘴过后，正赶上闺密克里斯蒂娜打电话相约一起出去逛街。贝蒂放下电话就要走，正在气头上的帕克随口甩出一句讥讽："赴男人约也不至于急得连包都不带吧。"贝蒂回身抓过手包，一屁股又坐到梳妆台前，"谢谢提醒，要不然我还真忘了给你新情敌一个惊喜。"她一边回敬道，一边准备化妆，刚要开始又突然站起来，三下五除二把自己脱得精光，扭着水蛇腰进入浴室，不一会儿冲洗完毕，光着身子坐到梳妆镜前，开始描眉涂粉，然后对着穿衣镜，前后左右照看自己的裸体，从衣柜里找出一件艳丽的袒胸露背衣裙穿上，又扭着水蛇腰扬长而去。

帕克从头看到尾，一声不吭，直到房间里只留下太太一片体香。其实，贝蒂完完全全是在故意气他，她心里明知与女友逛街根本用不着特意洗澡换衣又刻意梳妆打扮。"你不是那么想那么说嘛，我非要做给你看看不可！"她心里执拗地想，也执拗地做。

丈夫的猜疑和妻子的怄气就这样常使简单事情复杂化，帕克和贝蒂的隔阂也在这些说不清道不明的简单与复杂问题的演变进程中越发加剧。

其实，那天克里斯蒂娜与贝蒂只草草逛了逛街，闺密看出贝蒂心情不在逛街上，为了缓解贝蒂的心情，克里斯蒂娜提议到附近的海滩溜溜，感受一下春日海风的温爽。

西班牙三面临海，海滩像内陆城市的广场和马路一样成为人们正常生活中的一部分。一群少年在海滩上踢球，一个大脚把球踢出老远，就在皮球划空飞去，即将落向海边泛起的波浪中时，只见一个身影横空出世，腾身跃起，单臂长长伸展，犹如空中揽月一般，一把将球从半空中摘下，双手抱在怀里。这一幕被贝蒂和克里斯蒂娜看个满眼，立时看呆了，直到少年们一阵欢呼声，扑球的人又从远处一个大脚把球开回了少年群中。

克里斯蒂娜兴奋地一边冲那人挥手，一边竖起大拇指连连表示赞佩，对方招手回意。“走，过去看看！”好事的闺密拽起贝蒂的手，连蹦带跳地拖着她跑去。

原来，这个人是西班牙空军的一个少校，名叫阿萨奇诺，正值休假，在海边悠闲垂钓。

阿萨奇诺一边继续钓鱼，一边与她们攀谈起来，当得知贝蒂在英国大使馆时，笑着说：“我们是邻居，我的军营宿舍就在使馆斜对面。”“哈，太好了，那我们就跟你钓会儿鱼，完事坐你的车回去。”克里斯蒂娜多嘴道。阿萨奇诺表示没问题，与两个女人一起打发钓鱼时光，谁不愿意？贝蒂没辙，只好任由闺密摆布。不过，她对钓鱼并不陌生，小时候常缠着叔叔带她冒着严寒到冰河上破冰钓鱼，但海中垂钓还是头一次，而且感觉完全不一样，引起她好奇心和求知欲。

阿萨奇诺耐心告诉她，冰窟钓鱼像池塘钓鱼一样，需要不断上渔饵，渔饵是面食，要通过看渔漂的起伏来判断鱼上钩状况，而海中钓鱼则不然，只需在渔钩上绑紧一块小鱼小虾之类的诱饵，就可连续使用，而且要把渔钩甩出去，越远越好，但没有渔漂可看，凭渔竿前端被渔线拉动的幅度和渔竿端头拴着的小铃铛的响声，来判明鱼上钩与否。贝蒂被新学知识引发兴致，跃跃欲试开始尝试。当她第一次亲手从大海中钓上一条活蹦乱跳的青花鱼时，兴奋之情溢于言表，与老公斗嘴治气的郁闷也烟消云散。

当阿萨奇诺收竿后，开着他的军用吉普车把两个女人送回时，他们已经显得很熟了，他甚至在登车前趁克里斯蒂娜不注意，悄悄邀请贝蒂这两天有空的话再一起钓鱼，并对克里斯蒂娜开玩笑：“你的朋友是钓鱼的料，你是吃鱼的主儿。”逗得大家一路欢笑。

两人下车后，克里斯蒂娜望着远去的车影，自言自语：“谁要是牵上他的手，我请吃最好的冰激凌！”

这次邂逅，开始了辛西娅早年一段风流韵事。

贝蒂给阿萨奇诺留下深刻印象，虽然两个女人都有不同风格的美，但在他看来，克里斯蒂娜的美是撩人，而贝蒂的美是抓心；克里斯蒂娜是玩钓鱼，对钓鱼的情趣是可爱；而贝蒂是学钓鱼，对钓鱼的兴致是可贵；克里斯蒂娜需要手把手教，也主动伸手讨教，而贝蒂则需心对心点拨，而且一点就通。此外，聪明的少校看得出，一直含而不露的贝蒂在鱼上钩的那一刻所表现出的成功喜悦，比一直欢悦嬉戏的克里斯蒂娜快活得多，令人回味无穷。

于是，阿萨奇诺按捺不住自己，第二天就给使馆打电话，再次相约贝蒂垂钓。他们俩进行钓鱼PK，争先恐后，欢乐洒满海滩。一周后少校请客吃饭，贝蒂邀请克里斯蒂娜一起参加，还逗他玩似的放了个风："估计会有美女请吃最好的冰激凌了。"

后来，克里斯蒂娜确实请贝蒂和阿萨奇诺一起吃了最好的冰激凌，但少校并不明白什么意思，还一个劲儿地说："嗯，真不错，我第一次吃这甜东西。"当克里斯蒂娜揶揄他说："第一次吃怎么知道好与最好的区别？"他憨厚地喃喃道："贝蒂说最好那就是最好的。"闺密俩一顿窃笑。

贝蒂与阿萨奇诺的微妙关系只有克里斯蒂娜知情，帕克有时对妻子的行踪和表现有所怀疑，但没有证据又不好说。偶尔克里斯蒂娜来家做客，帕克话里话外想知道妻子有时拿回的鱼从何而来，闺密就是闺密，克里斯蒂娜大言不惭地编出一套她在垂钓协会的朋友如何如何邀请她和贝蒂参加钓鱼活动的场面，让帕克不得不信，被蒙在鼓里。贝蒂曾点着闺密的脑门说："骗人不是好孩子！骗善良的人是坏孩子！"克里斯蒂娜只好说："那好，明天我就满大街去嚷嚷，贝蒂有个空军情人啦！"两姐妹疯笑一阵。

但是，帕克毕竟了解妻子的风流，越是闺密为闺密做得天衣无缝，越让他总感到蹊跷，可又说不出所以然来，抑郁在心口难开。有时两口子吵架，反倒让他获得一种一吐为快的机会。一次吵过后，帕克对妻子冷热不进的态度无可奈何，冲天花板感叹："如果世上的女人都如此开放，也都如此诱人开放，那么，什么女人的隐私、男人的隐秘，什么单位的机密、国家的秘密，通通都无从谈起！"继而他又对地板叹息：悲哀，简直是天大的悲哀！但不是我个人的悲哀，是所有禁不住勾引的男人悲哀，是拴不住自己男人的女人悲哀！

实际上，帕克关于"无密可保"的论断，后来的辛西娅的确被他言中。至于"悲哀"感言，贝蒂心里一向是：绝不以破坏别人家庭为目的与男人玩，自己是女人，不想让别的女人和孩子因为我而怎么怎么的了，如果跟我玩的男人因为我而对妻子和孩子怎么怎么的了，会立刻停止跟他玩下去。

由于贝蒂“跟男人玩或玩男人”的独特经历，为日后辛西娅间谍生涯以风情万种征服一个又一个男性对手积累了丰富经验。至于“玩”的结果，是否在“影响他人家庭问题上”与她本意有所矛盾，不得而知。但有一点可以肯定，她碰到过这种情况，而且就像她自己坚持的那样，断然停止了玩下去。这也许是帕克所感言的另一种男人悲哀。

看不见的战线呼唤美女

贝蒂的反叛个性、不安分习性和冷热兼备的情智特性,使她自幼形成了喜欢冒险和敢于挑战的性格,她骨子里渴望在有限生命里做些值得怀念的事,让人生多一些亮点,不枉来世一遭。终于,在她人生旅途迷茫中,突然出现一个好像冥冥之中神往已久的目标,一个使她心甘情愿以身相投、铤而走险的特殊职业——间谍。

一个风流美女、一个外交夫人,如何迈进了间谍"门槛"?

间谍入行通常有四种情况:

一是培养。像培养医生、军官、工程师、外交官之类人才一样,通过基础教育和专业培训模式,职业取向业已设定。

二是招募。被情报机关看中,通过某种形式或手段,招之或拉其而来,这种情况往往出于自愿或被动自愿。

三是策反。经情报机构人员以某种形式"挖"来,或"逼"来,此类者相对自愿,也因某种缘故不得不干。

四是投奔。并非叛变者。因某种原因主动找上门,非干不可,有先呈"见面礼"证明资本,也有自信而后表现。

从主客观条件适于间谍情况来看,贝蒂具有以下六方面条件:

女性,年轻、漂亮、聪明,受过良好教育;

英国外交官夫人,精通西班牙语和法语;

非淑女型,活泼好动,有长期海外生活经历;

风流而有品位,情人多而熟知多类男性;

美国明尼苏达后裔,有喜欢挑战和冒险个性;

官宦家庭出身，父母和亲友在上层有人脉。

如此间谍入行形式和个人条件，谍报部门与贝蒂结下奇缘。

1936年，贝蒂·帕克26岁，婚后第6年，寄养的孩子6岁——四个“6”相逢一起的一年。也不知，其各国是否有类似中国人这样以数字寓意吉祥如意的“66顺”“6666大顺”的表达方式。

一天上午，贝蒂接到一个陌生男人的电话，约请见面，转达她家里有关事宜；地点帝王酒店一楼咖啡厅，时间当日晚六点前在她认为合适的时候，若不方便可顺延一天；敬请一个人单独光临。

贝蒂放下电话，思索起来：对方声音沉稳，语气平和，不像“恶作剧”开玩笑；近来美国家里确实有些事，需要沟通了解；时间任由早晚，表明他在等我，而我可去可不去；要求单独见面，系指非外事活动，不必让丈夫知道；高级酒店咖啡厅为高雅公开场合，不宜男女苟且之事。

她想清楚后，决定赴约，并定于下午4时。——又是一个“6”，乃“顺上加顺”，按中国人思维理念，可谓“一步顺、步步顺，一顺百顺”。

贝蒂身穿一件敞怀式紫红色外套，内衣是雪白色大翻领衬衫，明显的反差搭配表明一种光明正大“引人注目”用意；下身是一条几乎垂至脚面的深颜色绒面长裙，展示一种包裹全身的厚重、端庄、严谨的“传统女性”风范；臂弯上挎着一只镶嵌透明白珍珠的黑色精致手包，表现一种沉稳中洋溢鲜活的动感气息；整个上下身装束和配饰显然要达到令人“过目不忘”效果。她没有着重化妆，只施淡妆，因为不是娱乐社交活动，酒店咖啡厅环境不宜浓妆艳抹。她一向认为，女性打扮要突出重点，如果需要以脸部和发型来亮相，那么穿着就要配合着妆，不能“喧宾夺主”；若需要凸显服饰，化妆则应退而求其次，两方面最好不要“争宠”，免得让人在一片辉煌中找不到眼球投入点，留不下印象深刻的欣赏点，这是施展魅力的“大局观”，在初次见面中尤为重要。当然，特定情况、关键场合也需服饰与化妆并重，双管齐下，合力出“重拳”，她视这种打法为“重磅炸弹”，以引发“轰动效应”。

贝蒂在咖啡厅靠近角落的一张小桌前与电话预约的男子见面，尚未入座便一眼看出对方等候已久，桌上稍显凌乱，摊放一摞看过的报纸，面前的咖啡杯已喝干。他坐在背靠里、面朝进门方向的位置，把背向外、面冲内的座位留给客人。贝蒂作为外交夫人懂这一点，这是训练有素的做法，一是他面向入口方向便于随时观察进入情况，二是让客人面朝里意在避免从门外进来的人一下看出与其见面的人是谁，起到掩护客人面目的作用。贝蒂几乎在两三秒内便心中有数。

对方是一个30多岁的男人，面相随和，眼光友善，看上去斯文，指甲修剪得很整齐，握手时腕上表链下露出一块伤痕，是个左撇子。贝蒂第一时间察觉到。

他自我介绍叫约翰·菲利普斯，英国人，刚从美国出差回来，与一位她父亲熟悉的晚辈见过面，听说她亲戚与明尼苏达州官员争论时动手打人吃官司一事已经了结，法院调解是：伤者无理在先，伤人者无礼在后；判定意向：互相致歉，伤人者负担伤者医药费；最终结果：伤者主动自费医疗，伤人者主动登门道歉，两人握手言和，化怨为友。

“请放心吧，帕克太太，这件事已成过去。”菲利普斯最后说。“不过，还有一件事，当然与您亲戚无关，是您的事，确切地说，是我们之间的事。”

贝蒂一边听一边在想，直到这时才证实自己的判断：他之前所讲的都是实话，同时也都是落到最后这层意思上的铺垫，因为如果只是前面所讲的事，完全可以在电话里说，而不至于在此被动等候单独约谈。

“谢谢您带来的好消息，菲利普斯先生，我们明尼苏达人似乎都是那样的脾气，就像您要对我说我们之间的事，如果我认为有理由打人，也请不必见怪，但最终我们仍会握手言和成为朋友的，所以请您放心。”贝蒂确实为亲戚一事的结局感到高兴，同时也对下一步谈话的主题很感兴趣。

“是的，我相信，帕克太太，否则我也不会恭候多时。”菲利普斯彬彬有礼，让她看得出很有诚意，不是男人取悦女人的样子。“是这样，尊敬的夫人，我在正常图书出版职业之外，还兼职一些其他事务，您是一位不同凡响的女士，我们认为，您在继续做外交夫人的同时，也可以像我一样多兼一职，当然，这一切都取决于您个人的意愿。”

“这么说，您的兼职是外交事务？否则我们会有共同语言吗？”贝蒂半开玩笑半认真，目的是尽快试出对方底盘，预感接下来的谈话还是直来直去为好。

“似乎有些相似，但或许还要特别一点。”菲利普斯也明显觉得与一个聪明人对话不必耍小聪明。

“那么请说明一下特别之处吧，哪怕是一点点，当然，如果您不感到为难的话。”

“您丈夫是为大英帝国工作的正式外交官，您作为他的夫人似乎不必抢他的饭碗，但您完全可以借助他的平台兼职做些外交官不方便做的事，这就是我此行的原因和目的。而且，我们知道，您有这样的条件，我们也相信，您有这样的能力。”

“这么说，您调查我了？”

“确切地说，不是调查，是了解您。而且，不是我，是我的上司。”

“上司？”贝蒂立刻产生敏感，脑子里急速盘转。“请问，能告诉我这位了解我的，您的上司，他是谁吗？”

“可以，他叫斯蒂芬森，这是他委托我转告您的有关他的唯一信息，仅此而已。因为他说，相信帕克夫人不管个人想法如何，都不会把一个叫斯蒂芬森的人委托他人前来商谈兼职的事，去说给斯蒂芬森以外的人；同时，他也真诚希望他委托的人，也就是我菲利普斯，能给他带回像您亲戚这样高兴的消息。”

话已至此，菲利普斯又把话题绕回到起点的亲戚事上。贝蒂很清楚，如果接下亲戚事的话茬谈下去，就意味着让他带回“NO”的回话，反之则是“YES”的态度。她已经完全明白对方来意，在外交圈子混的人，这样的事使馆里常有传闻和官方提醒，内部人都心知肚明，何况她脑子并不笨，还机灵有余。眼下的问题是如何给对方答复，如果明确表态，这不是一个女人，特别不是一个外交型女人该有的做法，但如果装傻充愣回避表态，自己会不会错过一个好像一直想拥有、值得尝试的那种富有刺激味道的机会呢？

“不知您的上司斯蒂芬森先生如果听到他的下属菲利普斯先生给我带来的我亲戚这样的好消息会觉得怎样？”贝蒂决定把自己的态度与亲戚的

事和斯蒂芬森连在一块儿说，先让话题局面乱一下，以便自己快速厘清思路。这种“把水搅浑”的战术，是她在面对狂热追求者一时不易做出正反两方面表态时，经常采用的应对策略。

“这个嘛……”菲利普斯显然觉得有点乱，智慧的双眉间不由自主出现一皱。然而，仅仅不过一两秒钟，他不紧不慢、吐字清晰地说：“我想，我的上司斯蒂芬森先生应该与他的下属菲利普斯一起也像您一样为您亲戚的好消息高兴，与此同时，他也会像我一样为您对您亲戚这样的好消息高兴而高兴。”

呵！好一个菲利普斯，不愧是上司的说客，不仅不怕乱，还嫌不乱，又乱上加乱。这时，贝蒂已经想好，不必再乱下去了，如此“处乱不乱、敢于添乱”的人，他的上司也一定会是一个“拨乱反正、乱中取胜”的人物，自己不正是乐于跟这样的人为伍吗？

“菲利普斯先生，请转告斯蒂芬森先生，谢谢他对我的了解，也谢谢他委托一位优秀的男人专程前来与我面谈，谢谢您和您的上司。”

“如果我能荣幸地与同样优秀的女士成为兼职同事的话，我的理解是，我的上司，斯蒂芬森先生，也是您的上司。”

“我的上司？我的上司从来都是我自己！”贝蒂脱口而出，转而又补充道：“不过，也许您的理解有道理，好像是该有那么一个头儿，要不然，兼职的事，可能还真让人不知道怎么玩。”

帝王酒店的晚餐很有档次，也很可口，贝蒂好像从未吃过这么好的饭菜。她知道这是心情使然，毕竟明天将是全新的开始，这使她有一种激动不已之感，所以胃口也异常的好。特别是餐后当她为菲利普斯的盛情和破费表示谢意时，他的一句话又使她兴奋了一下。

“不用谢我，是头儿破费。”菲利普斯向自己这位新同事挤了个很友好的笑眼儿。这使她不仅兴奋，还感到一种未曾有过的心理温暖。

从这一天起，贝蒂·索普，怀着憧憬进入一条秘密战线，一个披着风流外衣的美女开始蒙上神秘的面纱。

也从此以后，世界谍报史册，将拥有一个女间谍，诞生一个富有诗意和传奇色彩的代号名字——辛西娅！

“邦德 007”指点江山

大千世界，人海茫茫，是谁独具慧眼？看中一个女人？

发现贝蒂·索普这一间谍人才的人，叫威廉·斯蒂芬森。

那么，这个威廉·斯蒂芬森何许人也？何以担当一个后来誉满全球的女谍“千里马”伯乐？

威廉·斯蒂芬森，1896 年 1 月 23 日生于加拿大温尼伯湖地区，家境殷实，父亲身居高位，母亲善解人意。

斯蒂芬森受过“上流社会正规基础教育”，由于家乡地区移民种族多，中小学国际化色彩浓，从小通晓多国语言。他自幼爱好体育，经常获学校竞跑冠亚军，又长期坚持健身，在铁饼、标枪、铅球等田赛项目也多有建树。大学毕业时，斯蒂芬森是一个膀大腰圆的帅小伙。

1914 年第一次世界大战爆发，年满 18 岁的斯蒂芬森志愿加入加拿大陆军。战场上，他虎虎生威，作战勇敢，几次受伤，屡建战功，获得军团“英勇骑士”荣誉称号。此后他学会飞行，被调到英国皇家航空队。从地面转天空，他依然是令敌人畏惧的一员猛将，常率先驾机出击，多次在极端恶劣条件下击落敌机，俯冲敌阵，战友们敬重地送他一个雅号——“胆儿王”。

1919 年一战结束，斯蒂芬森以中校军衔退役，受聘于英国海军部设备企业工作，并作为英日同盟合作英方代表赴日本工作近两年，回国后辞职，开始下海经商。

像在战场上雄威一样，斯蒂芬森在商海中也以“胆儿王”著称。他谢绝家族企业资金和设备扶持，对父亲说：“您永远是我赖以依靠但轻易不会依靠的靠山。”斯蒂芬森以他应得的一份家族财产为基础，独立创业，以聪颖智慧的头脑和胆大心细的魄力，抓商机看得准、下手快、力度大、后劲足，仅一两年就迅速成为加拿大富翁。由于经济业务关系，他在许多国家广结朋友，私交甚密，这些人脉资源成为他日后重要的情报来源基础。

20世纪20年代中期，在有望走向个人财富更高巅峰时，斯蒂芬森的经商快车在畅通路上来了个急刹车，他做出一个令身边人震惊的决定——弃商从谍。

他对父亲说："我把所有资产交给您，请允许我到另一个天地再创一番大业。"父亲说："你可以随时回家，你的资产和我的财产永远等着你。"

斯蒂芬森加入英国秘密情报局，起初从事无线电监听工作，对密码情报业务积累宝贵经验。后来领导大概觉得让这样一个身手不凡的"胆儿王"整天蹲在枯燥的电波数据堆里，似乎有些"龙困江湖"，大材小用，于是一纸"不屈才"调令，把他从电讯后方遣到谍战前线。

如同斯蒂芬森挖掘辛西娅这个间谍人才一样，上级果然没埋没斯蒂芬森的才能。他被派到海外潜伏，从小特务干起渐成老手，直到担任驻荷兰情报站长。他既有当间谍经历，也有经营秘密情报网经验，成为谍报一线实力型领军人物。

1936年4月，斯蒂芬森得到可靠情报，"希特勒秘密储备8亿英镑用于扩军开支"，这严重违反《凡尔赛条约》，对欧洲安全构成极大威胁。斯蒂芬森迅速将情况提供给当时的反对党议员温斯顿·丘吉尔，受到后者高度重视。丘吉尔以此情报为"重磅炮弹"，在议会辩论中炮轰张伯伦首相政府的绥靖政策，有理有据，获得极大政治效应，成为打响进军首相官邸的开门炮。从此，丘吉尔与斯蒂芬森结下深交。

丘吉尔出任英国战时内阁首相，斯蒂芬森成为他私人顾问。丘吉尔指派他以"英国官方和首相个人双重代表身份"出使美国，同罗斯福总统商讨两国情报合作，并授命其在美筹组情报机构。1940年6月斯蒂芬森在纽约建立"英国情报与安全协调局"，任局长，代号"勇士"，成为战时同盟国重要特务头目。

"情报与安全协调局"（BSC），又称"安全协调局"，是英国在欧洲原有情报网遭到重大破坏、为加强与盟国针对德国情报活动协作,应运而生,属秘密情报局分支机构,主要职能“以北美为基地策划实施对纳粹轴心集团情报战和特别行动”,代表英国与美国进行情报合作。该局从小到大,秘密力量几百人,触角遍及世界,兼具“MI6”“MI5”“SOE”三大情报业务功能。

“MI6”——军情六处,建于 1909 年,原“特别情报局”,后“秘密情报局”,从事境外谍报活动,搜集情报,是英国情报系统主体,西方最大情报机构之一。

“MI5”——军情五处,与“MI6”业务相反,负责反间谍工作,兼具情报搜集职能。

“SOE”——特别行动署(处),主要承担绑架、暗杀、颠覆、破坏等特殊秘密任务。

辛西娅是斯蒂芬森招募从事“MI6”业务职能的秘密情报人员。

事实上,“安全协调局”是英国秘密情报局在本土以外“总代理”,对外称“总办事处”,纽约是“大本营”,斯蒂芬森正式头衔是“英国护照监控官”,私下代表丘吉尔与罗斯福沟通,与美情报合作,联邦调查局(FBI)为他提供一台发报机,便于直联伦敦。斯蒂芬森需要在美国邮政系统截获信件,美方特工便从邮局给他偷出来,还把从德国间谍夺来的文件转给他。斯蒂芬森为防止英国船舶在美国港口遭受德国人破坏立下大功。合作是双向的,美方发现英国同行善于偷拆别人信件且不留痕迹,专门派人飞到英国学习这方面技术。斯蒂芬森把英方收集的有关情报交给联邦调查局,一年中提供多达 10 万件。

欧洲战火弥漫,联邦调查局局长胡佛忙于扩大势力范围,部门间的争吵让白宫感到厌烦,总统罗斯福决定建立一个新的情报机构,并任命约瑟夫·多诺万担任总头目。多诺万和斯蒂芬森私交甚好,称兄道弟。英国人很快对胡佛的联邦调查局失望,认为多诺万是理想伙伴。1941 年 6 月,多诺万被任命为情报协调官,英美开始新合作。不久,多诺万成立“战略情报局”,后发展为大名鼎鼎的“中央情报局”(CIA)。因此,威廉·斯蒂芬森被认为是美国中央情报局具有创始人意义的“开山始祖”。

斯蒂芬森作为英国情报机构在西半球最高代表，深受丘吉尔信任和重托，也发挥个人私交渠道，代办英美战时秘密事项或首脑私事。在英国急需美国参与北非战事阶段，丘吉尔亲自遥控斯蒂芬森游说美国高层，要求他启动所有属下谍报力量，想方设法获取“对美国认识出兵北非必要性”具有“足够说服力”的情报，高度授权他“可自主决定与美国和加拿大交换情报”。斯蒂芬森率领“安全协调局”策动美国媒体舆论，收买知名专栏作家发表亲英反德文章，大大促进美国“转向北非战场”决心；他是辛西娅顶头上司，指挥她一系列重大谍报活动；他策划完成“探明挪威重水厂”特别行动、获取“纳粹灭绝犹太人最后解决方案”；他是百万富翁，不拿英国政府报酬，雇用数百人，大多自掏腰包开支。战时斯蒂芬森另一大贡献是在加拿大建立“X 训练营”，这是北美地区第一所秘密人员培训基地。1941 年至 1945 年约有 2000 名英美和加拿大等国特工，包括后来的 5 位美国中央情报局局长，从营地走出，活跃于各大洲敌后战场，为盟军胜利做出巨大贡献。

举世闻名的“007”系列作品风靡全球，塑造出一个神乎其神的特工间谍形象。作者伊恩·弗莱明也进过“X 训练营”，他曾是路透社记者，后当英国海军情报处长秘书，又转为特工，曾获取西西里岛防御工事和雷区完整分布图。从情报机关退休后，弗莱明在一个偏僻的热带小岛上创造“一个英籍特工编号 007 间谍”故事，生活中熟悉的间谍朋友一一回归他笔下，异国钩心斗角、帮派尔虞我诈、孤胆英雄惊心动魄、性感女郎生死相依、超级坏蛋刻骨铭心，既惩恶扬善匡扶正义，又铁骨柔肠拥抱甜蜜爱情，一个有血有肉的特工大英谍盖世无双……当 14 部构思快脱稿时，主人公名字还定不下来。一天，弗莱明盯着打字机冥思苦想发呆，无意中看到桌上一本他最喜欢的书，书作者叫詹姆斯·邦德，从此 007 便有了自己的“户口”名字。

而“007”又是谁呢?

面对世界范围内“谁是 007”的猜测，弗莱明一直不置可否，唯一一次表态是 1962 年 10 月在英国《泰晤士报》撰文：“詹姆斯·邦德是一位真实间谍的传奇版本，那个人也许就是——威廉·斯蒂芬森。”

007 小说《金手指》中有一个抢劫诺克斯堡金库的情节，弗莱明的灵感素材正是来自斯蒂芬森的一个大胆计划:盟军派遣特工潜入法属殖民地马提尼克岛,盗取法国傀儡维希政府储藏在那里的巨额黄金储备,由此展开一场惊心动魄的谍战较量。但事实上,这个计划由于种种原因并未实施。

如果说,007故事有许多神奇特工间谍的影子交织在一起,那么,整体007"形象与特质"无疑有一个基本原型——

威廉·斯蒂芬森,身高183厘米,体重76公斤,蓝眼睛,黑头发,右脸颊、左肩、右臂有疤痕,肤色较黑,喜欢鱼子酱和不甜马提尼,讨厌房间里摆鲜花,爱散步,好幽默,擅长射击、飞刀、格斗、赌术、驾驶、冲浪、滑雪,精通法、德、西班牙语,"仪表堂堂,智力超群,与人相处融洽,讨人喜欢,拥有出色的观察、分析和评价能力及完美的判断力,能够随时保持头脑清醒,对情报事业有献身精神和广博的生活经历",所有这些斯蒂芬森的"特征、特点、特长、特技、特色、特质"都与46年期间拍摄了22部电影的邦德007人物角色如出一辙……

正是这个富有传奇色彩的"007"威廉·斯蒂芬森,以透视眼光的洞察力,开发了一块间谍璞玉,一手把贝蒂·索普从男人堆里拉出来,反手将她投入秘密战线大熔炉,千锤百炼,最终打造成一个与他同样具有传奇色彩的世界级女间谍——辛西娅。

也许是命运造化机缘巧合,斯蒂芬森家乡加拿大温尼伯湖地区与辛西娅家乡美国明尼苏达州跨境相连,这两个后来的上下级,两位世界级谍报巨星,竟是一条边界线为隔的同寒带地区老乡。

早在二战爆发前几年,斯蒂芬森就听说过许多有关贝蒂·索普这位美艳女人的传闻故事,有些传说虽然带有演绎色彩,但还是引起他兴趣和注意,并留意向饶舌者们适当打听,如:多大了、哪里人、什么学校的等。斯蒂芬森认为,一个被津津乐道的人不会是一个不值得一提的庸人。况且,人们传也好,议也罢,似乎除了咂咂舌、感叹感叹,也无甚贬损,倒是多为"行,人家真行"或"真没法跟人比"之类说法,就差点说"这个贝蒂真了不起"。所以,这些传说和议论非但没让斯蒂芬森反感,还多少引出些许好感。而且,从家乡温尼伯与明尼苏达地域相连的角度,他对这个比自己小15岁的"女同乡”，还有几分人种和地缘文化上“似曾相识”的近缘感。

在听说贝蒂·索普这个女人之初，斯蒂芬森并没有打算去接近她，也没有一开始就处心积虑打她当间谍的主意。因为他知道，由于貌美出众和风流韵事，当时在英国外交界和国外某些社交圈子中，贝蒂的知名度远比他要高得多，这种情况下去做某种“高攀”，恐怕会被人家的心高气傲赏个“闭门羹”。因此，他能做的只有从随便打听开始转为有意识打探，准备适当时候看情况再说。于是，斯蒂芬森通过个人关系和谍报组织有关渠道，就贝蒂的家庭、亲戚、同学朋友等资源情况做了一些摸底考察，掌握了她叔叔一方亲戚因脾气暴躁“得理不让人”而打人伤人吃官司的全部细节。经过一番不露任何声色的情况了解后，斯蒂芬森得出断定，贝蒂这样的人应该是谍报队伍中不可或缺的一员。

菲利普斯是一名职业特工间谍，具有常年在海外从事秘密工作经验，亲自或协助招募多名情报人员，既能自己搞情报，又能指挥他人搜集情报，还受过无线电技术培训，可以独立使用电台发报，是斯蒂芬森手下主力人员。菲利普斯聪明智慧，身手敏捷，行事低调，语言能力极强，有图书出版商公开合法身份掩护，正常业务遍及欧美多国，经常飞来飞去，穿梭于各国，广泛结交各界朋友，具有“腿勤”“手长”“耳朵灵”三大特点。

斯蒂芬森派菲利普斯去实施对贝蒂的招募行动，正是依靠他善于随机应变的智能和巧舌如簧的本领。这种事，看似简单，不就是向对方摊个牌嘛，其实恰恰是摊牌最难。成功则无妨，皆大欢喜，失败呢？则意味着先前的一切思路、对未来工作的一切考虑和设计前功尽弃，这不是“忙乎半天瞎耽误工夫”这么简单，而可能是因此“与千载难逢机会失之交臂”的莫大损失。机不可失，失不再来，招募行动所有前期的摸底、考察、打算都系于最后这“一哆嗦”——摊牌，即“揭盖子”，行话“突破”。

从菲利普斯在具体行动中对招募对象实施“突破”这一角度来看，利用“对方亲戚的事”是一个很好的切入点，一方面使初次见面的“唐突性”大大消减，使之合乎情理；另一方面从一开始“给对方一个好消息”，就等于“给对方一个好心情”，对主动约见的“被接受感”和“揭盖子摊牌”所需的“易接受气氛”大为有利。这是斯蒂芬森经过调查研究后抓住并利用的良好契机。

此外,斯蒂芬森强调“以个人名义”而不必打大牌子,也是一种策略。它在于给对方一个“宽松度”,不必因某种组织“程序和约束”而顾虑“自由”或“回旋余地”问题,实际上是给对方交个“来去自主”的底,特别还有一点是:以“兼职”用语来衬托此意,与“个人名义”前后相应,给人以“为私家打短工”的轻松感。这正是斯蒂芬森根据了解对方“风流”而常有“无拘无束”特点所针对的。

还有一个重要问题,即“兼职”报酬。斯蒂芬森在菲利普斯行前做了这样交代:如果涉及钱的问题,可明确表明“按劳取酬、按质论价”。这是招募兼职间谍的基本样式。同时斯蒂芬森还对菲利普斯说:“她这样的人不干则已,要干也不是为钱干。”事实上,菲利普斯与辛西娅确实在未涉及任何经济利益条件下达成共识的。不过,当辛西娅正式步入间谍轨道后,斯蒂芬森基本每月给她 250 英镑“兼职费”。

在帝王酒店与贝蒂谈过之后,菲利普斯马上动身前去面见上司。在斯蒂芬森办公室,他把全部情况一五一十做了详细汇报。最后菲利普斯对上司说:“这个女人让您花了一笔数目不小的钱。当然,您的这笔钱也不算白花,它不仅让我有幸跟一个美女吃了一顿很不错的便饭,而且也让我有机会了解一些您感兴趣的情况。至少有一点,老板,说实话,她看上去嘴巴不大,身材苗条,想必胃口大不到哪去,但事实上她可比跟她一起用餐的那个幸运男人吃得多得多,您的钱起码有三分之二是被她吃掉的。”菲利普斯尽量不遗漏每一个细节,随后结束自己“一言堂”的汇报。

斯蒂芬森一边看手头文件,一边非常认真地听,其间偶尔抬下头,看一下菲利普斯,表示一种鼓励他继续讲下去的意思,但自始至终没有打断对方半句,直到汇报者说完,他仍没放下手中的活儿,只是若有所思地、略带启发地说:“请菲利普斯先生谈谈你的感觉,或者印象,或者想法,或者评头论足一番,都可以,只要不重复讲过的废话就行。”菲利普斯怔了一下,问:“您是想听实话还是想听虚话?”斯蒂芬森没有抬头:“那就先说点国会里和报纸上的语言吧。”菲利普斯一耸肩:“这是谁干的?跟我没关系!都是他们惹的祸！跟我有什么关系？……”斯蒂芬森：“够了，这回该说人话了吧？”其实他很想从下属嘴里佐证一下自己的看法。这时，菲利普斯从椅子上站起身来，准备告辞，就在要迈腿的时刻，咽了一下口水，望着天花板，说：

“她的个性就像美貌一样，犹如一闪一闪的探照灯，让人迷惘而不知所措。”

“没听清，再说一遍！”斯蒂芬森仍看文件说。

“她的美貌就像个性一样，犹如探照灯的一闪一闪，让人不知所措而迷惘。”菲利普斯故意把原话颠倒了说。

斯蒂芬森终于把手上的活儿全部放下，抬头直身，与菲利普斯一起，凝望着天花板上的枝形吊灯。

两人又重新落座，谈话由听取汇报转为研究工作。

斯蒂芬森郑重地说：“从现在起，你，菲利普斯先生，将是我与她之间，唯一的联络人。”

“我很荣幸，老板，”菲利普斯真诚地说。“那你我之间该怎么叫她呢？”

“辛西娅！”

“辛西娅？”

“是的，就是辛西娅。”斯蒂芬森从办公桌抽屉里拿出一本书。“喏，去看看吧，兴许有点意思。”

菲利普斯接过书，看了眼封皮。“噢，我母亲、老婆、女儿、姐妹，连左邻右舍的人，个个都喜欢神话传说故事，不过，这本希腊的，我不会给她们任何一个人看。”他的职业保密观念很强。

“这个女人，不，辛西娅，不会让我们失望。”斯蒂芬森严肃地说。“一、上帝让她伟大的父母给了她绝妙的相貌和身体；二、她的脑袋又让她能够绝妙地对得起自己的相貌和身体，请注意，不取决于男人得到与否；三、明尼苏达人跟我那帮可爱的邻居一样，都是一群犟驴，哦，对不起，好像不该这样影射一个心目中的美女；四、她老家那地方，讲法语没问题，像我一样从小就得跟那些拿破仑后代一起玩嘛！她小时候在古巴就学会了讲西班牙语，而且，我查过，日内瓦那个女校，写作是必修课；五、也许她父亲的官位，升得越高越好，我们乐观其成；六、外交圈儿里大有对胃口的上等食物，你不是说我的钱让一个女人比一个男人吃得还多吗？那就让她吃吧！”

斯蒂芬森呷了口水，盯着下属的眼睛。“最重要的是，哦，对了，刚才那话是怎么说的来着？请再重复一遍，尊敬的菲利普斯先生。”

“她的个性像美貌一样，犹如一闪一闪的探照灯，让人迷惘而不知所措。”

“这就是问题的焦点！”斯蒂芬森以高度赞赏对方的口气和表情，用拳头砸了一下桌面。“我们就是要让她，在应该的地方，一闪一闪！让我们的对手，在她面前，迷惘而不知所措！”

“谢谢老板，谢谢您引用我不是在国会听到也不是在报纸上看到的话。”菲利普斯有点诚惶诚恐。

“记住，亲爱的菲利普斯，我们现在有了一个辛西娅！”斯蒂芬森总结道，“我们要让这个辛西娅，也相信这个辛西娅一定能做到，像上帝在那书里给人间送来的女神一样，宛若一轮明月照亮夜空！恰似一个狩猎者在捕获猎物！”

威廉·斯蒂芬森，不愧是“詹姆斯·邦德——007”，他把贝蒂·索普所具备的一切条件全部采纳，为辛西娅亮丽的人生在一条秘密通道上指出一片光明前途。

美丽的西班牙女郎

辛西娅在1936年、二战爆发前进入谍报战线秘密队伍，斯蒂芬森发现人才，指挥菲利普斯招致麾下。事实上，辛西娅开始从事间谍职业时，并不很清楚谍报工作是怎么一回事。

从进入间谍"门槛"上，辛西娅不是"专门培养"的，也不是"策反或投奔"的，而是被"招募"的。但就"招募"而言，她又不是通过"广告应聘""组织选调""强行征用"一类的常规方式，而是属于双方"一拍即合"，就像搞对象一样，不是"媒体征婚"，不是"指腹为婚"，不是"父母包办"，不是"保媒拉线"，不是"自由恋爱"，是什么？

是"千里有缘来相会"，一个想娶，一个待嫁，没有媒人，没有过程，一见钟情，速配成婚！

当然，这种情况是有限的，可谓谍报奇缘。

这个奇缘，结成一个围绕辛西娅的谍报组织结构图：

威廉·斯蒂芬森——加拿大籍英国人，英国情报机构部门负责人，组织者，职能是"组建秘密谍报组织"，发现辛西娅这一间谍线索，组织实施招募，领导其工作，负责提供政策支撑和经费保障，起"主心骨"作用。

菲利普斯——英国本土人，情报官员，斯蒂芬森直接下属，实施对辛西娅招募，以"图书出版商"身份从事秘密工作，出入境方便，会使用电台，负责"交通联络"工作，担当辛西娅联络人。

辛西娅——美国公民，被招募的"情报员"，"外交夫人"身份，美丽、聪明、风流，归属斯蒂芬森"垂直领导"，由菲利普斯"单线联系"，作用是"搜集情报"。

由此，斯蒂芬森、菲利普斯、辛西娅三人构成一个完整谍报组，谍报工作三大环节“组建、指导、使用”集于一体——斯蒂芬森组建“谍报组”，领导菲利普斯“联络”指导辛西娅，“使用”她“搜集情报”。

就职业间谍或称专业谍报人员而言，本职业务是专职从事秘密工作，靠搜集情报为业，以招募与策反情报来源为本，还有负责联络、交通、掩护、策应等外围性工作。他们有行政隶属关系单位，受领本部门工作任务，接受本机关领导指挥调遣，有责任按要求完成本职工作计划，每月按级别领取定额工资，享受单位各种福利待遇及退休养老政策。他们以各种名义、打各类旗号活动于社会，只是职业工作掩护需要，即使充当个体户、无业游民，归根结底还是属于公务员序列的政府工作人员。

辛西娅不属于这一类专职间谍，除了兴趣和理念外，她没有干间谍工作的行政责任，不享受政策待遇，不受编制体制约束，不拿月薪。实际上是“可干可不干，可被用可不被用”，没什么在职或离职问题。

如果借用“踏破铁鞋无觅处，得来全不费功夫”的说法，斯蒂芬森将辛西娅成功招至麾下，似乎有一定偶然性，事实也不可否认。但必须指出的是，这种“偶然”是“必然”的偶然。因为，像斯蒂芬森这样的“谍报帅才”实属罕见，否则“邦德 007”岂不一文不值？他仅凭“耳听为虚”的风流女人传说，得出非同常人的逆向思维判断，从众生百态中静观个相，暗察摸底，延续等待“揭盖子”时机，这种“偶然”不能说是“碰运气”的偶然吧？

斯蒂芬森“以个人名义”派菲利普斯“以亲戚官司为由头”约见辛西娅谈“兼职的事”，结果“心有灵犀一点通”，双方一拍即合，似乎给谍报招募工作蒙上一层“简单和容易”色彩，这一点也确实难以否认。但同样必须指出的是，这种“简单和容易”是“善于把握机遇”。贝蒂·索普“富于冒险和乐于挑战”的天性由来已久，而间谍行业的刺激性自然会对她“冥冥之中的潜在欲望”诱发一种隐约渴望已久的迎合感，在“择日不如撞日”的命运机缘下，以她那种特立独行的个性和勇气，正是当仁不让！

所以说，斯蒂芬森招辛西娅入行“简单与容易”是必然中的“偶然”，切勿以此“偶然”的“简单与容易”小看谍报工作的间谍生成。历史机遇不可复制，他们的“单向选择与双向合拍”虽不是谍报招募工作的常规式典型，确是谍史上两大特殊人物创造的一个奇特而真实的“联手佳话”经典。

业余间谍或称兼职间谍，通常是被职业特工间谍招募或策反而来，他们原本有自己的职业身份，被招募或策反后仍保持原来的工作和生活，不定期领取间谍活动经费或报酬，通过本职身份掩护“兼职”所从事情报机关的“雇佣性”工作，事实上，做多做少或做好做差，通常没有行政纪律约束，基本凭自觉态度和敬业意识。结束谍报生涯后，需靠自己本身职业退休金养老生活，情报机构使用单位可能给予一次性基金，如奖励金、安家费、养老金之类，或根据功绩大小、身体状况等特殊情况，给以不定期、不定额补助，但这只是出于原工作关系和人道义务，并非指令性政策责任。

辛西娅即属于此类被招募的间谍。

她接受招募为间谍后，仍继续做外交官太太，按外交惯例属随员身份，享受外交人员家属待遇，虽为美国人，但随丈夫行政序列，隶属英国外交部管辖。

关于辛西娅的间谍身份定位，斯蒂芬森曾在笔记本上作为备忘录正式写道：美国公民辛西娅过去不是、现在不是、将来也不必是从我局财务系统每月按职级领取工资的编制内人员——她是一位很有价值的、值得信任的、可胜任重要工作的兼职间谍。

职业与兼职的区别是：前者以此为业，后者以此为乐。

作为国际谍报资深头目，威廉·斯蒂芬森做出权威定论——“天赋使辛西娅成为一个比专业间谍更棒的业余间谍”。

1936 年，西班牙，英国驻马德里大使馆。

此时，贝蒂·索普是隶属英国外交部系统管辖的众多外交官家属之一“外交夫人”贝蒂·帕克，是西班牙首都上流社会圈子中风光靓丽的“交际美女”，人称“贝蒂宝贝”，同时也是英国秘密情报局新招募的一个“业余间谍”，代号辛西娅。

在西班牙众多名优国粹中，无论过去还是现在，最受国际公认、最举世闻名的有两大招牌项目——斗牛和足球。这两张“名片”给年轻的辛西娅都留下深刻印象，它们特有的直观吸引力和潜在感染力使她对人与事的认知、对谍报行业的联想，感悟良多，对她后来的成熟产生相当影响。

辛西娅在西班牙期间经常观赏斗牛。

斗牛运动"胆量和意志"无疑是首要印象，辛西娅还认为，斗牛双方有如男女之间，但角色上并非一以贯之的"斗者为男、被斗者为女"关系，而是互换的，有时男斗"母牛"，有时女斗"公牛"，二者既斗又戏，戏中有斗，拼的不光是勇气和斗志，重要的还是智慧和体力。她知道，曾统治西班牙的古罗马恺撒大帝热衷于骑在马上斗牛，后来发展为人站立在地上与牛斗。因此她始终认为，斗的方式不可一成不变，要善于各种形式的斗，至于在男女"情与性"上的"斗法"，则必须把握好"床下与床上"的形式。

所以，辛西娅说过一句名言：情场就是斗牛场。

辛西娅还喜欢足球，但与男人喜欢的角度不一样。

有关西班牙足球，人们曾有这样说法：殖民统治者时期的西班牙，他们到别国留下的是打出去的子弹炮弹，带回来的是金银和资源，只有一样东西带出去又带回来，那就是足球。

西班牙人口不足四千万，各级足球队几千家，专业的几百家，欧洲知名的几十家，国际著名的几大家，"皇家马德里俱乐部""巴塞罗那队""马德里竞技队"等如雷贯耳。不管过去还是现在，只要到西班牙，无不感到当地如同衣食住行般的足球氛围。

人们说：西班牙男人只分两拨，一拨是斗牛的，一拨是踢球的；而女人就一拨，一只眼睛看斗牛，一只眼睛看踢球；孩子没人管，爱干啥干啥，饿了要想找爸妈，要么去斗牛场，要么去足球场，百分之百至少能找到一个。

辛西娅在西班牙经常看足球，正式场馆、学校操场、街头巷尾踢球的，都看过。其实，她并不是足球行家，更没踢过足球，那个年代女子足球还是天方夜谭，要不然以她的个性肯定能疯踢一时。她对足球的感悟：不是踢，而是玩；她对足球的认识是"把球玩住要比一脚射出去，高明得多"。

辛西娅曾跟友人说：球如人和事，球在脚下，人和事在手上，脚能把球玩好，"手腕"不能把人和事玩得转吗？足球的美不在踢，而在于玩，玩球就是玩弄对手！——她从足球中看到的并不是一般女人单纯欣赏的男人精神，而是高超的足球艺术，从强烈对抗中的控球技巧引申到复杂环境下对人和事的把握与运用。

她在看球中还有一重大体会，那就是男人球技和潜力的发挥，动力源泉不全是教练和奖金，很大程度上还在“女人”，漂亮女人，特别是相识的，在场边一出现，不用喊，不用叫，即使低头专注织毛活儿，也会让那帮踢球的男人疯跑、疯抢、互相玩命。但辛西娅的前提是——“无论如何要让他们先看到异性的存在！”而作为女人，如何让男人“看”到你的存在呢？这便是辛西娅所擅长的，在同性中胜人一筹。

西班牙斗牛，使辛西娅人生和间谍风格染上斗牛士和牛的双重色彩——硬朗与倔强；

西班牙足球，使辛西娅施展“美人计“增添功夫味道——灵活自如的控“球”技艺。

辛西娅还有一大特点——嘴严，在间谍所需的“保密纪律”上。她严格按照斯蒂芬森和菲利普斯的要求，不仅亲戚朋友、同学闺密对她间谍工作一无所知，连丈夫也没让知道，可怜的帕克先生想不到自己身边睡了个女间谍。

当然，辛西娅当间谍最大的资本还是“美貌和聪颖的头脑”。

辛西娅是个大美人，她属于哪种类型美？美到何种程度？

其实，在东西方人眼里，“美”的标准差异很大。东方人描写美女常是“瓜子脸、柳叶眉、樱桃小口一点点”，而在西方大文豪维克多·雨果笔下却是“她那粉红色的樱桃小口噘起来像个鸡屁股”，显然哪个美女也不愿要这样的形容。东方人看西方人“深凹的大眼睛”是俊，西方人看东方人的“简洁的单眼皮”是俏，两个东西方男人在一块谈美女，口水落满地，还不知说的是哪种美。

作为一个女人，辛西娅究竟“美”在哪里？人们对她的“美”七嘴八舌——“美”在“五官和皮肤”“美”在“脸型和体形”“美”在“胸部和臀部”“美”在“娇柔和气质”“美”在“性感和风骚”……全美！有人干脆说。

显然，这些说法都有道理，只不过，要么说得比较抽象，要么说得过于具体，好像都不太让人一听就明白，马上就能想象出那种美的样子。也许，这就是“简单问题复杂化”与“复杂问题简单化”之故吧。

如果抛开她“冰洁圣女”“人体模特”“风流熟女”“大众情人”“外交夫人”“交际明星”一系列概念，就把她看作一个女人来审美，可能一目了然。

一次，克里斯蒂娜来找贝蒂玩，正好帕克住院不在家，两个“发小”闺密躺在床上彻夜聊天，无话不说，从生活谈到家庭，从家庭谈到丈夫，从丈夫谈到男人，从男人谈到情人，从情人谈到自己，从自己谈到对方，从对方谈到女人，从女人谈到美……谈累了，想听音乐，翻出唱片，放到留声机上，房间里响起一首熟悉的歌曲——《西班牙女郎》。

《西班牙女郎》这首歌是意大利作曲家V.奇阿拉用西班牙素材谱写的。这首歌如果从流行度来说，作者可称得上是“大作曲家”，但若从另外一个角度说的话，只能算一个“作曲者”。原因是这位著名的《西班牙女郎》原创人奇阿拉先生除此歌外，再无其他作品。

奇阿拉原本是一个毫无名气的音乐人，只因一首《西班牙女郎》一夜成名。此前和此后在作品创作上皆颗粒无收，连让人把其作品比对的机会都没给，咄咄怪事一桩，结果后来研究这首名曲的人想找作曲者的资料都找不到，只能从20岁首唱此歌的比莉·荷丽戴（1915—1949）身上入手。

夜深人静，房间里低回着《西班牙女郎》动人的旋律。辛西娅无数次听过这美妙的歌，但每次重温都有亲近的甜蜜感。闺密挽着闺密，相依在一起，默默聆听，忘却了时间和空间，静静享受在遐想之中……

美丽的西班牙女郎，
人们都热爱着她，
她多么活泼漂亮，
到处是一片赞扬。
美丽的西班牙女郎，
西班牙美丽的花，

她那双迷人的眼睛，
抓住了每一颗心。
啊！
每日每夜我愿在你身旁，
我要热烈向你歌唱！
啊！
我多情的女郎，
我要永远向你歌唱！

留声机在转动，歌声回响不息。静悄悄的房间里，散发着女性特有的体息，毫无睡意的闺密听得津津有味，陶醉其中。辛西娅心随曲动，情不自禁被歌声带入梦幻……突然，克里斯蒂娜转过头，仔细凝视眼前的闺密，屏住呼吸，大气不敢喘地说一句："贝蒂，我看见你了，"然后大声惊呼："真的，贝蒂，她是你，那西班牙女郎就是你！"

看看吧，把歌词再细看一遍！

想想吧，把词意再反复一想！

这首《西班牙女郎》有哪一句写的不是辛西娅，有哪一句与她不吻合、不贴切？

克里斯蒂娜的偶然地发现可谓一个伟大发现，后来她把这一"洞察"告诉不少认识辛西娅的朋友，得到纷纷认可。这位闺密激动地说：贝蒂太棒了！能把《西班牙女郎》完美归己，连上帝都帮她，让这歌的可怜作者以"独品"方式献出明智：再不谱曲了，只留世上一个《西班牙女郎》原型——贝蒂·索普！太神奇了，她就是——活泼漂亮！

闺密对闺密的"惊人发现"，有如哥伦布对美洲大陆的"惊世发现"，不无"创举"意义，使人们对辛西娅的"美"立刻拥有一个简洁明了的概念——活泼漂亮。

辛西娅是一个"活泼漂亮"的美人！

旁观者清，当事者迷。辛西娅怎么看呢？

她对闺密因自己的发现而兴高采烈表现得颇为淡定，既未喜形于色，也未谦虚推诿，只是以一种就事论事的心态，像评论他人似的，坦率地说：就“活泼漂亮”这种形容而言，倒是符合美学的。因为，“漂亮”是一种静态美，“活泼”是一种动感美，二者若独立体现，只漂亮，不活泼，或只活泼，不漂亮，似乎都各有缺憾，是单纯美，而二者合为一体，则属美上加美；这好比西班牙斗牛，在开场前，斗者的伟岸和牛的雄壮，是一道静态的具有欣赏美的亮丽风景线，而当双方真一开斗，动态一启，斗牛士威风抖起来、大红斗布舞起来、悍牛凶眼瞪起来、狂奔猛撞跳起来，那给人视觉和心理的冲击，多么壮观！那整个场面的豪情激荡，是何等壮美！这种原始美与刺激美的结合，才倍增美感，才凸显美妙，才更有不胜枚举的美的享受。

辛西娅对自己像“歌女郎”还是“歌女郎”像她，未置可否。但她对“活泼漂亮”之美的认可，实际上是对“活泼漂亮”之人的肯定。她向闺密承认：“我喜欢《西班牙女郎》这歌，但不是在你发现什么之后，而是在此之前，一听到它，就似曾相识。”

真是一块“间谍料”

贝蒂·索普，帕克夫人成为间谍，拥有了一个代号“辛西娅”——“月亮女神”兼“狩猎女神”。这个名号除斯蒂芬森和菲利普斯等极少人内部谈称外，只作档案文字记载使用，连贝蒂本人都是从战后媒体铺天盖地的如此称呼中，才得知自己有这么一个后来几乎取代了“贝蒂·索普”的代号名字。

辛西娅当间谍后没有改变原有特色，而是灵活发挥和不断发展了自己间谍前的本色。她高调有余，低调不足，多才多艺，博采众长，始终是一个坚守学无止境、技不压身的要强女性。

从适合谍报行业角度讲，作为一个女间谍，在对待异性问题上，辛西娅是一个罕见的高手，而作为一名谍报人才，在异性问题以外，她又是一个难得的杂家。

辛西娅青少年时代所受的正规教育，使她在地理学、历史学、建筑学、心理学、逻辑学、宗教、美学、文学等方面造诣匪浅，在写作、演讲、戏剧、服饰、桥牌、国际象棋以及烹饪美食、宠物花卉，乃至酒风酒量上，也相当了得。

一句话，贝蒂·索普，犹如成为间谍人才量身而定的一块天然材料——多面手！

她在瑞士“圣女学校”求学期间，打下正规芭蕾舞基础，对各种交际舞及音乐触类旁通，融会贯通。她随丈夫在南美智利期间，系统研习过拉丁舞、探戈等当地民族舞蹈，是使馆外交夫人团队的业余“舞蹈教练”。虽然帕克不善玩乐，但令人惊诧的是，他曾是中学舞蹈比赛冠军。帕克一生唯一的娱乐爱好就是跳舞，尽管这在外人看来与他传统性格“风马牛不相及”。

贝蒂与帕克认识的媒介正是跳舞。

那是在一个慈善机构活动的晚会上,40 岁的帕克作为使馆赞助方代表,20 岁的贝蒂是大学生志愿者,一个是"能把任何女伴带得满场飞"的绅士舞星,一个是"所有男人都幻想请入舞池"的妙龄美女。当舞会接近尾声时,有人忽然提议,如果最佳男舞郎与最妙女舞伴搭档跳一曲,该是什么景象?

于是,所有人都回到各自座位,舞场一片安静。舞曲缓缓响起,在悠扬的前奏乐中,帕克走到贝蒂面前,深鞠一躬,低头弯身,一手背在腰后,一手掌心朝上伸出;贝蒂把手款款搭于他手心,同时身子微微欠起;就在此时,只见帕克单手一扬,贝蒂顺势一跃,"唰——"一个抛物线,贝蒂"横空出世",就在她白纱裙摆飘然落幕的一刹那,帕克一个箭步赶至跟前;他,扶住她的腰;她,搭上他的肩,亮相定格。

这一出场令所有人目瞪口呆,鸦雀无声中刚冒出一丝骚动,就立刻被二人的起跳一下压住。紧接着,满场翩翩起舞令人眼花缭乱,探脚、荡腿、滑步、挺身、下腰、转体、一气呵成,尤其是甩头动作——他,刚中有柔;她,柔中带刚,两人刚柔相济,默契至极;整个舞步、舞速、舞态、舞姿,与乐感、乐点、曲调、曲境,起伏恰当,完美无缺,像长期配合、彩排已久一样,其实是初次合作。

当舞曲达至顶峰预示尾声时,帕克从舞场另一端,单手旋转贝蒂,一圈、一圈,又一圈,从每一个观众席前闪过,直到音乐戛然而止,"啪",帕克将贝蒂稳稳当当转到原座,两人重新回到舞前邀请与被邀姿态:一个躬身、垂头、伸手示请,一个端坐、含笑、搭手应接。

全场凝静。片刻之后,雷鸣般掌声轰然响起,雀跃声、欢呼声不绝于耳……曲终人散,贝蒂与帕克掀开爱情史册第一页。

她在绘画上受过初恋情人小画匠托尼"蜻蜓点水"的指导,可谓名副其实"入室弟子",但竟能在他给她画的裸像上添枝加叶,在乳房部位画上两朵小花,在私处部位画上一片绿叶,让小画匠感到惊奇不已,连连称绝:"妙!补画与原创如出一辙,巧为一体,浑然天成,由直觉美变成朦胧美!真是太妙了！”

当年贝蒂与托尼正是以她给他画裸像方式了结初恋。

她的钢琴从小师承钢琴家母亲，一曲《献给爱丽丝》独奏获州少年综合人才特别奖；小提琴演奏是“圣女学校”乐队“第二把琴手”，“一把”是乐队指导老师。她说过：学习乐器不能光凭兴趣爱好，至少要与未来是否以此“显露自己”相结合；钢琴抬高身价，但其重量不由人随处“露一手”；小提琴大众化，在一些人眼里“有它不多，没它不少”，可它携带方便，虽不像钢琴那么让人“身价百倍”，但便于随时表明自己“身份不俗”。

她的作文在中小学常被老师当范文在课堂上念给同学们听。她可直接用西班牙语和法语写作，15 岁写出自言体小说《菲奥莱蒂》，13 岁在“圣女学校”《诗苑》上发表诗作：

如果地球上的山都有电梯，
如果世界各国都用传输带连接，
如果人们吃一种食物就可以终生不饿，
如果你的爸爸妈妈也是大家的爸爸妈妈，
那我们还能活吗？
那我们还应该活吗？
即使能活、即使应该活，
那我们活的意义在哪里呢？

她的父亲老索普是桥牌和国际象棋爱好者，喜欢在家里“石藏馆”与朋友一边把酒小酌，一边摆“龙门阵”。小贝蒂总是一个津津有味的观战者，但不是“观棋不语真君子”，常一边拿个小勺尝大人酒，一边说了这头动那头，嘴手都不闲着，最终不管牌局棋局谁赢，要么有人喊：“哪个小馋猫把我的酒偷喝了？”要么有人甩出一句：“幸亏这个小丫头提醒一招儿！”

她当年不爱练琴，老跟母亲闹别扭，一有机会就钻进厨房与用人玩，看人家做菜做饭，然后在饭桌上暗暗品味好赖，回想好吃的饭菜在厨房里看到厨娘是怎么做出来的，偷学了不少烹饪门道。她大学毕业前，许多衣服裙子都是家里女佣手工做的。她特喜欢女佣给她量身，那意味着又有新衣诞生。她也喜欢看女佣设计，在一块新花布上勾勾画画很有意思，也许她的绘画基础就是打这来的。她还喜欢看女佣裁剪，崭新的布料在锋利的剪刀下"咔咔"几下变成零布件，女裁缝对她说："想好了，看准了，下剪子要快，不能剪出歪歪扭扭和毛毛边儿！"她更喜欢看女佣缝制，从一开始就抓住机会说出自己喜欢哪样花边、衬里、口袋形状，而且亲眼目睹一针一线把零布件变成可以出门炫耀的资本，这种"巧夺天工"，在她看来，太有成就感了！

与帕克相识后，他们从舞场还转到过高尔夫球场。充满青春朝气的她像绿茵草地上的小白球，欢悦跳动，成为球场上一道亮丽风景线。她与球友们有高度的共识与共鸣：打高尔夫球，不完全在于打球本身，更在于身临其境的体验——置身广阔无垠大自然中，无丝竹乱耳，无案牍劳神；振臂挥杆间，银球划空，飞向远方；仰首望，重峦叠嶂，低头观，小溪潺潺，整个大地尽收眼底；心旷神怡，宠辱皆忘，顿感劳顿烦闷化为烟云……她不是为打球而打球，而是享受高尔夫静态与动感之美。

婚后一年，作为帕克太太，她随夫常驻智利，与当地一位大亨出现在马球场上，玩得像模像样，也引起轩然大波。她当时想的只是尝试一种没有尝试过的"体育运动"，可在别人眼里：一个外交美夫人怎么"染指"只能男人玩得马球呢？一个有夫之妇怎么和一个"马球王"混到一起呢？

1935 年，她拜于一位大牧师安东尼奥门下，成为一个有门第所属的天主教徒。这不是走形式，而是她一种特定理念使然。虽然她生活作风种种表现与教会清规戒律多有出入，但也说明，在她的思想意识中，似乎没把"风流"当什么太大事儿，至少没觉得这违反神旨教义而有悖虔诚、会受到上帝惩罚吧？不管信仰与做法如何，在宗教理论和行教知识方面，她的造诣非同一般。

她是学文科出身，原本对史地专业就感兴趣，多年海外与父随军、求学、旅游和与夫随任，使她每到一处都会有意无意了解当地历史、地理、风土人情；各地风格熏陶和各族风貌影响使她在大学里着重选修了建筑学和心理学，潜心钻研“设计与差异”，为日后走南闯北立足社会奠定了扎实理论根基。其实，这也正是间谍工作“琢磨人和事”的基础！

作为间谍原料，贝蒂·索普无疑具备一系列成才所需的原始条件，是“那块料”。

但作为间谍入行，辛西娅没有经历过系统的专业训练，只受过时间很短、连她自己都没搞清还叫“培训”的一种临时补训，如：摄影、化装、模仿笔迹、跟踪与反跟踪等一些常识性基础内容，但她吸收能力极强，一点就通，一学就会，还由此及彼、由表及里，用发展和创新思维看问题。

在辅导她照相基本功时，她十分认真，从拍物体到文字，从静态特写到动态跟拍，从立姿蹲姿到设定自拍，从快速抢抓到暗中偷拍，她都刻苦把握，反复演练，还创造一项内部培训纪录：一手翻页一手单拍词典——最佳“速度与清晰度”。她特别感兴趣也爱不释手的是微型照相机，练习用完后，总爱往胸前内衣两乳中间一塞，对陪练人一挤眼儿：“宝贝儿钻被窝睡觉喽！”

有趣的是，当为她讲授基本的“伪装术”时，她居然把男教官一把拉到自己座位，然后站到人家面前，郑重其事地说：“化妆，是女人的事，现在，让我来告诉你，它，怎样才叫到位。”

当准备给她讲“电讯电报”基本常识时，她竟然连连摆手：“免了、免了吧！”在对方吃惊和不解之际，又侃侃而谈：“作为外交官夫人，我随丈夫在使馆里并不是吃干饭的，使馆机要室的人经常找我协助他们处理电报信函一类的电讯文件，重点是请我帮忙翻译电文，因为他们相信我不会出去跟任何人说其中内容，再有就是，我翻译的速度和质量，一个顶他们俩，尤其是西班牙和法语文字翻译，顶他们仨。所以，这块儿的事，你们知道的并不一定比我多，不信咱试试！”教官当场拿出一沓电报电文样本，让她凭报头标示、行文格式和速读相关内容，在规定时间内从中理出顶级重要、次重要和无用三类。结果，辛西娅用时一半，全部完成，仅失一例，原因是那份明文电报中有断文和错码。教官随即宣布：下课。

更有趣的是，也许“月亮女神”注定也是个“狩猎女神”，她从未使过枪，在地下靶场第一次摸枪，连弹匣都不知如何上下，竟像玩似的把6发子弹颗颗命中十米外靶环，之后，还笑嘻嘻地用枪口对着身旁的教练说：“我能把这玩意儿扔到那一环环圆圈上，你信不信？”

其实，也不奇怪，射击除技术要领外，最重要的一点是平衡感，而贝蒂的芭蕾功底使她的平衡感具一流水准。

所谓的培训很快结束，本来几位特工教员为辅导她准备得挺充分，却用武之地有限，他们在给上级的结业报告中集体签名写下一句评语：“她是一个有能力随时反过来教老师的学生。”

辛西娅，就是一个天才的、勤奋的、有想象力的、有创造性的天生间谍。

作为相中辛西娅的伯乐，斯蒂芬森对她在谍报活动方面的素质和才能始终佩服得五体投地。事实上，辛西娅凭自己的工作成就，也让那些对斯蒂芬森屡次对她委以重任而有所疑虑和非议的人，哑口无言。

斯蒂芬森由衷地承认：“毋庸置疑，美，是辛西娅获取情报的一大资本，但最具威力的还是她那正视一切危险的惊人勇气、独特的无法抗拒的魅力和毫不动摇的坚定精神。”

女情报人员≠色情间谍

战争让女人走开，谍战请女人进来。

《圣经》记载——世界上第一个间谍是女的。

娣莱拉，公元前10世纪地中海东岸少女，以“地球上第一个女间谍”鼻祖而名垂青史。她做间谍的唯一手段被后人发扬光大，就是把人类的性功能融入谍报，首创原始而犀利的间谍武器——青衾里那火热而柔软的胴体。

从这个意义上讲，女人当间谍，性别本身就是一种“特色”，就像人长得美是“特色”、嗓音好是“特色”、“水中分娩”一落生就会游泳是“特色”，具有天然性。这并没有辱没女同胞之意，间谍工作实际给了这种“说法”适当的理由：毕竟掌控军政秘密的人，男性大大多于女性，间谍需要征服的对手也主要是男人们，而女人去征服男人似乎更占据一种“特色”上的优势。反过来说，如果需要拉拢策反的目标对象都是“女儿国”里身居要职者，大概派男间谍去搞定她们可能也同样具有“特色”上的优越。

人们一般认为，女间谍就是搞“美人计”的。其实这是一种片面看法，也是对女性从事情报工作的偏见和误解。

女性较之男性自有特点，从谍报角度看看辛西娅如何？

女性遵守纪律而慎独——谍报工作纪律严明，以单独行动为主。辛西娅在生活上的自我约束有不良一面，属女性中的另类。

女性办事认真细致——谍报活动不容半点疏忽。辛西娅倒是有瑞士人及其名表的特点，“精打细算不吃亏，精益求精不马虎”。

女性敏感而更有直觉——谍报工作性质就是对人和事的洞察和把握。

辛西娅善于明察秋毫,感应度和感知力很强。

女性在心理承受上多具韧性——谍报人员切忌情绪大起大落。辛西娅有“柔中带刚、以柔克刚”特点,不是“以泪洗面”型女人。

女性非语言性的渗透力强——谍报目的就是打动和征服人。辛西娅的魅力和表演力实属一流,一句话不说都能说明很多。

女性易被取得信任、好感和放松戒备——谍报方式与人打交道正需这一点。辛西娅惯以内强而示弱见长。

女性一旦认准更执着坚定而不易改变——据文献统计,当年国民党“中美合作所”在重庆“渣滓洞”关押共产党人,其中29名女性无一叛变。辛西娅性格倔强,越不可能越要变成可能,有“脑子一根筋”特点。

当然,女性诸多优良特点并不意味间谍队伍应由“娘子军”主打,只说明女间谍并非只能靠“脸蛋和肉体”从业,她们同样适于各类谍报活动,在有些方面和环节上不仅不亚于男性,还具有一定的优越性。

从另一方面讲,间谍职业的特殊性毕竟在体能、智能和技能上具有很高要求,可能更适于男性的发挥。这是由男女生理和脑力构造决定的,人的大脑分左脑和右脑,思维模式和规律不一样,男女在左右脑发达上有天然的反差,女优则男劣,男强而女弱,谍报工作需要男强的方面相对更多,无论是主观还是客观上。当然,谍报工作毕竟不是体力活,特工间谍不是体力劳动者,所以女性在谍报战线大有用武之地。事实上,男女搭配,优势互补,是谍报工作永恒的现实需要。

她们除了像男间谍一样付出外,确实还多了一种以肉体为代价的付出,但性质完全不同于出卖色相的风尘女子。女间谍对个人一切的付出,如同男间谍付出忠诚、睿智、勇气、体魄和生命一样,是一种特殊形式的敬业奉献。

女性从事间谍活动,特别是拉拢目标对象下水使之成为情报来源,往往被认为是色情间谍。那么,“色情间谍”是怎么回事?与辛西娅间谍生涯的“美人计”关系如何?

色情间谍是情报机构对间谍人员特殊培训的“谍报人才”。就克格勃培训的色情间谍而言,有男有女,男被称“乌鸦”,女被叫“燕子”,派出活动叫“放乌鸦”“放燕子”,类似民间设骗局“女当诱饵、男施敲诈”的把戏“放鸽子”。后来,除了“乌鸦”和“燕子”,又发展到男女同性恋者。

长期以来,色情间谍一直很神秘,传说不尽,越传越神奇,那么究竟如何呢?。

克格勃专门研究“性谍报术”,设立“性谍报学校”培养色情间谍。物色受训者经严格调查,保证政治上完全可靠,貌美是起码条件,还必须聪明,要懂一门外语。当某姑娘被选中后,克格勃告之已被提名到机关部门工作,报酬丰厚,还可在大城市分得一套住房,谁会拒绝呢?而后让她接受7项涉及国家机密的约定,做出“永不泄露”的书面保证,甚至连家人也不能透露。随后报送姑娘到学校学习4个月基础课,考试验收合格再进情报学校。女的便拥有一个好听名字“燕子”,男的选拔也如此,只是名字有点阴森——“乌鸦”。

“异性相吸”是人类天然规律,男人喜欢美女、女人倾心帅男是人之常情。情报部门把聚焦点投向俊男靓女一族,正是认为“身体”是间谍一大“本钱”。克格勃女特工间谍在以男性为主的间谍队伍中占相当比例,她们来自各行各业,有售货员、演员、教师、医生护士、学者记者、军人家属,还有妓女。一大批活力四射的女情报人员在俄国人谍报机构占据越来越重要位置。

克格勃有些“燕子”工作本身很单一,不需要亲自窃取情报,也无须去组建间谍网,“以身体诱捕猎物”为主,无须知道行动目的和后果,上级也不让知道更多,防止一人暴露使整个组织受损。但她们所受的训练并不轻松,极其辛苦。可以说,克格勃使这些女性饱受身心折磨,直至丧失人伦、理性,葬送美好一生。

男色情间谍学员的训练要求也非常严格,他们除了要精通心理学和掌握激起女性兴趣的本领外,心理障碍关也不好过。因为他们勾引的对象是那些丑陋、心灰意冷和乏味的中年妇女,要跟许多难看的、粗俗和肮脏的乡下女人、脾气刁钻古怪的老处女发生关系。“乌鸦”们必须充分运用所掌握的各种手段,使这些女人言听计从,甚至不惜替他们犯罪。“乌鸦”经过训练也从纯洁少男堕落为无耻之徒。

色情谍员配备专用谍报器材,有“粘贴乳晕上”或“镶嵌戒指、项坠内”的超微型窃听器,有置入纽扣、领带夹、手包中的针孔摄像头。苏制 F21 间谍相机是一种由德国造改进的窃照器材,可藏于雨伞以下小物体内。还有专为女谍配备的“口红刀”“口红枪”——内装一发足以致命的 4.5 毫米小子弹。

一提到女情报人员,总会有人想当然认为就是色情间谍。其实完全是概念混淆,充其量说,女间谍中有色情间谍,就像男间谍中也有色情间谍一样。

辛西娅没有学习过“燕子”的技术,没有装备过“色情间谍用具”,没有接受过“感情训练”,但她无师自通;她记忆力很强,相当于活体窃听装置;她理智性也很强,丰富的情人历练使她轻易不会深陷情迷,不致难分难解,难以自拔。

总而言之,辛西娅不是秘密情报机构专门培养的职业特工间谍,不是特殊培训调教出来的色情谍员,也不是为同伙充当敲诈要挟的色情诱饵。

作为间谍,辛西娅自我牺牲,确以美貌和身体作为间谍活动手段。从间谍“出道”上讲,她不算早,属半路出家;从“特训”上说,她谈不上,只受过“皮毛指导”,纯属战争中诞生的一个无师自通的女间谍。

“性讹诈”与“美人计”

从辛西娅这一代女间谍起，战争使古老的色情间谍手段有了突破性发展，实施色情圈套阴谋开始借助先进的电子窃听、窃照和摄影录像等科技设备，依仗偷取“色情证据”来讹诈、胁迫、收买落入圈套者变节卖密，成为使用色情间谍的主要方式。

挑选色情间谍条件十分苛刻，要由专家组成特别委员会对候选人“性诱惑力”进行全面评估。在训练中，色情间谍学员还要详细学习了解世界各国不同的性技能和性习俗，包括同性恋方法，因为目标不是本国人，专门针对“有头有脸的外国人”。

色情间谍不论男女，从事间谍活动的程序基本一样，从捕捉目标开始，经谈情说爱和床笫交欢，到迫其就范。情报机关利用这种“谍报业务手段”屡尝甜头。

陷阱——最常用圈套。

讹诈——最有效手段。

克格勃曾决定以“拉出”方式在法国政府高层建立一名内线间谍，把目标锁定时任的法国总统戴高乐密友、驻莫斯科大使莫里斯·德让。克格勃在大使住处安装了窃听器，派出两名特工混入使馆工作，一个当大使司机，一个做大使夫人女佣，了解到这位56岁的老外交官有一个致命弱点——贪恋女色，而他40多岁的夫人也颇为风骚。于是，“乌鸦”“燕子”待飞！

“乌鸦”瓦西里耶维奇先飞，以“太平绅士”身份在社交场合接近大使夫人，以英俊潇洒和良好的谈吐吸引对方，双方交谈得很投机，他趁机邀请她参加朋友圈游览莫斯科河活动，大使夫人生性好玩，又被帅男所迷，爽快应允。随后克格勃专门设计，整条游船上除大使夫人外，所有游客都由克格勃装扮。瓦西里耶维奇在船上陪大使夫人游景聊天，幽默风趣令她神魂颠倒。两人含情脉脉走进船舱豪华包厢，“乌鸦”爪搭上夫人腰，夫人脸贴上“乌鸦”毛……

几天后，大使夫人邀请瓦西里耶维奇参加法国大使馆国庆招待会。克格勃第二总局局长格里巴诺夫中将冒充苏联部长会议高级官员戈尔布诺夫亲自上阵，作为瓦西里耶维奇朋友出席。招待会上，大使夫人亲自向丈夫介绍他们，德让大使有夫人引荐自然毫不怀疑。此后，瓦西里耶维奇和戈尔布诺夫交替为大使夫妇安排活动，音乐会、芭蕾舞演出、影展画展、别墅聚会、郊游狩猎、篝火晚会等，两年时间里克格勃动用100多人及演员、模特、画家等名流，安排几十次活动。后期主要由瓦西里耶维奇专陪大使夫人亲热厮守，意在回避，为德让本人创造单独活动机会。

这时，该“燕子”起飞了。克格勃推出色情间谍霍凡斯卡娅很快与大使打得火热，但又发现她前夫曾是法国一位有名望的人，担心圈里人认出她，临时换将，又推出“燕子”索鲍列夫斯卡娅，代号“洛拉”。前一个“燕子”以到国外拍片为名撤退，让德让大使一时心空，后一个洛拉及时出现，美貌和性感都超过前者，一下填补了大使的空虚，关系如胶似漆。在一次私密郊游中，当大使和洛拉一丝不挂在床上时，房间门突然被撞开，来者气势汹汹，声称是洛拉丈夫，指责大使性侵，要讨说法。洛拉一副可怜兮兮样子，哀求“丈夫”原谅自己……大使被拳脚相加，受到“扔海里喂鱼”威胁，唯恐“身败名裂丢掉性命”，束手就范，成为克格勃的秘密合作者。直到一名参与计划的克格勃官员叛逃英国揭发。戴高乐总统立刻召回莫里斯·德让，但他已与克格勃合作多年，提供了大量情报。

这是运用色情陷阱进行“性讹诈”的一个典型方式——暴力+威逼=“生命和名誉”危在旦夕。

辛西娅不是随时“被放飞的燕子”，而是一只“线在总部的风筝”。

一位法国电子工程师菲利浦·拉托，在政府发展火箭制导系统工作，赴苏联考察旅游，到达列宁格勒预订酒店，被告知客房已满。他表示抗议，经理出面解决一套间。拉托游览后到一家饭馆用餐。这时，暗中监视他的克格勃在汽车里发出无线电信号，10 分钟后，一位金发女郎走到拉托餐桌旁空位，客气问："我能坐这里吗？"当他表示不能用俄语作答时，女郎改用法语攀谈，显得热情又爽朗："听得出，您是从法国来的。我是一位语言教师，叫塔尼娅。我能和您坐在一桌吗？"其实，周围座位早被克格勃扮演的食客填满。

拉托为认识一位俄国女教师而兴奋，散步、游览、吃饭聊天，三天下来两人已无话不说。塔尼娅瞅准时机，对拉托倾吐"苦闷"：我丈夫在部队服役，我们很少在一起。拉托当然听懂她话中之话，把她搂在了怀里，手拉手来到酒店，走进卧室。谨慎的拉托锁紧门，拉下沉重的窗帘，一切似乎做得十分隐蔽。可是，转天下午，突然来个便衣人，自称是上校。拿出一个信封，请拉托看看里面的东西。"哗"，12 张照片倒在桌上，拉托与塔尼娅性爱景色暴露于光天化日——克格勃用高精密仪器布下"色情陷阱"。

便衣上校显得很斯文，与暴力形式出面的"演员"完全相反。他礼貌而客气地告诉拉托先生，他引诱的女人是一名苏联高级军官妻子，是军婚！摆在他面前的只有两条路：要么同他们合作，提供情报；要么被判有罪，入狱受刑，否则爱莫能助。拉托经过激烈思想斗争，最终妥协，供出机密材料。

这是运用色情陷阱进行"性讹诈"的又一典型伎俩——制造把柄 + 违法判刑 = 控制人身自由。

印度尼西亚青年奥丹塔拉从万隆大学毕业后，于 1958 年到莫斯科门捷列夫大学留学。面对北国严寒，他还想念遥远故乡的未婚妻——可爱的索拉薇。一天，挨着他听课座位，坐来一个美丽的苏联女生娜达莎。课后他俩谈笑风生，开始一次次幽会，直到共枕同眠。

一天，娜达莎把奥丹塔拉领进一家酒馆，介绍一个人：奥古拉·郎佐夫，在文化部工作，对印尼文化很感兴趣。三人边吃边聊。此后，郎佐夫经常拜访奥丹塔拉，馈赠礼品，美餐招待。又一天，郎佐夫给奥丹塔拉介绍一个人，这人单刀直入："我是国家安全委员会的。奥丹塔拉先生，听说你回国后还要去日本学习化学工业，希望你能为我们搜集日本化工方面情报。当然，是有报酬的，数目是很可观的。”

奥丹塔拉大吃一惊，脸色铁青地说：“我不想当特务，请不要把我拖到这种勾当中……”

克格勃立刻严肃起来，紧盯他眼睛说：“奥丹塔拉先生，你和那个叫娜达莎的女生打得火热吧，听说是个大美人哩！多么令人羡慕啊！前天晚上，她在你宿舍过夜吧？噢，还有，一星期前也过夜了吧？好啦，先别管这些。不过你在家乡可有未婚妻呀！她叫索拉薇吧？是个可爱的姑娘，对你倾心如一。好像她很有地位的父亲说过，谁要让他女儿委屈就让谁生不如死。你瞧，要是索拉薇知道你和娜达莎的关系，要是她父亲也知道了……啧啧，那你可怎么回家乡呀，真担心你伤了索拉薇的心，再激怒了她爸爸，那……你瞧，多不好说啊！”

“可是，我对特务这种肮脏的勾当……”

“看你说到哪去了，年轻人，不必想得那么复杂嘛！你可以得到大笔酬金，在日本生活会很舒服，还可以与索拉薇美满到老，甚至你愿意的话，娜达莎还可以继续填补索拉薇不在你身边的空白……你的一切不仅没有变化，而且还好上加好，你懂吗？”

奥丹塔拉最初的抵触情绪不见了，陷入默默沉思。

“你这样表现就对了，很明智也很现实。”克格勃人员终于露出难得的微笑。“为了慎重起见，你签个保证书吧，这样我们也能有个履行承诺的依据。”

强拉硬劝下，奥丹塔拉终于屈服，签写了与对方的合作书。“我与女人的私密怎么被情报机构知晓？”他并不笨拙的头脑马上闪出“娜达莎”名字。当恼怒的他冲进娜达莎宿舍时，房间已空无一物，大学校园也再不见她影子。鱼上钩了，饵留何用？

奥丹塔拉到日本后，窃取化学聚合塑料成型法专利和聚氯乙烯合成表等科技情报，每月与克格勃接头交接资料，领取酬金，每次三四万日元，共六十来次，最终被日本警方侦破。奥丹塔拉在被捕的瞬间，脑海里浮现出娜达莎性感的身躯。“莫斯科之恋”毁了他一生，代价换来的却是克格勃利用

"性间谍"廉价获取他人技术成果。

这是克格勃设计"色情陷阱"进行"性讹诈"的另一典型手段——打亲情牌 + 签保证书 = 牵着鼻子走。

由此可见,情报机构利用"色情间谍"设置"色情陷阱"进行"性讹诈"达到情报目的,主要有三大做法:

暴力 + 威逼 = 危及生命和名誉;

制造把柄 + 判刑 = 控制人身自由;

打亲情牌 + 签保证书 = 牵鼻子走。

三大毒招,招招要命。但有共同特点:在国内肆无忌惮使用,也就是说,在国外有其不便操作因素。所以:色情间谍"在国内"施展"美人计"是阴谋布设"色情陷阱"进行"性讹诈"的主角;"在国外"则是对"目标对象"起"诱惑腐蚀、拉拢策反"作用。

辛西娅非专职色情间谍,其做法属于后一种。辛西娅施展"美人计"主要是以打"感情牌"为主,以建立"情人关系"设定"牌局","诱惑"是她"牌技"的"强势"风格,"情色"是她"出牌"的"强力"手段,"性"是她保底工程,是赖以达到最终"赢牌"目的的"筹码",是一张孤注一掷的"强劲"王牌。

辛西娅具备间谍所需的先天条件和后天才能,富有与众不同的智力和勇气,这是她从事间谍活动和创造辉煌谍绩的有力基础,而其最主要手段,还是充分发挥自身"特色"——"美人计"。

辛西娅是风月场合老手,是摆平异性的高手,在间谍使命中成为征服情报目标的强手。如果说,情场杀手厉不厉害,对付男人手腕高不高,很大程度取决于"脸蛋和姿色";那么一个间谍,对目标对象心理和特点摸得准不准,把握能力强不强,则需要通过现象看本质,需要感性与理性相结合认识,需要足够的、持续的、深入的"研究和总结"。

辛西娅在瑞士留学期间,那里的风格特点对她少年成长有相当影响。同样,西班牙的风土人情和意识形态,对 20 多岁青年少妇辛西娅的人生观、社会观和间谍使命感,也产生很大影响。

"活泼漂亮"是《西班牙女郎》歌中的形象,也是辛西娅间谍表演的风貌，“迷人的眼睛抓住每一颗心”是歌中的情形，也是辛西娅从事间谍活动的有利条件。但这一时期的辛西娅，已不满足于此，而追求“以非凡的头脑抓住每一个对手的心”，不仅在生活中展现“活泼漂亮”，打动男人“没日没夜都想在她身边歌唱，还要充分发挥“睿智勇敢”，让目标对象“每日每夜都在她身旁泄密”！

从风流熟女到身份不一般的外交夫人，从剪不断理还乱的大众情人到性感美女间谍，辛西娅把几个角色集于一身，灵活多变，有时是单面人，有时是多面人，善于使角色交叉换位，你中有我、我中有你，让人犹如雾里看花，搞不清是眼花了还是脑子不好用了，而这正是她目的所在。

所以，斯蒂芬森有一个评语：辛西娅永远知道“我是谁”，让别人永远不知道“她是谁”。

牵手情人投入内战

进入间谍系统的辛西娅，随丈夫转任驻西班牙大使馆工作不久，便赶上这个南欧老牌国家内战爆发，间谍本是战争宠儿，她这个刚进入谍报战线而跃跃欲试的新兵，一个从小喜欢冒险、第一次身临战争其境的军人女儿，面对内战刺激场面，怎能不以极大兴致投入其中。

斯蒂芬森命令菲利普斯立刻前往马德里约见辛西娅，向她布置情报搜集任务。为避免在公共场合引人注目，菲利普斯把辛西娅约到海边会面，两人一边散步一边聊谈。

“头儿让我告诉你，我们需要了解与共和军和佛朗哥军队战事一切相关的情况，”菲利普斯开门见山。“越及时越好，越详细越好，我会随时听你消息，与你联系。”

“他们谁该赢？”辛西娅问道。这是当下困惑她的问题，作为英国驻西班牙使馆，共和国政府是递交国书的正式方，各国外交使团理应与政府为伍，但叛军“揭竿而起”的举措又很迎合辛西娅的个人思想意识。

“这便是问题的麻烦所在。”菲利普斯面向大海，有一种畅所欲言的抒情感。“意大利人和德国人支持佛朗哥，他们的获胜不是英国的真实愿望，因为那将使英国不得不面对雄心勃勃的德意势力而使自己今后处于被动；但你知道，共和国左翼那一套与自由民主的欧洲是格格不入的，他们与共产党苏维埃走得越近，我们将面临的危害越大；所以，这更不是英国所希望看到的，”

“这么说，他们谁都不该赢？”辛西娅一边琢磨一边问。“或者说，二虎相争，两败俱伤，对狮子来说，可能是一种不错的局面。”

“应该说，你看到了问题的实质。”菲利普斯肯定道。“可问题是，如果其中的某一只虎一定要赢呢？这是狮子所不能不考虑的现实问题。”

“那么，两害相权取其轻喽？”辛西娅马上领悟。

“狮子也是这么想的。比起苏维埃这只来势凶猛的下山饿虎，一只张开血盆大口的拦路虎，德国毕竟还只是窝里斗的上山虎，一只被驯服过的翻身虎；而意大利人嘛，不过是狐假虎威罢了。”菲利普斯把目光从海面转向辛西娅脸上，意味深长地盯着她碧绿的双眼。“所以，好像不能不遗憾地说，苏维埃是大敌，是天敌，德意是对手，是强手。”

“这就是头儿的意思？”

“应该说，是头儿的头儿的头头们的意思吧。”菲利普斯连说了三层上司，一竿子顶到了英国老巢。会面结束时，菲利普斯交给辛西娅一笔活动经费。

辛西娅与菲利普斯接头会面后，去找牵手情人阿萨奇诺。他们的关系已在内战爆发前出现了新变化。

辛西娅和阿萨奇诺刚认识时，尽管克里斯蒂娜老敲边鼓，说什么“一周能牵手，牵手就长久”，还什么“床下手拉手，床上腿压腿”，但他们二人反倒不以为然，大大方方。他们一起钓鱼，溜海滩，一起看斗牛、看足球，一起吃饭、喝咖啡，有时辛西娅还邀请克里斯蒂娜一起参加，毕竟大家是一起认识的，而且还得益于克里斯蒂娜当时的“张罗”。而克里斯蒂娜却常以“灯泡”自居，差不多时就自动退席，给他们俩留出她想象中的谈情说爱空间，但事实上，他们从没有什么相互企图。阿萨奇诺确实很欣赏辛西娅，但内心里只是一种“友情获得感”，而不是“情爱占有欲”，表现上像个老大哥，从未想占她什么便宜，连手都没拉过一下；而在辛西娅心里，有这样一个大哥型朋友感到很温馨，使她在与丈夫争吵和冷战中得到极大慰藉，她愿意跟他在一起玩，不光是一种乐趣，还有一种充实感。两人在相敬如宾的交往中，好像感情的加深超过了以往辛西娅与任何其他情人关系。

一次，他们相约钓鱼，投入得忘却了时间和空间。突然下起瓢泼大雨，来势凶猛，他们根本来不及从“为钓大鱼走出好远”的地方再跑回停车地方，周围除了礁石无遮无挡。阿萨奇诺赶紧脱下外套披在辛西娅身上，但这怎能挡住大雨。当他们好不容易奔到车前，全身都淋得湿透。偏偏不巧，可能雨大浇得机箱进水，老旧军用吉普车怎么都打不着火了。雨哗哗下个不停，周围无人帮忙，他们只能龟缩车里避雨。“阿……阿嚏！”辛西娅冷得打了个喷嚏。阿萨奇诺心疼地看了她一眼，车内无任何干物可裹体保暖。持续小会儿，辛西娅又打了喷嚏。这时，阿萨奇诺不再犹豫，一把揽过辛西娅，把她湿漉漉的身体紧紧贴在自己发热的怀里。两人默默无语，辛西娅逐渐暖和起来，但她贴身的湿衣无疑也在为他的身体渗凉，她小心地示意该把湿透的外衣褪去，以免两人有限的体温被湿漉漉的衣布占有。他索性光起了脊梁，露出发达的胸大肌；辛西娅的内衣湿淋淋地贴在身上，里面的轮廓依稀隐现。她当然不能脱掉最后一层，但粘身的单衣湿贴在他胸怀时，与肌肤相触无异。她的身体开始渐渐发热发软，紧贴他胸口的面颊明显感到一颗怦怦跳动的男人心。辛西娅歪着身子，时间一长累酸了，不得不慢慢顺正。随着正面的近靠，丰满的胸脯紧贴宽厚的胸膛，也许她想，这是两人相互取暖的最好方式。而这样，他们的口鼻却息息相对，他抱紧她，她搂住他，两张嘴不可避免碰到一块儿……稍稍一碰，不知谁先，又好像同时，两双眼睛彼此回避般地悄悄合上，剩下的唯有本能的唇与唇对接，继而又条件反射地变成舌与舌蠕碰，突然，两个人像在心里一起喊了“1、2、3，开始！”一样，完全同步地，狂吻对方。

猛烈的亲吻使他们忘却一切，身上的湿衣顷刻显得多余。他的热吻暖遍她全身，她的温唇游遍他周体，两颗蹦跳的心激荡情潮，雨中沐浴的肌肤散发自然气息，狭小的车内空间勉强容下适度伸展，完美地成为她和他融为一体的情人洞房，他的充实投入顺应她的呼之欲出，她的随波逐流迎合他的厚积薄发，可怜的老旧吉普车，像风口浪尖的一叶小舟，在翻云覆雨中飘摇晃动……这是辛西娅唯一的“车震”体验，湿漉漉的衣物摊在脚下，噼啪的雨点敲打车窗，她感到胜过卧室床上百倍！与心仪大哥情人犹如车外疾风暴雨般的身心大碰撞，更让她感到比与任何他人的快乐，胜过千倍、万倍！

贝蒂感谢上苍赐予晴天霹雳雨，让她拥有一生中的永恒……

菲利普斯与辛西娅在海边会面后，她找到情人阿萨奇诺，半明半暗地告诉他，国外有朋友很关心内战情况，希望她在马德里能帮助了解一些。“我一个女人家的，怎么能帮人呀？”辛西娅以弱者面目出现。“而且，关于打仗的事，只能靠男人的。我嘛…也只能靠你了，还能靠谁呀？除了你是我的依靠，没别人可指望的……”她越说声越小，显得很无助，很可怜。阿萨奇诺没有多问什么，在他心里，贝蒂的一切需要都是他值得竭力付出的，这或许不单是出于爱这么直白，不仅是为了情那么简单，好像是大哥对小妹的责任更大一些，男人对女人的义务更多一些，情义比情爱的分量更重一些。

阿萨奇诺把自己所知的人民阵线内部党派分歧、共和国政府力量正削弱情况，尽量详细地告诉了殷切期待于他的情人贝蒂。随后，辛西娅立刻把情况通过菲利普斯报告总部。这是她在西班牙内战中做的第一件事，也是她当间谍后第一次搜集上报情报，更是她通过情人关系第一次拿到情报。

内战头两个月，总部一度未连续下达情报搜集要点，辛西娅积极主动，凭自己想象判断，通过阿萨奇诺“情人来源”不断获取交战双方信息，先后上报20余份情报，平均三天一份。菲利普斯与她见面的次数和提供的经费数量越来越多，以致难以频繁跨国往来。大使馆虽有通讯传递设备，但辛西娅不宜暴露秘密身份，不便借用。结果总部决定，临时启用在马德里另一秘密网电台，供菲利普斯来不及往返时就地使用。但这只能解决动向消息传递，文件资料和经费输送还得靠菲利普斯疲于奔命。

身处内战漩涡的辛西娅，得到菲利普斯转达的总部满意反馈。她及时提供的战场情报对英国研判形势、制定和调整政策非常有用，被视为“来自西班牙内战最前线的第一手资料”。斯蒂芬森受到情报局表扬，赞称“幸亏有他提前部署辛西娅这条线，否则总部成了聋子和瞎子”。

菲利普斯与辛西娅秘密会面增多，经费投入加大，斯蒂芬森的情报需求一次次扩展、一时时急迫，表明西班牙内战态势和走向越来越牵动英国，伦敦对内战“系列情报”越来越重视，总部对辛西娅这条“秘密情报渠道”越来越依赖。突发历史事件把一个刚入谍门就摊上事的女人越来越推入内战深渊，推向谍报悬崖。

此时的辛西娅感到肩上的担子越来越重，对谍报活动的兴趣越来越浓，搞情报劲头越来越足，对阿萨奇诺的依靠也越来越大。

作为政府空军军官，阿萨奇诺少校有机会有能力获得内部信息，他对辛西娅的感情也使他愿意为她做一切可能做到的事。阿萨奇诺不断为辛西娅提供情报资料，包括：政府空军中高层对内战的反应和分歧、空袭叛军计划的可行性、拟向"国际纵队"阵地空投武器弹药行动、佛朗哥军队准备攻占共和军防线的战术打法、其空军力量存在的优势和弊端、叛军拟在马德里制造粮食和供水恐慌实施步骤、共和军大宗物资短缺数量、叛军与德意支持军协调与否因素、政府与军方内讧派别情况等。

内战初期连续的战场情报提供，是辛西娅间谍生涯的起步阶段。她在实践中真切感到情报的准确性和时效性尤为重要，关系到使用方向和决心。同时，间谍使命感使她深感责任重大，刺激性也使她的挑战心理有增无减，对她来说，好像不管哪方信息、哪派情况，也不管上面当不当情报用，只要是通过特殊渠道搞到手的，不是马路听报纸上看的，就行、就过瘾、就大有成就感。

当时驻马德里的英国老牌间谍外交官、海军武官唐·格麦尔少将评价说："贝蒂即使在那时也是个不可多得的意见与消息来源，暂且不说这些意见和消息的价值如何，至少令我惊奇的是，我自己很努力却没有及时成为这些意见和消息的供应源，而它们又恰恰是伦敦当时最需要的。对我来说，她真是初生牛犊不怕虎！"

在默契的情报供需过程中，辛西娅对牵手情人阿萨奇诺的感情逐步加深，每次当他什么也不多问、默默为她提供情报资料时，辛西娅总是真心实意想用自己身体的一切来回报他。这并不是"交换条件"，阿萨奇诺从来没有任何这样暗示要求，他也不是为了钱，几次婉拒或断然回绝辛西娅好意，让她为自己"可能贬损他人格"而后悔内疚，也对"不想让他、又不能不让他一次次无偿付出"而心怀歉疚。

这种间谍活动现象是一种奇特经历，通常都是绞尽脑汁、不择手段向来源要情报、抠情报、挖情报乃至偷、骗、抢情报，而辛西娅和阿萨奇诺则完全是另一番情形，一个自愿无代价付出，一个不安和不忍其无偿付出，这是为什么呢？

如果说，辛西娅用"美人计"套牢阿萨奇诺以达获取情报目的，完全不是，因为在他们相好的时候，还没有西班牙内战这档子事；如果说辛西娅以色为杠杆"撬"他为我所用，也不是，因为阿萨奇诺始终对情人的身体敬而远之，他更珍惜心理拥有，感觉那比生理得到更珍贵；如果说，阿萨奇诺有何政治动机而与辛西娅志同道合，更不是，因为他提供的情报资料对双方利弊都有，不存在为了哪一方战胜哪一方的倾向性，连辛西娅本人对交战双方各有利弊的情报信息，也不管三七二十一，胡子眉毛一起抓，拿来上报！

那么，他们这种情报供需关系究竟是为什么呢？

一句话：士为知己者死。

阿萨奇诺和贝蒂，两个偶然友人，一对牵手情人，他们似乎从一开始就不约而同逾越了"男欢女爱"的世俗羁绊，成为"哥们儿般的铁友"关系。

这正是：情人有限，情义无价。

所以，与其说辛西娅间谍"美人计"不无"色情间谍"手法，不如说她的"美人计"更具"感情杀手"色彩。

作为女人，辛西娅对阿萨奇诺，这个为她真诚奉献爱、无私付出辛苦、甘冒风险的男人，心甘情愿想做和能做的，只有用自己全部身心去抚慰他、感激他、犒劳他，唯有毫无保留拿出自己的情、爱、性，与他的忠义肝胆去对接、去碰撞、去融合，以此表达自己内心一切，除此之外，她还能为他做什么呢？

辛西娅当时不满 26 周岁，正是激情燃烧的年龄；阿萨奇诺刚过 30 岁，当兵当的，还是个没有对象的单身汉。

那个时候，他们两人常在完成某项活动后，回到阿萨奇诺称为"快乐光棍儿楼"的军官公寓宿舍，那里总让辛西娅感到很自在、很温馨、很舒坦。她常一进屋就往床上一躺，四肢摊开，嘴里连叫："噢，我的上帝，累死我了！"

然后完全呈现一副懒洋洋的耍赖状，伸伸腿，蹬蹬脚，还“嗯、嗯”两声，示意阿萨奇诺把她鞋子脱掉。他总是面带微笑帮她脱鞋，给她倒水，把她身子在床上挪正，用自己的军大衣给她盖上，“你先歇一歇，歇好了我送你回去。”阿萨奇诺像哄小孩似的拍拍她的脸蛋儿。当他刚要转身离开，一直眯眼装睡的她一把抓住他的衣襟，“不许走！你陪我睡，要不我睡不着！”结果，哪里是歇息，反倒更累一场。辛西娅把全身心给予阿萨奇诺当作最幸福的放松。

有几回，辛西娅趁丈夫帕克住院不在家，把阿萨奇诺偷偷带到使馆外交公寓，两人一前一后，像做贼一样，又如秘密接头一般，蹑手蹑脚，连大气都不敢喘，悄悄上楼；她轻轻转动门锁钥匙，一点点地，慢慢推开房门，然后回头冲他一个劲儿小动作招手；他则装出一副若无其事的样子，瞅瞅前后左右没人，三步并作两步，以优秀飞行员鱼贯而入驾驶舱的干脆利落，瞬间实现溜进情人家，行动之迅捷简直神速一般，让在门内猫腰窥视的辛西娅几乎措手不及，一个闪身穿入的他，与正直起腰的她，撞个满怀；于是，两人同时把食指压在对方唇上，在“嘘——”的一声中，悄悄把门关紧，两人的耳朵贴在门上，听听楼道或对门都没有动静，确认偷情幽会安全后，相视而立，再突然同时前仰后合，发出一声不响的“哑剧式”开怀大笑。

在辛西娅家里，他们一起碰情况，他说她听；看材料，有抄有记；两人汇总所见所闻，找出有用信息，分析相关问题，理顺情报头绪，归纳情报要素，拟定上报提纲，书写上报文稿，一顿紧张有序的案头忙碌，直到大功告成……

这时，她会换上居家主妇宽松的穿着，稍微松开头上紧束的发饰，他脱下外衣，解开领带，现出一副男主人的休闲样子；两人开始一起下厨动手，噼里啪啦一阵忙乎，各显拿手厨艺，她把小时候在家里学厨娘的手艺全搬出来；转眼间，刀叉盘碗餐具一应俱全，工工整整一一摆上洁白的台布餐桌，出自“二厨”之手的美味佳肴散发出馋人的香气……

不过，先别忙，还没到敞开胃口狼吞虎咽之时。他们又点燃一支红色蜡烛，施绅士风度“女士先行”之仪，他彬彬有礼扶椅让座，恭请她装腔作势坐下，再转到对面一侧，点头致意，端正而坐。接下来，还不能“动筷”，两人神情静默，两手合十，双目闭上，恭恭敬敬，进入短暂而虔诚的餐前祷告……

然后，相互对视一笑，一挤眼儿："开吃！"便是一通吃、喝、聊、玩、闹，一个晚上，两个开心。不知不觉，夜色已深，一对情人同床共枕，怎能眼睁睁睡着？结果，五分钟斯文，一刻钟浪漫，半小时折腾，床差点儿没散架……又回静静相拥。她宛若小鸟依人，蜷缩在他夏日晴空般的暖怀中，伴着男人粗重的鼾声，喘着自己丝丝入微的香息……每每此时，辛西娅总盼长夜恒久，永不天明，直到地老天荒、海枯石烂、生灵涂炭……"那也值！"——她从心底发出幸福梦呓。

入教由来爱子心

毕竟，醉心的情调时光短暂，美妙的夜晚屈指可数，内战的烽火连绵不断，混乱的日子无休无止。

有一天，辛西娅得到一个吃惊的消息：她拜在门下的天主教牧师安东尼奥被反对宗教集团势力的政府军抓起来，关进监狱。辛西娅二话没说，打着使馆旗号，以门徒身份前去探监。随后，她串联并纠集其他使馆信教的外交夫人，前往监狱抗议，要求狱方允许被抓的几位牧师有权利获得保释，狱外施教。结果，正赶上主管监狱的负责人与政府人士闹派系斗争，为了争取使馆的外围“支持”，其实是怕得罪辛西娅这伙“有背景的”英美法外国女人，狱方以“暂时取保，随时候审”名义，答应了辛西娅她们一帮女人的强烈要求。

随后，辛西娅马上考虑如何从“暂时”到“彻底”解救安东尼奥牧师。她不能把安东尼奥藏到阿萨奇诺营房，那本来就是共和政府军的地盘，更不能带到使馆公寓，要是让丈夫和使馆的人知道自己和牧师教会以外的关系，那还不炸了锅了！想来想去，辛西娅给闺密克里斯蒂娜打了电话，当时她在父亲的跨国旅游公司设在马德里的南欧旅游分部工作。辛西娅让闺密在她公司下属旅馆开个房间，克里斯蒂娜说，现在政府军查旅馆很严，就是为了清除叛军逃跑者和间谍之类的破坏者。辛西娅听罢立即说：“你就以我和安东尼奥是夫妻的名义开房，让他们查吧！”克里斯蒂娜问也没问安东尼奥是谁，马上按闺密要求办了。

辛西娅和安东尼奥在旅馆房间里坐下来。他们“师徒”关系一年多，安东尼奥是当地宗教界颇有名望的一个牧师，听说过辛西娅入教前后的风言风语。

“贝蒂，你后悔入门做教会弟子吗？”安东尼奥问。

“不，牧师，为了我的儿子，我永远都不后悔！”辛西娅坚定地说。

“仅仅是为了孩子，与个人无关吗？”

“是的，别人爱说我什么就说什么，只要万能的主保佑我的孩子就行。”

“虽然上帝能拯救一切万物生灵，万能的主可以接受所有忏悔者任何形式的赎罪心灵，但是你，贝蒂，能确认你的孩子接受你这种间接的以他名义的祈祷吗？”牧师表现出职业性的严肃和认真。

“能，一定能！我坚信母子连心。”辛西娅毫不含糊地回答。“我儿子29天离开我，我来不及给他任何东西，但唯有一件比任何什么都重要的连心物，我总算留在了他身边。”

“是什么？”

“信物，一件我母亲信奉了一辈子主而不离身的信物。那是我母亲出嫁前一天晚上她的母亲给她的祖传信物，也是我出嫁头天晚上我母亲在她几个儿女中专门给了我的传家宝物，一个镶嵌蓝宝石的‘十字架’项坠。”

“噢！那是本教派门第一个久远的象征，具有先祖神灵意义。”安东尼奥说着恭敬地在胸前画了个十字。

“我不管它的历史如何，我只相信它永远是我这个母亲和我的孩子心心相印、息息相通的连心物，因为我永远记得，我母亲把这个神的信物交给我的时候说‘它保佑了我的孩子贝蒂，也会保佑贝蒂的孩子’！”辛西娅说完，虔诚地跪在安东尼奥牧师脚下。“神灵的主啊，让我万般忠诚于主的母亲从她母亲的母亲们代代相传与我的神物，联结我的诚心与孩子纯净的心吧！万能的主啊，让我来赎一切的罪过，让一切应有的惩罚都归我，保佑我的孩子吧！我向主起誓：为了我的孩子，我愿意做任何我可以做的一切，请尊贵的牧师吩咐卑贱的徒儿吧。”

这便是当年令人费解和猜疑的辛西娅入教原因。

安东尼奥扶起弟子，双手合十做出一种承接祷告的样子。

这一晚，为了应对内战中政府军对首都地区的宵禁检查，辛西娅当夜没有回家，但提前给丈夫打了电话，谎称在闺蜜家一起聊玩通宵，克里斯蒂娜还在一旁抢过电话，与闺密的丈夫帕克“打情骂俏”逗趣一番，为姐妹的谎言当“托儿”打掩护。当晚午夜时分，旅馆里果然有“咚咚”敲门的例行查房，事先准备好的辛西娅穿着克里斯蒂娜的睡衣睡裤躺在床上，安东尼奥穿着短裤光着脊梁，下床开门，迎候检查。荷枪实弹的政府军警人员见一对“夫妻”安然就寝，草草收场离去，检查别的房间去了。

辛西娅与安东尼奥同居一室，形同夫妇，再没有任何多余的干扰，直到马德里的黎明静悄悄地来临。

但是，那个夜晚，男牧师和女教徒并没有像人们想象和传说的那样在床上亵渎神灵。不管人们信与不信，至少克里斯蒂娜有理由相信那是真的，因为只有她知道，那一天正是闺密贝蒂月例的头一天。事后，辛西娅对克里斯蒂娜幽上一默：唉，当了一宿牧师老婆，还有“红衣大主教”随身证婚！

一个充满内战惊险、充满男女情愫、充满宗教色彩的西班牙之夜，贝蒂和安东尼奥只是静静地安卧于同一张床上，轻松而无杂念地依偎在一起，以两颗赤诚的、彼此承接的心灵，以至高无上的神主名义，共同为一个远在天边的幼儿，默默祈祷。

第二天一早，辛西娅风风火火跑出旅馆，赶紧找到情人大哥阿萨奇诺，不由分说就让他开车出城。一路上贝蒂依旧与安东尼奥假扮夫妻，凭阿萨奇诺的政府军少校通行证，以“哥哥送妹妹和妹夫回乡下老家躲避战火”为借口，通过一道又一道关卡，终于将牧师护送到佛朗哥军队控制的地区，成功逃离了共和国防线。

这是辛西娅在西班牙内战时期的一件“风流”逸事——与牧师在旅馆开房过夜。当然，幸有克里斯蒂娜和阿萨奇诺明白，在她无法说清的“风流”背后，又是何种的良苦用心？

不过，不管当时她出于什么想法和目的，有一点是客观事实：贝蒂·帕克解救牧师之举，实际上已站到了西班牙共和国政府的对立面上。

西班牙内战中，辛西娅不光积极投入战场情报的搜集活动中，不仅假冒夫妻搭救牧师安东尼奥而与共和军作对，她还通过牵手情人获知一些叛军飞行员被抓获入狱，借助看守负责人与阿萨奇诺是老战友关系，巧妙唆使其趁政局动荡看管不严之机，把身陷囹圄的飞行员们偷偷放跑，并把菲利普斯给她的间谍活动经费，分发给逃跑者作为路费……

她一会儿以外交夫人身份，一会儿以教会大牧师门徒名义，一会儿又以共和国空军少校女朋友乃至未婚妻的借口，尽力帮助佛朗哥的支持者从政府军围困与抓捕中脱险，策划其反政府行径的周旋与实施活动，掩护和配合共和国的对手们撤离转移，为他们提供远远超过人道主义的交通工具、通讯联络和资金赞助……

这些都是辛西娅在间谍初期干的"好事"。当时，她可谓是积极肯干、煞费苦心，奋不顾身地充当西班牙叛乱派的"革命军中马前卒"！

事实上，辛西娅在西班牙内战期间的间谍活动，从最初的"好玩"，到搞情报"上瘾"，发展到与共和国政府"对立"，直至成为佛朗哥集团"帮凶"，站到与德意一起对抗共产党一边，固然有英国情报机构指导意向的原因，但也与她个人政治理念"松弛"有关，与她后来又站在英美苏同盟一边与德意拼死作对自相矛盾。说明辛西娅虽然间谍工作做得好，但在政治上存在"幼稚可笑"现象，有"不成熟、不稳定"的政治盲点。这大概属于"聪明反被聪明误""智者千虑必有一失"范畴，是聪明者和智者"滑稽"的一面。

辛西娅亲佛朗哥行为惹出麻烦，引起西班牙当局指责和抗议。本来英国出于"不敢得罪德国、亲和意大利、反苏反共势力"等自身利益考虑，对西班牙内战奉行"不干涉"政策，而它的外交官夫人却出头露面屡屡"干涉"！人家堂堂一国政权岂容她一个女人玩政治臭美，这不是"跳梁小丑"兴风作浪、捣乱破坏嘛，真是"婶"可忍"叔"不可忍！

帕克夫人如此不知深浅，甚至激起驻在国秘密警察"动手欲"，特工开始跟踪她，明里暗里敲打她，放风教训这个不忍破相又不能不让她尝点厉害的"不知天高地厚的小美人"……伦敦总部及时得到内线渠道报警，事态刻不容缓，紧急与使馆磋商，最终使出"妇债夫还"一招——从阿瑟·帕克下手解围！

唉，人家帕克老先生招谁惹谁了？结果，英国外交部一纸调令，把老实巴交的帕克调离西班牙，命其立刻偕夫人转赴英国驻波兰大使馆。

这是英国情报机构借助阿瑟·帕克外交官工作岗位的平台移动，让谍员辛西娅见好就收，借随夫转任之机，赶紧离开西班牙内战这块是非之地，以免大美人美出鼻涕泡儿来！

转战波兰锁定新目标

1937年底，西班牙内战中期，辛西娅随外交官丈夫帕克从西班牙转任波兰首都华沙，这时她27岁，正是“最有韵味、最具人气的佳丽少妇”，也刚经历西班牙内战的洗礼，是一个朝气蓬勃、踌躇满志的年轻间谍。

辛西娅很快融入华沙主流圈子。她受过正宗的上层社会教养，知识面广，多才多艺，幽默风趣，收放自如，这一切使她显得更加成熟和完美。而她所具有的双重品质——正视一切危险的勇气和别人无法效仿的诱惑男人的魅力，也都充分地显示出来。她很快成为当地上流社会受人注目的“交际明星”，波兰政界的高官无不以能认识帕克夫人为荣。特别是“近水楼台先得月”，波兰外交部的年轻男子们更像一群不知疲倦的蜜蜂，天天围绕着辛西娅这朵鲜花转，都幻想在她的身窝里采得甜蜜。

此时的辛西娅，在以“外交美妇人”形象迅即走红波兰军政界和外交部社交圈子的同时，也成为他们这些达官显贵身边神出鬼没的“隐形卧底”。

当时，波兰上空虽天高云淡，但如同常言道，不知哪块云彩有雨。华沙的氛围有歌舞升平，也有为战争风雨可能到来而紧张忙碌的人们。作为谍战新手的辛西娅，就像此前在西班牙热衷卷入该国内战那样，也如丈夫帕克给她下的定论“哪有热闹往哪钻”，她又热心“掺和”起波兰事务。

一次，辛西娅在社交场合偶然与一个爱吹牛来讨好女人的波兰高官一起交谈，她乖巧地倾听模样使对方更滔滔不绝，结果，说者无心听者有意，她这个一流“听众”巧妙地从那个一流“牛皮王”的嘴里获得一条重要动向信息——“波兰官方与德国秘密接触拟寻求达成有关协议”。辛西娅像在西班牙传递内战情报一样，立刻通过她走到哪儿就联系到哪儿的被她称为

"跟屁虫"的菲利普斯,向总部报告。英国秘密情报局对辛西娅"敏感的情报观念和有效的获取意识"予以充分肯定,并向她提出进一步要求:"这样的情报要尽力收集,这样的做法多多益善。"

这个时期,华沙和柏林的关系十分微妙,悬念起伏,令各方捉摸不定。而当时英国在华沙的情报工作力量又特别薄弱,因此,不论辛西娅能帮上什么忙,都颇受总部的欢迎和赏识。为加强和完善与辛西娅这一兼职谍员的组织关系,更好发挥其作用,总部专门指派菲利普斯,与她进行一次正式的指导性谈话。

"帕克夫人,这回不是你招呼我,而是我邀请你来谈话,想必帕克夫人能明白我的认真不是我个人的意思吧?"菲利普斯一改平日与辛西娅较随意的样子说。

"即便如此, 也用不着一口一个帕克夫人的来证明自己的庄严肃穆吧?"辛西娅笑着给他来了个反唇相讥。"难道跟贝蒂就认真不起来吗?"

"不不,是咱们头儿的上司说,要跟帕克夫人严肃地重复一些废话的。"

"那就悉听尊便,您的帕克夫人洗耳恭听。"辛西娅的好斗品性常从好逗的风趣中表现出来:你客气我比你更客气。

"帕克夫人,哦不,贝蒂,"刚才她的一声"您"使菲利普斯反倒不自在了,赶紧恢复称呼。"总部让我正式问您帕克夫人,噢,见鬼!是让我,问你,贝蒂,你仍有兴趣从事秘密工作吗?"

"我喜欢这兼职。"辛西娅认真回答,不想让菲利普斯为难。

"英国秘密情报局热烈欢迎帕克夫人!这是总部的原话。"菲利普斯也异常严肃。

"坦率地说,菲利普斯先生,我喜欢与你这个'跟屁虫'一起工作。"辛西娅道出心里话,一直以来她都想郑重地对这位招她入行、也是她招之即来的同事这样说。

"贝蒂,有一些纪律需要你遵守的,不知你是否做得来?"

"什么纪律你说吧!"

"你的兼职工作是神圣的,永远不可以当儿戏。"

“OK,我喜欢认真做事,要不然就不做。”

“你的工作,不能主动告诉包括你父母在内的任何人,当然这也包括不能让同一个屋檐下的丈夫察觉到你的身份,我是说,连察觉到都不行。”

“这好办。”

“你别小看这事,贝蒂,帕克先生是很留心你的,这也可以理解,哪有丈夫不留意妻子的。”

“相信我,没事!”辛西娅完全明白他的意思,她的“兼职工作”对丈夫保密也许还不是唯一的,倒是她作为有夫之妇的“兼职做法”应让自己男人彻底远离“后院起火”。

“我将继续负责与你单线联系,你没有义务向任何人汇报你的工作,除我以外,也没有任何人有资格指示你工作,任何人与你联系,都以我对你的通知为准。”

“这么说,即使我不喜欢跟你一起工作,也得与‘跟屁虫’一起干活喽?”辛西娅总忘不了幽默的乐趣。

“这正是我最后,也是最重要的,想跟你说的,”菲利普斯挺了挺胸,正视眼前这个比自己小10岁的小妹型、朋友式的女人,说,“贝蒂,不管在哪儿也不管什么时候,像你的感觉一样,我菲利普斯十分喜欢与你一起工作。”

当时,阿瑟·帕克正患脑血栓在外地住院,因此瞒住丈夫做事的规定对辛西娅来说很容易做到,而且她还“假公济私”呢:连个人与其他男人暗中勾搭的不三不四关系的事儿,也照此办理,一并纳入对丈夫保密范畴。

辛西娅按总部旨意,带着对新工作环境的浓厚兴趣,毫不懈怠地投入间谍行动的一次次冒险之中。

斯蒂芬森在评定辛西娅这一阶段情报作用和价值时认为,在她所提供的波兰方面的情报中,有一些是英国已经掌握的,但并非没有价值,它们可以大大起到印证已获悉情报真伪的作用,而且更为重要的是,她所获取的新情报,往往是有极高价值的。

事实上,从围绕自己身边的波兰政界的年轻人的嘴里掏出波兰政府的秘密，对辛西娅来说当然不是什么难事，问题的关键是，这些年轻人知道的秘密到底有多少，有多重要，他们中的某一个能否成为获取重要秘密的固定的、可持续的来源。

一次，在一个波兰外交部与各国驻华沙外交使节联谊的酒会上，一个颇为英俊的男青年向辛西娅走来，彬彬有礼地对她说："帕克夫人，我可以结识你吗？我会为自己能结识夫人而感到非常荣幸，我是波兰外交部部长约瑟夫·贝克上校的机要副官。"

辛西娅的心不由得怦然一动。这倒并非小伙子长得相当英俊，而是因为他重要的职务。辛西娅在心里暗想：机要副官先生，只要你能成为肯听我摆布的人，我也乐意当一个为帅哥献身的人，这交换条件不错吧？

辛西娅莞尔一笑说："能结识你，我也很感荣幸。不过，先生，我应该怎样称呼你好呢？叫你外交部长的机要副官先生，这未免太见外了吧？"

年轻人脸一红，歉意地说："对不起夫人，我叫瓦伦斯基·迪克，如果你喜欢，就叫我迪克吧！"

"哦！迪克先生，挺好听的名字。"辛西娅嫣然一笑。"为我们的相识干一杯！"说着爽快地把一杯香槟酒一饮而尽。

年轻的副官简直受宠若惊。

辛西娅笑眯眯地望着这年轻人，心里充满了自信：只要她认为有必要，他一定会成为自己的俘虏。

结识中，她得知这个年轻人迪克比她小 5 岁，22 岁的机要副官是个十足的小帅弟。从那一刻起，她好像产生一种既有"姐对弟不该有的邪念"又有"女人勾引男人也正常"的矛盾心理。而那一个晚上，这位外交部长助手的舌头像装上了弹簧说个不停，无非就是显耀自己多么能干，多么受上司器重，当然，也忘不了表现自己的幽默和风趣。但辛西娅并不急，除了适当发出一两声惊叹或赞许外，却缄口不谈自己，也不发表什么个人见解。她深知，自己越是个谜，对这年轻人的吸引力越大。

自从当上间谍之后，聪明的辛西娅很清楚，自己最大的本领就是"头脑遥控身体"，然而与男人发生关系时，有一条根本的原则一定要坚持，那就是性爱是对方强烈的需要而不是自己唯一的需要，尽管她也需要，但完全可以做到可有可无，这就是女人与男人最大的不同，不懂得这一点，则谈不上玩“美人计”——这是辛西娅一大过人之处。

因此，辛西娅始终明白，作为女人，只要有效把握和运用“性爱是男女关系中男方的强烈需要”这一点，才会使对方视自己为爱神，才肯为自己做一切哪怕是极其危险的事情。否则，他只会把你当作下贱的淫娃荡妇，还以为他给了你什么便宜。

辛西娅的招数在迪克副官身上是见效的。年轻人肯定对帕克夫人做过调查和分析，以为这样一个年轻的少妇在丈夫患病住院的时候，会轻而易举地投进他这位帅哥的怀抱里，且不说他的职位多么高尚而重要了。谁知辛西娅并没对他表露更多的热情，甚至在分手时连“希望以后再能见到你”的客套话也不说。

年轻的副官悻悻地回到家里，以为辛西娅会主动给他电话约会的。谁知一连三天，音讯全无。

这三天，是拼意志、比智慧的三天。其实，辛西娅一点儿也不比副官轻松，或者比他还有些焦急、担忧，毕竟他的职位对她的“兼职”有着强大的吸引力，而且，把他的年轻帅气与“兼职”需要结合起来，岂不是多么令人激动的美差！她差点就守不住底线了，寻思着如何创造一个“偶然”机会，邂逅这个又帅气又有地位的副官先生。就在这关键时候，年轻的副官先沉不住气，缴械投降了。他亲自上门拜访。

“尊敬的帕克夫人，请原谅我现在才来拜访你，工作实在太忙了。”

“哦，我们好像见过面，你是，你是……”辛西娅这时开始端架子做戏了，故作对他没留下什么印象的样子。难为情地说：“你看，我多没记性，没办法，见的人太多了。对了，你有什么要紧的事找我吗？”

年轻副官高傲的心态这时荡然无存了，像一只可怜的小哈巴狗，低着头说：“夫人，你是贵人多忘事，我叫迪克。”

辛西娅猛然醒悟似的，连忙说：“噢！对啦，我记起来了，你是齐亚将军的传令官是吧？我记得你给我说过去过中国的上海，多神秘的古老的中国啊！我还真感兴趣，听说那里的皇宫有不是男人的男人是吧？”

副官此时真是哭笑不得。看来自己在帕克夫人心中真的一点印象都没有呀，还不如一个传令兵哩！还以为人家会自动献身呢！这么美丽迷人的女人还愁没帅哥？副官为自己的失算大感懊恼，但愿亡羊补牢犹未为晚吧！唉，为什么连一束花也不晓得买来呢！

“得了，不说中国了。你有什么事吗？”女主人似乎在下逐客令了。

“哦！没有，不，是这样……”心高气傲的年轻人此时语无伦次，狼狈万分。他急中生智，说，“是这样，明天晚上外交部举行一个舞会，我想，夫人或许有兴趣，所以特来邀请你。”

“舞会？哦！华沙天天都有舞会。”辛西娅现出为难的样子，但终于勉为其难地说，“好吧，明天你来接我吧。”

迪克如释重负，恭敬地说：“谢谢夫人，我一定来接你。”

望着副官离去的背影，辛西娅露出了得意的微笑。

第二天晚上，瓦伦斯基·迪克抱着一大束玫瑰花来了，令他欣慰的是，辛西娅不但收下鲜花而且实现诺言，坐上他的汽车赴舞会去了。在舞会上，迪克再一次明白，漂亮高贵的帕克夫人是波兰交际界的皇后而不是可怜的灰姑娘，并非要依仗他这位“王子”不可。而且，这位外交部长的得力副官清楚地得出一个结论：是他迪克需要帕克夫人的恩赐，而不是人家帕克夫人需要他迪克的施舍。

就这样，辛西娅在波兰谍报工作的最大成果显露端倪——波兰外交部长最信赖的机要副官瓦伦斯基·迪克正在向她香飘四溢的石榴裙下倾斜，她的目标业已确定，要把这位机要副官作为到华沙后最有情报价值的情人，拿下！

瓦伦斯基·迪克副官的老板波兰外长约瑟夫·贝克上校是当时被称为“欧洲最狡猾莫测的政治家”，他十分器重自己这位年轻副官，经常委派他代表自己乃至代表波兰官方去捷克斯洛伐克和德国执行秘密使命，因此迪克有机会接触和掌握各种各样的机密文件。

间谍辛西娅刚出道不久，生性热衷于冒险，间谍这一行在她眼里被视为一种崇高的富有挑战性的职业，使她极感新鲜刺激。作为"华沙谍坛的见面礼"，辛西娅这个"狩猎女神"，把又帅气又有地位的迪克副官锁定为待猎获的"目标对象"，着实觉得是一举两得的幸运事。"年龄虽小，男人味实足！"辛西娅心里美滋滋，很兴奋投入这一激动人心的新角色。

"当时，我一听他的职务，就想拼命勾引他。"——辛西娅后来回忆这一刻时，对自己的眼力和信心，充满自豪。

“姐弟情爱”猎取行动

迪克生于 1915 年，比贝蒂整小 5 岁，一对“姐弟情人”关系悄然开始。

辛西娅开始了有计划、有步骤的诱惑行动，以娇艳的风姿和巧妙的手腕施展魅力。有时，她应邀与迪克约会，看演出、喝咖啡、看电影，把自己打扮得很单纯，穿着素雅的浅色连衣裙，显得淳朴大方又清新亮丽，让他意识到只有一层单薄衣纱裹着诱人的身体，使之产生一种对随身女性的拥有感和怜惜之情；有时，迪克和波兰外交部的小伙子们邀请驻华沙使馆的外交夫人们一起郊游或聚餐，因属非正式外交活动，只是男男女女十个八个，都是二三十岁的同龄人，她会穿得很休闲，与迪克的朋友们亲亲热热，让他感到她是属于大家的，使之在一种说不出的失落中更增加对她的追求欲。她时而表现得主动热情，相依相伴，时而又冷热参半，若即若离。而迪克则像看着美味佳肴却吃不到口一样，直咽口水，一来二去被忽悠得迷迷瞪瞪，如坠五里云雾，找不到北。

年轻帅气的副官起初还多少有些愤愤不平，然而没过多久就悻悻然地在心里自嘲：丢下你所有的高傲和臭架子吧！你是维纳斯的奴隶！夫人是你高不可攀的女神！

一般来说，女子倾心男子，会悄悄装在心里，即使一辈子得不到，也永远藏在自己的心窝窝里，静静地满足于此。而男人对女人的迷恋可没那么容易“逆来顺受”，越是难以得到手，越是抓耳挠腮、坐立不安，要不变着法地弄出点动静来，就证明不了“男子汉大丈夫没出息”！

瓦伦斯基·迪克对帕克夫人的向往越深，思念也越强烈，想得越强烈，就越坐不住了。

迪克知道自己再不能欺骗自己了，帕克夫人那双清澈的秋水眼睛总在他心底里闪闪发光，她那迷人的笑容老在他眼前晃动，而她那丰满婀娜的身段更令他心猿意马，想入非非。他的灵魂仿佛被她勾去了，使他近来在贝克外长面前工作老是出错；他的心全被她占满了，好像对别的女性怎么看怎么都是多余的；他没有能力摆脱这单相思之苦啦！

终于，有一天，迪克在帕克夫人面前鼓足了十二分勇气，不顾一切地对她说："尊敬的美丽的帕克夫人，我实在忍不住了，我无论如何都要对你说，我深深地，不！是疯狂地爱上你了。没有你，我生命的火将会熄灭……"

辛西娅一副吃惊的样子望着他，就像一个毫不相识的人突然跑过来道歉而令人莫名其妙的神情。

"你怎么啦？瓦伦斯基·迪克先生，"她故意呼出了他的全名，以示保持双方距离。"你说什么呀？我可是一点儿也不懂。"

迪克绝望地一下子跪在了辛西娅跟前，拉起她的手狂吻着说："帕克夫人，你太美丽太高贵了，我不能没有你的爱……"

辛西娅忙拉起他，急促地说："别这样，副官先生，让别人看见多不好啊……"

迪克却大声嚷着说："我不怕！我什么都不怕！我要大声地向全世界说，我爱你！我爱你！"迪克不顾一切地搂抱着辛西娅，喃喃地说："帕克夫人，可怜可怜你的奴仆吧！我发誓，我肯为你献出一切，听候你的任何差遣……"

辛西娅明白，这个高傲的、权倾一方的外交部长机要副官逃不出自己的手心啦！是把他收为石榴裙下的时候了。然而，她像最高明的象棋高手一样冷静，越是到痛下杀手的时刻，越是牢记"临杀勿急"的格言。她任由迪克抚摸着她的胴体，亲吻着她的烧得发烫的脸颊，却极力控制着自己本能的生理冲动，富有亲情地、慈爱地说："好啦好啦！你太冲动了，我的小老弟迪克先生！"

迪克望着她，痛苦地问："帕克夫人，你讨厌我是吗？"

辛西娅望了他一眼，笑了笑说："我怎么会讨厌你呢？你是一个英俊的小伙子，一个年轻有为的大男人，是的，或许有许多姑娘会为你倾倒哩！"

“那么，你是不相信我真的爱你？”迪克又疑惑地问。

辛西娅叹了口气，忧郁地说：“瓦伦斯基·迪克先生，你不是第一个，相信也不会是最后一个对我说出这么热情感人的话，那么你叫我相信谁好呢？我渴望的是一种真挚的心心相印的爱。”她停了停，语气凝重地说：“我不需要苟且偷欢。”

迪克信誓旦旦地说：“相信我吧，我会是爱情的忠实奴仆。”

辛西娅淡漠地一笑：“怎么相信好呢？迪克先生。”

副官坚决地说：“你考验我吧！”

辛西娅望着迪克副官，想了想，认真地说：“迪克先生，我需要的情人不仅是帅哥，还要是肯为我牺牲一切的人，这样吧，如果你肯做出一件你认为足以证明你不畏一切的事来，我就相信你。”

“我该怎么做呢？”迪克为难了。

望着辛西娅冷峻而娇俏的脸，他急忙解释说：“夫人，不是我不肯做，而是不知道哪些事才可以证明我的无畏和忠心。”

辛西娅笑了笑说：“你不是老说部长信任你、你保管的文件多重要吗？老实说，那些文件对我毫无用处，但对你来说可是性命攸关的事。这虽然是一个玩笑，但却可以考验你的勇气和忠诚。”

“好！多亏你提醒我。”迪克一口应承。

“你听明白，这可是可能令你丧失全部光明前途的玩笑，你想清楚啊！”辛西娅提醒说。

“这正好表明我的勇气和忠心。”迪克踌躇满志。

第二天，迪克就得意地拿着一沓盖着“绝密”印章的材料来了。

“夫人，你看清楚，这是‘绝密’材料，要是被人发现我从部长的办公室里偷出来，我因此很可能被送进监狱里。但为了向你表明我的勇气和真诚，我不在乎你跟我开这样危险的玩笑。”

辛西娅绝对是个一流演员，此时此刻她泪光闪闪，感动地说：“迪克，我想不到你真的如此爱我……”

“夫人，我对你的爱绝对不容怀疑。”

“别叫我夫人，你是我可爱的小公子，叫我贝蒂吧。”辛西娅在迪克拥揽下顺势倒在他怀里，风情万种。

他们进入拥抱、接吻、隔衣抚摸的关系，但仅此而已，这是辛西娅牢牢把握的第一关口。

迪克越来越迷恋帕克夫人，这是一种典型的姐弟暧昧关系。起初辛西娅不习惯以“帕克夫人”身份像个小女人似的被一个小弟弟拥抱、亲吻和抚摸，她恨不得他比自己大，让她享受一种“被占有感”，而不是有一种“母爱感”。她不得不老提醒他叫她的乳名贝蒂，似乎可减少一些心理上的尴尬，可迪克虽然对她让以乳名相称而感到一种自己被接受的快意，但总觉得在“贵妇人”的臆想中拥抱、亲吻和抚摸一个美丽姐姐，更有心理和生理上双重满足的快感。

迪克对帕克夫人达到朝思暮想程度，一日不见，大有如隔三秋之感。

随着两人关系逐渐火热，辛西娅在心理上似乎也逐渐习惯了女大男小的“姐弟情”关系，也适当由“第一关口”往后撤了一步。

有一两次她默许了他在激情亲热中把她上身衣物褪去，接受了他青茬胡须在她白嫩乳间蹭来蹭去，她像喂婴儿哺乳一样，温柔似水般地给他酥软的享受，也让自己在心痒意迷中陶醉一时。男人对女人总是得寸进尺，迪克在帕克夫人怀里像个听话的弟弟，可这弟弟的“小弟弟”却是不听话的捣蛋鬼。辛西娅不得不以可怜男人的心态，适当尽女人所为给他爱抚，也多少为缓解自身欲望，偶尔容他不老实的手给以回报。但仅此而已。她认为女人身体禁区“底线”是克敌制胜的武器，不管是纯风流还是“兼职”工作需要，在没有达到所需目的之前，绝不能轻易放开“底线”，那将意味放下武器，与告诉男人自己是“淫娃荡妇”没什么两样。因此，必须牢牢把握“底线”主动权，掌控“底线”攻防时机。

“姐弟恋”逐步发展，“姐弟情”自然加深，“姐弟爱”随之而来，但在关键的“姐弟性”上，辛西娅却始终坚守“底线”，宁可让自己望梅止渴，也绝不让洪水在不该泛滥时决堤成灾——这是辛西娅“美人计”的高境界。

于是，她时而欲擒故纵，时而悬崖勒马，张弛有度，灵活自如，使迪克副官有如秋千被悬在空中，荡来荡去，把他玩弄于股掌之间。也许，越是女人这种“吊胃口”，越使男人痴迷不悟。实际上，迪克也确实被辛西娅完全迷住了，而且迷得相当严重，已不是一般的占女人便宜问题，而是恨不得把男人那勾人心魄的一切永远占为己有，然后与她百年好合。

其实，辛西娅也在忍耐着，强忍着，也在巧妙地周旋着，尽管动不动就说“我整个人都是你的”，但一直未与迪克发生关系，因为以她的逻辑思维判断：这个比自己年龄小的男人，属于“先用头脑后用身体撞击”的那一类对象。因此对他，性，不做先发制人的一锤定音，而做后发制人的稳操胜券。

而这一切都基于一点：辛西娅凭直觉坚信地感到，只要能通过迪克这样身份重要的情人拿到秘密东西，一定没错。这就是成为兼职女谍后的一个女人辛西娅，如果是早年倾注于男欢女爱之乐，以她的“风流”习性，恐怕早就让自己的堡垒城门洞开，巴不得壮士利剑长驱直入，直捣龙门。

自打迪克为了给帕克夫人证明自己的“勇气和忠心”，接受情人姐姐的“玩笑考验”，拿来绝密文件给她看后，辛西娅就有了喜欢阅读秘密材料的奇怪“癖好”，而小弟弟情人也毫不犹豫地满足她的这一“怪癖”。

就这样，在辛西娅柔情诱惑攻势下，迪克副官被弄得神魂颠倒。为了博得美人欢心，他按辛西娅的“考验”“夸奖”和心照不宣的示意，开始一点点、一步步“心甘情愿”把一些机密文件从外交部长贝克的办公室拿出来给辛西娅看，还一次次为她留出“单独阅读”的复制机会，然后再神不知鬼不觉地放回部长办公室原处。有时贝克外长白天刚看完的材料，辛西娅晚上就看到了，甚至部长尚未来得及看，就被她提前用微型相机一页页拍进胶卷里了。这些情报资料有关于波兰与德国秘密协商的情况，有德国人对波兰及其友好国看法的情况，也有波兰本身应对德国人和维系邻国关系的考虑与打算，以及军队方面的信息资料。

迪克老是缠着帕克夫人不放，与情人姐姐的关系如胶似漆。而帕克生病住院不在家，也给辛西娅的“被缠”大开了方便之门，两人一有机会就在一起卿卿我我。迪克不光在华沙百忙工作中热衷于私会帕克夫人，连受外长指派去柏林和布拉格执行要务，也都悄悄带她同行，一路亲密。美人在侧，乐逍遥啊！当然，这对于辛西娅的间谍使命来说，也正是所达到目的进程。

通往柏林的国际列车上，封闭而私密的软卧包厢，成为姐弟情爱的舒适天堂，两颗激荡的心跳起激情波浪。迪克彻底放任了自己，像新生儿一样袒露在卧铺白单上，享受从车窗外洒进的缕缕流动阳光。辛西娅头发略散，双颊绯红，呈现一副滑稽的春宫相：下身整齐，脚蹬圆口小皮鞋，腿套连裤袜；上身内衣翻卷，胸峰半露，像一个哺乳的奶妈。

一番极度亲热，辛西娅给了小弟情人全身的满足，但仍保留自身底线，让它作为关键时刻与对手交换"机密底盘"的有利筹码，不能轻易"懈防而被攻破"，哪怕难抑欲望，哪怕强忍冲动，也绝不越雷池一步，这是她头脑对身体的残酷指令，必须遵守。

迪克渐渐从陶醉中舒缓，她把柔软的身子伏贴在他胸膛上，两人甜蜜依偎，说起悄悄话，辛西娅自然不放过这大好时机，把扯话题到自己感兴趣的事上，而迪克放松的心态像光身一样无遮无挡。

"你的秘密，我总看，不心疼吧？"辛西娅一语双关问。

"我知道，任何人都喜欢知道秘密，并且会为自己了解秘密而感到兴奋和自豪。"迪克一边享受着帕克夫人的爱抚，一边陶醉地随声附和着。当然，他也忘不了说些情人姐姐爱听的话，丝毫不怀疑她这样温情乖顺的女人会有何间谍动机。而辛西娅一方面紧紧抓住男人喜欢对心爱女人"显能"的虚荣心，另一方面牢牢把控自己的性底线而对他施以无尽的诱惑力。

"那你还有什么秘密让我兴奋和自豪呀？"辛西娅说着把下颚顶在他胸肌上，两手托着腮帮，竖起两只机灵的小耳朵。

"你猜一猜，贝蒂，现在德国人最机密的事是什么？"每当迪克叫她贝蒂的时候，都是要显示自己是个大男人。辛西娅很懂这一点，也总是配合得天衣无缝，让他男子汉心理得到最大满足，当然她自己也有"姐变妹"那种"认小依大"的心安理得。

"嗯，你别说，让我想想！"她撒娇地扑到角色转换的大男人怀里，扑闪着长长的睫毛，做出一副小女孩的天真样子。"嗯……恐怕是希特勒的情妇有没有我这么白白嫩嫩吧？"

迪克"扑哧"一声被逗笑了,亲昵地用鼻子在她白嫩的双乳窝里拱了一下。"你这个爱情的小女神就离不开爱的想象。"他这时的口气已完全不把她当姐夫人了。而辛西娅用小女人的天真和熟女的幽默套人心声,正是惯用的伎俩。

"因为你给了我幸福的爱情嘛,人家当然就离不开爱啦!"辛西娅娇滴滴道。"我猜不出来了,你告诉我吧!"

迪克颇为神秘地小声说:"'恩尼格玛'密码机,它棒极啦!"

辛西娅在使馆多年,对密码机虽说不是一窍不通,但也是知之甚少,只觉得那是专业人士使用的工具,就像锅碗瓢盆对于家庭主妇来说,没有什么特别稀奇的感觉。但从迪克的神色中,她猜到这可能是一个不小的秘密,那就绝对不能放过的。

"那是什么东西呀?有什么用啊?"辛西娅做出一副有一搭无一搭的挺好奇样子。

"你听我给你慢慢解释啊!"迪克完全像大哥哥在哄小妹妹一样了。"你知道什么是密码电报吗?"

辛西娅马上自作聪明地说:"不让人知道的电报是吧?"

"真聪明的乖女孩儿!我们平常用的电报叫明码电报,全世界各国通用。而密码电报,各国都不同,目的是不让别人知道电报的内容,这样就产生了密码。"

"那你说的恩……什么,恩什么玛机发的电报都是密码电报,是这样吗?"

"啊!你真是太聪明了!我的小贝蒂!"迪克一把将她揽在怀里。而辛西娅的心一下提到嗓子眼,预感到这次列车之旅将有特大收获。

"咯咯咯……"辛西娅像是被他胸毛扎得痒痒似的,笑了起来。"这有什么值得那么宝贝的呢!德国人会造,你们波兰人、我们美国人、我丈夫他们英国人也能会造嘛!就好像电灯、汽车什么的,恐怕连传令官说过的古老的中国都有吧?"

"贝蒂呀,女人就是女人,这你就真的有所不知啦!"辛西娅越不当回事,迪克就越想证明那真是天大的秘密。"你想不想知道?"

辛西娅像小学生似的说："好！你说吧，我倒要听听，你怎么让我相信，那是值得你吹胡的什么秘密！"

"这'恩尼格玛'真不简单，我们波兰对它研究差不多有20年了，还没有彻底揭开它的谜底。"

"是吗？是谁发明的这玩意儿？找到发明人不就什么都清楚了嘛。"

"你说得很有道理，但问题并不像你想得那么简单。"

"这有什么复杂的？出个大价钱去买呗！"

迪克连连摇头说："不行，不行的，且不说发明人已经把专利权卖了，就是他肯冒险泄露秘密，作用也不大，因为德国人已在原始发明的基础上进行了改进，而且改进得几乎完美无缺。"

"完美无缺是什么意思？"辛西娅决心刨根问底。

"就是说世界上没有人能够破解'恩尼格玛'密码机发出的密码电报。"

"这么说没有人能知道德国人的秘密啦？"

"对！因此就没有人能战胜德国人，如果打仗的话。"迪克肯定地说。

"这么厉害？"辛西娅嘀咕道。"这真令我太想见识见识这是个什么样的机器了。亲爱的，你能带我去看看吗？"

迪克苦笑道："贝蒂，这是德国人的天大秘密，怎么能说见就见得到这机器呢！"

这倒是真的，要不就不是秘密啦。辛西娅暗想，心里明确了下一步盯上的目标，同时也为自己仍保有底线而感到很有突破副官机密底线的底气。

漫长旅行，昼夜兼程，车厢静静安然，姐弟昏昏欲睡。世外桃源的旅途包厢，让人忘却外面世界。

从柏林回到华沙的第二天，关于德国人改进"恩尼格玛"的情况就转到英国情报总部。当然，这并非新消息，在柏林的代号"1200"间谍已刺探到这一内情，但新情报证实了老情报的可靠性和准确性，因此也有价值。令英国情报局鼓舞的是，辛西娅沿着这条线索追下去，可能会有更大的发现和突破。

辛西娅奉命紧追不舍，迅速盘算下一步行动。

她抓住迪克副官两点"不老实"向他撒娇，说他对自己不是一心一意。

这两个强加于人的“不老实”:一是迪克说波兰研究“恩尼格玛”密码机已快20年了,没有机器怎么研究?二是迪克说没见过“恩尼格玛”密码机,那怎么知道它“完美无缺”? 这在外人看来,辛西娅简直有点胡搅蛮缠,但在一对姐弟情人之间来看,不过是耍花枪而已,有趣得很呢。

迪克副官为了满足情人姐的好奇，也为了证明自己既忠实又有能耐，决心使出浑身解数来讨得亲爱的帕克夫人欢心。

终于,有一天,迪克又给辛西娅拿来了几份机密资料。他用报纸包着材料,打开报纸包,抽出一份文件,上面标有“特别机密”字样,颇为得意地对辛西娅说:“亲爱的,这就是德国‘恩尼格玛’资料。我说过,它是当今世界最先进的自动加密机,它加密的电文,还没有哪个国家能破译。但我们波兰需要时时了解德国这个强大邻国的打算,所以总参谋部密码破译处一直致力于加快破解它,已经仿制成功了‘恩尼格玛’样机。贝克外长对此很感兴趣,向有关部门要来资料,想了解其中的奥妙。喏,这就是贝克上校要来的‘恩尼格玛’详细图纸。”

辛西娅当然不明白图纸内容,但一看卷宗上的密级标示,马上意识到应该是好东西。她热情地拥抱迪克,雨点般的吻洒向他面颊,发出甜甜声:“亲爱的,我的小可爱! 我要好好看看它,究竟是什么最先进的电报技术,不能辜负了小可爱给姐姐的学习机会哟! ”迪克喜不自禁,也很有底气又对情人享用一番。辛西娅报以迎合,但仍坚守“闭门谢客”底线原则。迪克也习惯了,只期待她“请进门”的更甜蜜时刻。

辛西娅即刻通知菲利普斯,前来接取她连夜拍照的“恩尼格玛”资料胶卷,转天一早又把原件还给了迪克。菲利普斯速来见面,亲自携带情报胶卷飞往伦敦。

很快,辛西娅所获成果出现在斯蒂芬森办公桌上——“恩尼格玛”密码机内构原理详图。

由此,在谍报史上,“恩尼格玛”这一名称与辛西娅的名字永远连在了一起。

希特勒的秘密通讯武器

1918年德国人谢尔比乌斯利用电气技术发明一种能自动编码的机器。它乍看是个放满复杂而精致元器件的盒子，与打字机有几分相似，分键盘、转子和显示器三部分。发明者为其取名“ENGMA”——“恩尼格玛”，德语意思是“谜”，故也被称“谜机”。

“恩尼格玛”密码机原理是将信息转换成紊乱的扰频，用点和线表示的抽象符号，通过光的作用或无线电通讯发送的摩尔斯电码反复传送，电文即使被截获也难破译，素有“哑谜”之称。

希特勒为拥有“恩尼格玛”密码发报装置欣喜若狂，声称：“这是伟大的德意志不可战胜的法宝！”纳粹陆海空三军装备“恩尼格玛”使“闪电战”如虎添翼。

希特勒德军“闪电战”(blitkrieg)与常规战中“速战速决”的打法概念完全不同，它是一种大规模快速协同作战。各装甲部队之间及与步兵炮兵之间最关键的是“迅捷而保密的联系”，而且地面部队的进攻要由斯图卡轰炸机群掩护支援，相互之间也“必须有可靠的联络手段”来维系，也就是说，“闪电战”是以“既快速又安全的通讯保证”为前提的一种快速进攻战法。

此外，对于潜艇作战，尤其是德国海军的“狼群”战术来说，无线电通讯是海下军事行动沟通协调最主要的信息联络手段，如何确保频繁使用的保密性极其重要，而“恩尼格玛”密码机无疑是关乎整个无线电通讯安全的最关键设备，其重要价值可想而知。

“恩尼格玛”是希特勒一张王牌武器，是保障其征服世界的“闪电战”和潜艇“狼群战”赖以依靠的通讯“撒手锏”，投入战争的作用不可估量。

英国人充分意识到，破译敌军密码的价值远胜于战场付出的代价。因此，秘密情报局、海军情报局、作战部等部门不惜投入大量人力物力财力，甚至与美国合作，联手研究“恩尼格玛”。情报机构为获取“恩尼格玛”机密竭尽全力，但相关情报信息总是这搞一点，那搞一点，七零八落，很不完善配套，对解决实际问题收效甚微。而且，“恩尼格玛”的设计一直致力于产品的更新换代，不断推出添入新加密技术的变种机型，使别人刚研究出一点门道，有限的成果又付之东流。

为啃下这块让令人头疼的“硬骨头”，英国人费尽心机，设法从德国一家制造“恩尼格玛”机的工厂挖出一位反纳粹工程师。此人叫理查德·莱顿斯基，犹太人。在纳粹对犹太人采取“种族灭绝”政策下，莱顿斯基还能被德国人保留下来，从事“恩尼格玛”生产的重要工作，足见其专业技术价值极高。

英国特工找到莱顿斯基，提出合作建议被婉拒，但通过秘密调查得知该工程师多名亲属惨遭纳粹迫害，有的被秘密处决，有的被关进集中营。而莱顿斯基本人并不知情，处于封闭和严控状态下工作，与亲属不能随便联系。德国人之所以没把他亲属赶尽杀绝，就是在严密监视下利用他们互相写信，给双方造成都正常生存的假象。英国人向莱顿斯基揭露了真相，并承诺设法通过秘密途径营救其亲属，使他们家人团圆。

莱顿斯基被纳粹震怒了，决定为英国服务，对前来的英国特工和破译专家弗雷德·诺克斯、数学逻辑专家阿兰·图灵倒出心里话：“纳粹让我像很多人一样感到憎恨！因为我仅仅是个犹太人，就被如此迫害。作为和平主义者，我有责任制止战争疯子。”

“‘恩尼格玛’确实是超厉害的武器吗？”诺克斯问。

“不破解它就无法战胜希特勒。”莱顿斯基肯定地说。

“你对这个‘哑谜’知道多少？”图灵又问。

“我知道它的应用原理，可以复制一台样机。”

图灵提出一些有关密码机工作原理问题，莱顿斯基对答如流。

“尊敬的工程师，你个人有什么具体要求需要我们帮助吗？”英国特工委婉而体面地提出了代价问题。

莱顿斯基难为情地笑了笑:“我不是个财迷,更不是贪得无厌者,但老实说,鉴于我目前的情况,的确需要贵国的帮助。”他停了停,以商量的口吻问:“你们能不能给我一个英国护照并救出我家人到法国居住? 我希望能得到1万英镑生活费,保证用最快时间造出一台‘恩尼格玛’机。”

这并非过分要求,英国人一口应承。后来努力把莱顿斯基的家人弄到了巴黎,在法国沦陷时,又把他和家人安顿到英国,尽量保护他们的安全。

结果,理查德·莱顿斯基夜以继日工作,发挥全部技术和聪明才智,终于不孚众望,在最短的时间内仿造出一台“恩尼格玛”样机。然而,英国人虽以此搞清一些机械结构和发送原理,但由于密钥不明,仍无法破解“哑谜”。

当辛西娅以“美人计”手段套住迪克副官,从他那里获取了“恩尼格玛”关键的内构详图后,使绞尽脑汁的英国破译专家们顿时眼前一亮。

“起初我们简直不敢相信自己的眼睛。”一位参与研究的专业人员说,“这正是我们关于这种密码机情报整个链条中最缺少的关键一环,来得太及时、太神奇了!”

对于辛西娅“美人计”初露锋芒的斩获,斯蒂芬森倍感欣慰,为自己的“慧眼识珠”很是得意和自豪,马上通过菲利普斯对辛西娅大加赞赏,鼓励她再接再厉,更进一步。

迪克副官说波兰研究“恩尼格玛”快20年了,又是怎么回事呢?

一战期间和之后,英国情报机构严密监控德国通讯系统,并有很高的破译率,但从1926年开始收到一些不知所云的信息——“恩尼格玛”投入使用,美国人和法国人也一样,对“恩尼格玛”这种稀奇古怪的玩意儿一筹莫展。也许过于自信,在他们看来,《凡尔赛条约》约束下的德国已构不成什么危害。由于看不到破译德国密码的必要性,盟国的密码专家们懒散下来,干本行的头脑似乎变得越来越平庸。人们常说“失败乃成功之母”,而在密码分析领域,应该说“恐惧乃成功之母”。普法战争造就了法国一代优秀的密码分析家,一战中英国能够破译德国通讯密码,对失败的极大恐惧产生的动力无疑起到了巨大作用。

而波兰则不同，它西面是对失去旧日领土耿耿于怀的德国，东面是要输出革命的苏维埃联盟，掌握两个强邻的情报是有关生死存亡的大事，波兰密码分析专家不可能像他们的英美法同行那样爱干不干，他们必须知道这两个大国都在想什么。在此情况下波兰设立了自己的破译机构——波军总参二局密码处。

波兰人想方设法搞到一台商用的"恩尼格玛"机器，大致弄清楚了它的工作原理。但是，军用型的转子内部布线和商用型的完全不同，没有这个情报，想要破译德军的电报可谓难如登天。

波兰人使出浑身解数，甚至病急乱投医，请了个天目神通的"大师"来遥感德国人机器转子的线路图，当然和所有的"大师"一样，一遇上硬碰硬的事，神乎其神的天眼通也不灵了。

就在这个时候，一个偶然的机会有如从天而降，使"恩尼格玛"的事情出现了转机。

汉斯·提罗·施密特，1888年生于柏林，一战时当兵打过仗，后被裁减，退伍后穷困潦倒，而他的大哥鲁道夫战后春风得意，一路高升，到20世纪20年代，当上了德国通讯部门的头头，汉斯不得不放下自尊心去见大哥，求他在政府部门替自己谋个职位。鲁道夫给二弟在密码处找了个位置——"恩尼格玛"通讯指挥中心，拥有大量绝密情报。汉斯拿着可怜的薪水，对抛弃他的社会深恶痛绝。如果把自己可以轻松搞到的绝密情报出卖给外国情报机构，一方面可以赚取不少自己紧缺的钱，一方面也以此报复这个抛弃他的国家。"人人都有赚钱的道儿，我凭什么不捞白不捞呢？"这种想法越来越占据了汉斯的头脑。

1931年11月8日，汉斯·施密特化名艾斯克与法国情报人员在比利时接头，提供了两份珍贵的有关"恩尼格玛"操作和转子线路的资料，得到一万马克。本来法国人由此会有机会钻进"恩尼格玛"肚子里，可他们却一直在"哑谜"面前徘徊不前。

理论上讲，凭借汉斯出卖的两份资料，有可能复制出"恩尼格玛"机。不过，事情也不像想象的那么简单，复制机器本身并不意味可以解开"哑谜"，如果不知道密钥,即“转子自身初始方向、相互间位置和连接板线路状况”,要想破译电文,就要尝试数以亿亿计的组合,这是不现实的。

当法国和波兰准备签订军事合作协议时,波兰方面一再坚持要取得所有关于“恩尼格玛”的情报。法国人觉得,既然看来自己拿着也没什么用,不如把从汉斯·施密特那里买来的情报交给波兰人算了,毕竟当时法国人很需要与波兰签订那份军事协议。

与法国人不同的是,破译“恩尼格玛”对波兰来说至关重要,就算死马也要当活马医。现在他们总算能迈出新一步了。

汉斯·施密特提供的有关“恩尼格玛”的情报中,不仅有关于“恩尼格玛”构造和转子内部连线的描述,还有德国人使用这一密码机进行编码的具体规定。

本来,英法及美苏等国早就注意到了“恩尼格玛”的存在,也都隐约意识到它与战争挂钩的可能性和重要性,但一战后“刀枪入库、马放南山”的空气弥漫欧洲,等反应过味来,谁也没料到,在这些举足轻重的国家眼里无足轻重的波兰走到了离“恩尼格玛”最近的地方。当时远不像现今社会资信和流通如此高度发达,“恩尼格玛”作为一项新型的“高精尖”通讯技术设备,不要说在国际社会范畴和普通领域,即使在通讯行业圈内也鲜为人知,至于它的设计程序和工作原理,对于业内人士和专业技术人员来说,“走得近、从近处看”也只是相对于闻所未闻者而言。事实上,“恩尼格玛”出生后,在相当长的时间内,对可能应用的领域和专业用户们,无论从认知度还是消费层次上,一直是海市蜃楼,可望而不可即。

辛西娅战后在谈到“恩尼格玛”时说:“天哪,尽管我不是个傻女人,但一听到它,简直就是天方夜谭,虽然后来跟它的死活沾上了边,但对我来说,无异于盲人摸象。”

然而,波兰人执意要从“天方夜谭”的虚幻中走出,决意要把“盲人”变成火眼金睛的神者,从“大象”的局部摸到它的五脏六腑、血管经脉,直到点之死穴。

密码分析人员通常是语言天才,精通对文字特征的分析。但“恩尼格玛”是一种机械加密装置，波兰总参二局密码处认识到，具有科学头脑的人更适合于它的破译工作。

1929 年 1 月，波兹南大学数学系主任开列一张本系最优秀的数学人才名单，在这张名单上，有以后被称为密码研究“波兰三杰”的马里安·雷杰夫斯基、杰尔兹·罗佐基和亨里克·佐加尔斯基。波兹南大学并非当时波兰最有名的大学，但是它地处波兰南部，那里直到 1918 年还是德国领土，所以这三位数学才子都能讲流利的德语。

在三位被密码局招聘的数学专业人员中，雷杰夫斯基最为出色，这个架着一副近视眼镜、脸上略带羞涩的 23 岁小伙子，在大学的专业是统计学，本打算去干保险业行当，却从此一头扎进“哑谜”中。雷杰夫斯基首创“允许从密文和密钥倒推出转子内部连线状态”理论，这是密码分析史上最大成就之一，即便是汉斯·施密特提供的情报，也未明确指出转子内部连线状态。罗佐基和佐加尔斯基设计了“纸上钻孔法”来迅速查询对应某类字母循环圈的转子状态。

在雷杰夫斯基和同事不懈努力下，波兰情报部门成功掌握了大量德国情报，从 1933 年 1 月到 1939 年 9 月 6 年半时间里，共破译近十万条德方密码信息，包括德军在苏台德地区兵力重新部署情况，这对波兰安全是极大的威胁。

对“恩尼格玛”的破解在波兰总参二局属最高机密，领导收到标有“维奇尔”(Wicher，破译“恩尼格玛”行动代号)的情报，被告知绝对可靠，但来源绝对保密。1934 年德军元帅赫尔曼·戈林访问华沙，怎么也想不到波兰人已掌握德国机密，当他向位于密码处附近的波兰无名战士墓献花圈时，雷杰夫斯基正透过办公室窗户望着他，为洞穿对手通讯秘密而窃喜不已。

然而，当德国人对“恩尼格玛”转子连线做出一点改动后，花一年工夫建立的密钥“指纹”档案变得毫无用处了。但雷杰夫斯基和罗佐基想出一个好主意，针对“恩尼格玛”设计了一台能自动验证所有 17576 个转子方向的机器。为同时试验三个转子所有可能位置的排列，需要 6 台同样的机器，每台及附件器材组成了一个约一米高的装置，可在两小时内找出当日密钥。

罗佐基把它取名为“炸弹”(La Bomba),可能是因其运转起来震耳欲聋的声响,也有说,制造该机器的主意是雷杰夫斯基一次在饭店里吃叫作“炸弹”的冰淇淋时想到的。无论如何,“炸弹”实现了密码分析机械化,对“恩尼格玛”机械加密是一种回治手段。

世界之大,无巧不成。克里斯蒂娜在西班牙抛出“谁与阿萨奇诺牵手,就请吃最好的冰激凌”,结果她请闺密贝蒂吃的、阿萨奇诺也沾光的冰激凌,正是雷杰夫斯基灵感的成果——炸弹。

20世纪30年代大部分日子里,雷杰夫斯基和同事们不断从事寻找密钥工作,还时常修复出故障的“炸弹”。他们不知道的是,在密码处处长格维多·兰杰少校的抽屉里,已经有了他们正在绞尽脑汁试图寻找的东西。

原来,汉斯·施密特在出卖两份“恩尼格玛”重要情报后,仍继续与法国情报机关做此交易。在1931年后的7年中,他和法国人接头20次,提供若干德国通讯密码本,上面记载着每月每天使用的当日密钥,共有38个月的密码,兰杰少校通过法国密码处负责人居斯塔夫·贝特朗上尉得到了密码本。如果雷杰夫斯基拥有这些资料,无疑可节省大量时间,加快破译工作。但格维多·兰杰觉得,雷杰夫斯基小组应习惯于独立工作,以便在将来得不到相关情报时,也能同样破译“恩尼格玛”。他这种另类想法确实让人费解,难道1931年以来若无此压力雷杰夫斯基就“撂摊”吗?

波兰的密码破译能力在1938年12月走到极限,德国人加强了“恩尼格玛”的加密性,增加两个可供选择的转子,由原来3个转子不同排列的6种方式变为从5个转子中选取方式的60种,这意味着要达到原来的破译效率,必须有60台“炸弹”机器同时运转,不再是原来的6台,而当时一台“炸弹”机造价是密码处总预算的15倍!到1939年1月,连接板上的连线又由6根增至10根,只剩6个字母不会被交换,密钥总数达到15900亿亿个,是原来的15900倍。

虽然波兰数学家成功推断出某些转子中的连线状态,雷杰夫斯基也证明了“恩尼格玛”并非像德国人和盟国密码分析专家想象的那样坚不可破,但他的方法终于也不灵了。这时,格维多·兰杰少校该从抽屉里拿出汉斯·

施密特提供的密码本来——然而此时，汉斯停止了与法国人接头，七年中他不断提供的密钥，是波兰人能靠自己力量破译的密钥，而急需新增转子后的密钥时，却再也搞不到了！

这对波兰是一个致命打击。“恩尼格玛”是希特勒“闪电战”和“潜艇海狼战”的秘密武器，协调军兵种作战的关键联络手段完全依赖于领先世界通讯加密水平的“恩尼格玛”。如果波兰不能知道德军通讯内幕，要想抵挡入侵是毫无希望的，这种说法绝不是危言耸听，几个月后就发生了。1939 年 4 月 27 日，德国撕毁同波兰互不侵犯条约，侵占苏台德地区。波兰危在旦夕，使格维多·兰杰少校决定把一直对盟国保密的有关“恩尼格玛”的破译方法告诉盟国同行，以便拥有更大人力物力财力的盟国继续按雷杰夫斯基方法研究下去。

格维多·兰杰少校致电英国和法国同行，邀请他们来华沙紧急讨论“恩尼格玛”事项。英法密码分析专家全然不知波兰人葫芦里卖的是什么药。具有讽刺意味的是，这次会面中用来交流使用的语言竟是德语——这是在场三方所有人唯一都懂的语言。

兰杰少校在一间房子里揭开一个被黑布蒙住的东西，英法密码专家目瞪口呆：一台“炸弹”机！当听到雷杰夫斯基破译“恩尼格玛”的方法时，英法同行意识到波兰在密码分析方面比世界任何国家至少先进十年。法国人尤其吃惊，原以为自己得到的情报用处不大，慷慨转给了波兰人，却被人捡了大便宜。英法在破译德国密码上进展可怜，对波兰人的钦佩无以言表。兰杰少校给英法专家的最后惊喜是宣布赠送两台“恩尼格玛”复制机和“炸弹”图纸。法国密码处贝特朗少校通过外交邮袋，将这个宝贝寄往巴黎。英国人呢？

在横渡英吉利海峡的客船上，有两位看似平常的旅客：英国作家沙夏·居特里和太太女演员依弗娜·普林坦普斯，他们的旅行箱里正藏着英国机密：一台波兰造“恩尼格玛”密码机。为避开无所不在的德国间谍耳目，“恩尼格玛”就这样在大作家和名演员的掩护下，轮渡英国，走向归宿。

1939 年 9 月 1 日，希特勒“闪电战”入侵波兰，9 月 28 日占领华沙，波兰不复存在。第二次世界大战正式爆发。

神秘的“恩尼格玛”让人深陷云山雾罩,令人伤透脑筋,受尽煎熬。可怜的波兰人历尽千辛万苦,到头来却给人当陪嫁,自己还挨打。

“恩尼格玛”像幽灵一样,飘落到英伦三岛一个神秘庄园,波兰人雷杰夫斯基的“雾里看花”变成一个间谍女人瞄准射击的活靶子!

布莱切利密码破译中心

在英国白金汉郡，距伦敦约 80 公里，位于牛津大学和剑桥大学之间，在周围人迹罕至的一处地方，有一座维多利亚式建筑庭院，里面遍布尼森式小屋，这就是置于严密保护之下的布莱切利庄园——英国秘密情报局密码研究中心。

布莱切利庄园，外围清静，院内鸟语花香，会看到一些不修边幅、行为古怪的人，他们或留着长长的头发，或穿着破旧的花呢上衣、奇形怪状的裤子，有人会突然仰天大笑，有人却心不在焉。莫以为他们是疯人院的神经男女，也不是什么浪漫派诗人，其实都是各领域的精英——无线电专家、语言专家、金融专家、数学家、哲学家、字谜家、考古学家——布莱切利庄园密码研究中心工作人员最多时高达 1 万 2 千人。

这里有个奇人，阿兰·图灵，1912 年 6 月 23 日生于伦敦，16 岁开始研究爱因斯坦相对论，老师认为“他头脑思维可像袋鼠一样跳跃”。1931 年图灵考入剑桥大学数学系，主攻量子力学、概率论和逻辑学。他是个怪才，衣着随便，不打领带，不善言辞，有些木讷害羞，每天骑自行车“思考问题”上班，因过敏性鼻炎，一遇花粉就大打喷嚏，鼻涕不止，于是常戴防毒面具，成为剑桥园一大奇观。他的自行车也怪，常半路掉链子，他又不修，竟能算出链条转动圈数，在脱落前一刹那停车，令人佩服不已，以为玩杂技的。1936 年，图灵发表“论数字计算在决断难题中的应用”，为“可计算性”下出开创性的数学定义——“图灵机”(Turing Machine)设想，即“制造一种简单但运算能力极强的装置来计算所有能想象的可计算函数”的思想模型，永载人类计算机发展史册。

情报部门怎会放过如此人才？战前图灵被“选调”布莱切利中心，在这里没人知道他真实姓名，被称为“教授”。他曾与英国特工和破译专家弗雷德·诺克斯一起，秘密会见“恩尼格玛”德国犹太人工程师理查德·莱顿斯基，当面考察其技术能力，协助策反。图灵率领200多人团队，包括象棋冠军亚历山大，主攻“恩尼格玛”。密码分析和计算工作相当复杂，26个英文字母在“恩尼格玛”机中能替代8万亿个谜文组合，若一改动转子板接线，会变得超过2.5千万亿亿。幸有波兰人前期研究成果和莱顿斯基协助，特别是间谍辛西娅获取的“恩尼格玛”关键情报起到“终结者”作用，使图灵团队成为纳粹“哑谜”克星。

辛西娅和图灵都与“布莱切利”结下永世之缘，阿兰·图灵对辛西娅获取的“恩尼格玛”内构详图评价说：“那是能让骑自行车的人一看便知掉链子原因的东西”。在对“哑谜”防线的攻克战中，辛西娅是前锋，图灵是后卫；辛西娅是二传手，图灵是主攻手，两个不同类型同一种意义的幕后英雄，联手让纳粹“恩尼格玛”见鬼去啦！

布莱切利密码中心不是谁都能来工作的，来的人都被告知，除非战争结束得到允许，否则将永远不能出去——首先要有献身精神。

战时英国各特种接收站截获的无线电信号，都通过电传打字机发送到布莱切利中心，在此经严格的科学工作程序，分成非机制密码和机制密码，由不同小组进行分析破译。破译出的密码电报定为高中低三级，最有价值的高级“破译情报”立刻送达英美盟军司令部，特别是丘吉尔首相，不管他在哪里，都必须送到，副本直呈秘密情报局斯图尔特·孟席斯局长。

破译人员分成两组工作，一组专门针对“恩尼格玛”从事“机制密码”破译，1940年4月布莱切利拥有了波兰人雷杰夫斯基研制的“炸弹”机检验转子技术，又通过“巨人”计算机实施破译。另一组负责“非机制密码”破译，难度相对小些，但也会被敌方密码系统突然变更所困。两组最关键的都是寻解密钥规律。

破译难度既取决于密码技术情报的获取质量，也有赖于对敌方“违反操作纪律者”出现漏洞的捕捉与否。一个在意大利的德国空军报务员让布莱切利捡了不少便宜，他对女朋友“过于”一往情深，从不变换地使用女友名字的字头设置密钥，这一“爱的疏漏”被一个邋邋遢遢的密码专家发现，并结合辛西娅提供的“恩尼格玛”内构原理详图，对攻破“哑谜”起到重大作用。这是密码中心档案所记的对“恩尼格玛”破译工作“承上启下”的一大阶段性突破——辛西娅和那位“情圣”的合力之作。

德国人还有个不良习惯，不知是出于对边远地区通讯分站人员不信任，还是担心他们容易被捕而泄密，规定分站向总站报告只能使用复杂程度低的密码，总站向上呈报才可用高级的机制密码。这样，英国密码分析专家也钻了不少德国通讯分站的空子。

但德国人岂能乐意为人猜解“哑谜”提供方便？

德国陆军的密钥不但难破还充满血腥，他们选用那些臭名昭著的集中营每天上报的死亡或幸存人数的最后数字设置密钥，使人毫无规律可循。而海军密码系统更细致精密，不但分水面舰只、潜艇、军舰、商船、油船等船型，还按地区如大西洋、太平洋、地中海等采取分别独立的密钥设置程序。最多时，同时使用的密钥多达40余套。

战初，一艘U100德国潜艇被英国驱逐舰用深水炸弹炸得浮出海面，艇长伦帕上校命令安放好自动毁灭装置后，与手下人弃艇而逃。但潜艇没有爆炸，令英舰官兵惊奇。“这是怎么回事？”舰长纳闷。“可能引爆设备失灵。”副手分析说。“噢！”舰长突发大胆设想，指挥部下：“立即组织人力登潜艇，务必找到敌艇的心脏——通讯系统！”

几个水兵乘舟直扑潜艇，舰长目光紧盯，内心祈祷。勇敢的水兵置生死于度外，钻进随时可能起爆的艇舱，在阴暗中终于摸到报务室，惊喜看到：一台“恩尼格玛”密码机安然摆在操作台上，还有散乱的电文、密码表等资料。显然，德国报务员为争分夺秒逃命，置保密纪律不顾，没来得及销毁机密。按规定，报务员应把比自己生命还重要的通讯机密彻底销毁，即使潜艇自动爆炸解体，也确保敌人打捞不到。

英国人通过广播电台放风“U100潜艇被击沉”。而德国人送上门的这份大礼太丰厚了，布莱切利人真是搂着“恩尼格玛”在被窝里偷着乐啊！

英国人战后总结，布莱切利中心能够取得“让英国赖以制胜”的骄人成绩，原因是：1.情报人员奉献。2.密码专家敬业。3.德国人倒霉失误。4.英国人好运气。

对密码中心人员队伍，英国情报局很会激励人心，并不依靠物质奖励，而是通过精神鼓舞。情报部门及时将破译成果对战事的作用反馈给破译人员，让他们切实觉得自己的努力没有徒劳无益，而是收效不小，感到自己在以特殊的方式与敌人作战，正使千千万万善良人免受纳粹屠杀，枯燥寂寞的心因此而激动和兴奋，更大的工作积极性不断迸发。

事实上，在布莱切利庄园里，人们表面沉默寡言，但个个士气高昂，工作废寝忘食，心中共有一个愿望：为尽快打败法西斯出力、出力、再出力！

成千上万的布莱切利工作人员并没有像战斗英雄那样得到公开的褒奖。对此，丘吉尔感慨而深情地说：“下金蛋的鹅，从不‘咯咯’地叫！”

布莱切利人也都想得开，他们从一开始就不是奔名利而来，只靠用智慧和知识武器与纳粹作战，获得胜利就足够了。

世上英雄辈出，无名英雄更多。

辛西娅等情报人员和布莱切利庄园工作者共同用心血打造一个词“厄尔特拉”。这不是一个人名，也不是一座城市，不是一个基地，也不是什么司令部。它是什么呢？

这就是破译“恩尼格玛”密码所获得的最高级情报，被称为“厄尔特拉”，英语“ULTRA”音译，意即：超级机密。

那么，“厄尔特拉”——超级机密，对英国和盟军在战时的作用，究竟重要到何种程度呢？

这么说吧，1940 年，英国通过“厄尔特拉”超级机密得知德国人拟轰炸考文垂市和鹿特丹港，英军完全有时间和能力预作防御准备，但若如此，将出现一个事实：德国人会意识到对手事先已知轰炸计划，岂不暴露一个秘密——“恩尼格玛”被破译了！

丘吉尔首相经过极痛苦权衡，最终决定：宁可放弃一座 25 万人口城市和设施完备良港，任由德国人轰炸……5 万多房屋被炸毁，圣迈克尔大教堂不复存在,16 世纪半木半砖建筑变成一堆木炭,古老钟楼塔尖被削平,上千家商店毁于一旦,无数男女老幼丧生……破译“恩尼格玛”而来的“厄尔特拉”——重要价值“说多大有多大”啊!

布莱切利庄园密码破译中心的惊人成就,使对英国情报界一直不报信任感的美国人不得不钦佩和赞扬。战时盟军最高司令艾森豪威尔在 1945 年 7 月给英国秘密情报局孟席斯局长亲笔信:“我曾希望能到布莱切利庄园访问,对那里为盟军胜利做出的巨大帮助表示谢意。我非常了解,你们提供给盟军的情报材料,是必须经过大量的劳动和艰苦斗争才能取得的,我也十分明白你们必然遇到过许多困难甚至挫折,凭着百折不回的精神和必胜的信念,你们总是取得最后的胜利。在我指挥的每次战役前,你们送来的情报,对我有不可估量的价值,我这个司令官的工作,因之大大地简化了,成千上万的盟军士兵的生命因之得以保全,并且非常有助于加速敌人的溃败和被迫投降。因此,请代表我向从事这些情报工作的每一个人,不论是直接还是间接的人,表示衷心的敬佩和诚挚的谢意,谢谢他们对盟军战斗所做的决定性贡献。”

这封亲笔信后来永久存于英国秘密情报局,其中字眼:“大量的劳动”“艰苦斗争”“困难甚至挫折”“百折不回”“必胜的信念”“不可估量的价值”“生命得以保全”“加速敌人的溃败”“决定性贡献”等,皆与辛西娅间谍生涯紧密相关。

令人不可思议的是,在长达几年的战争期间,包括纳粹王牌间谍“幻影”在内的德国情报人员,竟没有一个注意到这个布莱切利庄园密码破译中心,这或许是冥冥中注定英国人好运吧。德国人一而再、再而三使用“恩尼格玛”密码通信,直到进入坟墓也想不到被英国人破译,倘若早知英国有一个置其于死地的密码破译中心,恐怕希特勒会像丘吉尔的反向思路那样,宁愿放过考文垂、鹿特丹,而非把布莱切利庄园炸个粉碎不可!

然而,英国人从四面八方搞来的技术情报、莱顿斯基复制出的样机、波兰人的“炸弹”解码机,包括辛西娅在破译关键阶段及时获取的内构详图,都难以从根本上破解德国人不断更新的“哑谜”。至此,英国人才恍然大悟,他们需要的并不是“恩尼格玛”密码机或图纸本身，而是打开它的钥匙——密码索引。

让“恩尼格玛”见鬼去吧

当时辛西娅对“恩尼格玛”用于战争的重要性并不清楚，也不了解对它的研究程度，要什么关键情报来解决具体问题，只是意识到有关“恩尼格玛”的情报越机密越好，能拿到手越快越好。实际上，她处于“只拉车不看路”的状态。

至于总部对她获取“恩尼格玛”关键的内构详图予以高度肯定和表扬，就她而言，只不过是对其“喜欢冒险、乐于挑战的兴趣和信心”起到一次鼓动和推动作用而已，因为她“以极大热情钻进间谍这一动人角色”实属“不由自主”的行为，还谈不上“为战争、为人类做出伟大贡献”的崇高理想抱负。因而，她并不在意自己本身的成就价值如何，也不在乎什么褒奖和荣誉，相反还觉得能有机会显示自己，倒挺感谢斯蒂芬森和菲利普斯哪！

但不管怎么说，打那时起，辛西娅对“恩尼格玛”这个名称的印象越来越深了，对破解这个“哑谜”的兴致越来越浓了，对以间谍手段“让纳粹这个玩意儿见鬼去吧”的劲头越来越大了。

于是，她“乐于挑战”的个性占据上风，整个“兼职”活动的指向都集中到了与“恩尼格玛”相关的一切信息上，不失时机寻找和创造一切可能接近“恩尼格玛”秘密的人脉关系。辛西娅决意已定：不管用头脑还是用身体，非啃啃这块让她感到刺激的“硬骨头”不可。这是贝蒂原始的“要把不可能变成可能”的执拗性格，与立“军令状”之类的职业操守无关。

当然，辛西娅既定的突破目标首先是她业已建立的“姐弟情人”关系瓦伦斯基·迪克副官。

在与迪克“姐弟情”的进展中，她又从这个小弟情人嘴里获悉波兰秘密情报局已掌握"恩尼格玛"诸多要领。辛西娅推断迪克的职位不仅仅是偶尔能从外交部长那里看到一些相关材料，肯定还应该有接触乃至掌管更系统、更关键机密的可能。于是,她把一只眼睛柔情蜜意的目光洒向情人脸上的同时,另一只犀利的间谍眼光像利箭一般射向机要副官的办公地——保密室。

一个幽静梦幻的晚上,在无法抵御的诱惑驱使下,迪克被色欲冲昏头脑,主动提议,如果帕克夫人不反对与他独处一夜的话,他可以带她到一个最保险的地方。辛西娅一愣,心里即刻盘算起来。她知道除了在火车包厢里,他们平时还真没有合适地方放心舒适地干"包厢里干过的事",常是偷偷摸摸、急三火四亲热亲热,有两次在舞厅外、公园树荫下,拥抱、接吻、抚摸,差点没被人撞见,吓得两人一下都败了兴。他们俩各自住的地方都有同僚邻里,帕克虽然不在家,但在华沙的英国外交公寓,远不像在西班牙马德里那样还能让阿萨奇诺有机会溜进来,这里隔墙有耳有眼,简直像周围布满了侦察兵,辛西娅再怎么风流,哪敢风流到家！迪克虽然年纪不大,但结婚一年了,家里媳妇带个婴儿,更不是厮混的地方。而一个外交部长副官带一个外交夫人到宾馆开房,也实在是引人注目。所以他们的关系一直局限在拥抱、接吻和抚摸层面上,除了辛西娅坚守底线的人为因素外,也确实还有客观原因。眼下迪克说有"最保险"的地方,莫不是……

"什么神秘的地方呀？"辛西娅颇感兴趣地问,女人的第六感觉让她似乎有某种预感。"该不是把我装进保险柜里吧？"她抛出一种启示性的小幽默。

"你真是个聪明的小精灵！"迪克马上赞许道,然后神秘兮兮地说:"今晚我值班。"

"在哪儿值班？波兰饭店还是华沙宾馆？"

"都不是,是一个连上帝都眷顾的地方！"他卖起关子来。

"哦？那就是天堂或者地狱。"

"不,是闲人免进的人间重地——保密室！"迪克得意地说,又鞠躬致礼,献媚道:"是贵夫人的奴仆迪克副官办公之地。"

辛西娅不禁心里一动,果然是她梦寐以求的目的地!

然而,辛西娅却表现得不大情愿"厮会"的意思。"去那地方……是不是……"她故意犹豫不定。

"我带你去,没问题的,"迪克生怕自己的如意算盘落空。"不会有任何人知道的。"

辛西娅一副挺勉强的样子,这反倒使机要副官的最后一道职业警戒线消失得无影无踪。

机要室,狭小封闭的空间,铁盒一般。

从一进来,辛西娅就一直显得很被动,乖乖的、怕怕的样子,活像个委屈的受气包,弄得迪克一时不知如何是好。不过,她虽温顺得如同一只待宰的羔羊,却又绵里藏针,透出一丝"不听话"的味道,怯生生地表明不同意与他发生关系。"亲爱的,就像火车上一样吧!我乐意为你做那样的一切。"她脉脉含情,又颇显害羞,对急不可耐的情人说。

这一手相当厉害,从兵家上讲,具有"绝地反击"之力。

因为,通常而言,对一个女性来说,同意发生关系是奉出身体的底线,至于让男性拥抱、亲吻、抚摸,都是在这一底线之上。此时,她明知是动用底线的时候,但深知这是自己赖以克敌的"撒手锏",一旦过早出手,必定事倍功半,得不偿失。而且更重要的是,一旦底线轻易丧失,对手便会以胜利者自居,抢占心理优势,那个时候再去谈判求和,讨价还价,只能被动让步,委曲求全,难以反败为胜,甚至会永远达不到"以底线换其底牌"的最终目的。

这便是"美人计"女神辛西娅"身体与头脑"游戏完美结合之精髓。

而对于迪克来说,获得底线拥有权是赢得一个女人、拥有一个情人的最终标志和最大资本。他迷恋眼前的美人,被她的美貌、被她的柔情、被她的气质、被她的姿色、被她所有的一切强烈吸引,难道更强烈、最强烈的吸引不包括她的底线吗?

作为一个本能正常的男人,迪克的想法从生理上和心理上都说得过去,但作为一个特殊岗位的机要人员,他的灵魂和大脑真是出了大毛病。当然,这也说明辛西娅的"美人计"难以抵挡。

“亲爱的，”此时此刻，迪克一心想的只有深入底线，满脑子的念头都是只要能与她的肉身合为一体，别的什么都不要也值，什么都依她也行。“听我说，亲爱的，”在机要室这样绝对安全的密处，积压已久的欲火使他几近燃烧。他急不可耐，抓住辛西娅圆润、柔软的香肩，色迷迷的眼光像从眼睛里冒出的火苗子。“亲爱的，难道你不属于我的吗？”

辛西娅做出听懂他“弦外之音”的样子，露出一副姣美妩媚的神态，就像一个初恋中痴情而天真的纯情少女。她娇喘吁吁，顾左右而言他问：“亲爱的，有酒吗？”

迪克似乎也听懂了她话外之音，立刻亢奋得像接到上帝旨意一样，满口应道：“有有有！”一边恋恋不舍地把双手从辛西娅肩上收回来，一边冲美人做了个鬼脸儿，起身就去食品柜取出一瓶烈性威士忌。

就当迪克再回过头来时，被眼前一幕惊得目瞪口呆。

此时的辛西娅，已脱下墨绿色春衫，褪去长裙和裤袜，将精巧的小裤衩往空中一抛，一尊白璧无瑕的维纳斯女神，跃然而出！

迪克只觉两眼发直，血往上涌。他不相信幸福降临得这么快，七手八脚把自己扒了个精光，张开强有力的臂膀，狂热地抱起辛西娅芬芳吐艳的裸身，转起圈来，顺势把她放倒在柔软的长沙发上。

辛西娅麻利地打开酒瓶，搂着副官的脖子，以优雅的慢动作，将淡褐色的威士忌酒往自己雪白饱满的胸脯上倒出几滴。迪克惊呆了，眼看纯浓的酒滴顺着隆起的乳坡，缓缓流下，像叶蔓上爬行的小甲壳虫，慢慢滑向峰巅紫晕，就在淌至端头即将滚落的一刹那，他猛张大口一下含住酒乳。一阵疾风暴雨吸吮过后，娇媚的辛西娅蛇身一缩，悠然地从他嘴里抽出一团儿白里泛红的变形软肉，随着胸前不经意地一抖，肉团才恢复高傲的原形。

这时，她把丰胸前探，用坚挺乳峰拱托他胡楂青色的下颚，使他的脸仰起来，把酒瓶对准他的嘴，一口一口灌下去。之后辛西娅也装模作样抿一小口，两片薄唇发出“叭、叭”的品香声，接着又猛喝一大口，搬过迪克的头，嘴对嘴，把自己口中的酒喂到他肚子里。

此时的机要室，私密而温馨，弥漫着激情四溢的肉欲酒香，摄人心魄的色相与纯正的威士忌烈性交相呼应。等到迪克不知不觉醉意蒙眬，辛西娅从他怀里挣脱出来，万分多情地说："亲爱的，我不喜欢这个监狱一样的地方，咱们找个旅馆多好呀！"

"那可不行，宝贝儿，今晚我必须守在这个地方，这是我的任务。"迪克舌头开始有点发硬，但心里还明白。

"得了吧，啧啧，什么必须呀、任务呀，依我看，你是舍不得花钱啦！"辛西娅嗔怪地用手指点了一下他脑门，"难道你还有什么比我更重要的东西吗？"她预感火候已到，暗暗发起了总攻。

"我，我真有特别重要的东西要守着……"迪克见辛西娅仍不理解的微微愠气的样子，似乎一下子有种不祥的预感：到嘴的天鹅肉可能要飞了！这可不妙，情急之下，他迷迷糊糊站起身来，手忙脚乱从扔在地上的裤子口袋里摸出一串钥匙，晃晃悠悠蹭到沙发后面的墨绿色保险柜前，胡乱转动数码轮盘，手已不太听使唤，用钥匙对着锁孔反复插了几下，扭了又扭，费了半天劲终于打开保险柜厚重的门。他一猫腰，"咣当"一下，头撞到柜子沿上，也顾不得揉揉疼，大概酒喝得也不知疼了，伸手从黑洞洞的柜里掏出一沓文件卷宗，转身招呼斜倚在沙发上观望的辛西娅。"贝蒂，过、过来，宝贝夫人！"他僵着舌头，含混不清，边晃边比画，前言不搭后语："这个，要命的！比我命还、要命！真的，我亲亲的小姐姐！我、我绝不骗夫人你……"

辛西娅是何等的乖觉！文件刚一出柜门，封皮上醒目的"德国国防军密码索引"一行字立刻映入眼里，使她登时知道：远在天边的宝物，近在眼前！

此时，迪克酒劲儿上来，随手把卷宗"嘭"地扔回柜里，左顾右盼，寻找不知放何处的钥匙。辛西娅见状，哪里容得他找到钥匙再把保险柜锁上！只见她鱼跃而起，一个浪里白条扑上去，激动万分地搂住他脖子，丰乳紧贴他胸膛，两腿盘绕他腰臀，狂热地亲吻起来，迪克几乎窒息。她呼吸急促，神情迷离，喃喃呓语："迪尔卡，小可爱，我爱你！"她柔得简直不能再柔，眼里竟闪动出晶莹泪光。"哦，亲爱的，我是你的，姐整个人都是你的！"她急速调动所有甜蜜字眼儿，不顾一切要阻止他重锁保密柜。"来吧，可爱的迪尔卡，小宝贝……"

迪克哪里禁得住这般挑逗刺激，陶醉得头晕目眩，快流鼻血。他借着酒劲，一把揽起她娇软的身子，顺势横摆在绒地毯上，全身覆盖到羊脂玉般的柔体上。辛西娅在他重压下勉强透过气来，好不容易抽出一只手，急忙摸到沙发旁的酒瓶，把嘴贴他耳边催促道："酒！小可爱，来，再喝点，会更强更久的……"她使出浑身解数，要继续灌他酒，胜败在此一举呀！迪克松开覆压，直起腰身，跪在她腿间，使劲摇了摇脑袋。辛西娅赶紧递上酒瓶，他一把抓过，眼光直勾勾，盯住她一览无余的腹下，然后突然一仰脖，"咕咚、咕咚"连灌几口，把剩余的酒喝得一干二净。这时，迪克完全醉了，把酒瓶高高举起，反倒过来，张开大口，使劲往嘴里空出几滴。随后，只见他脖子一梗，像一堵墙"忽"地一头栽下，真准！有如风流鬼召唤，满脸趴在她腿间三角区，昏睡过去。

辛西娅惨了，只能叉腿仰躺，一动不敢动，感觉下身涌来阵阵浓重的喘息，心跳肉颤。过一会儿，她小心试探着动了动臀部，确认醉汉已进入沉梦，稍稍欠起头，但不敢挪动，不敢出动静，担心惊醒他，也不能一下坐起，怕他面朝下的脸失去依托会跌地。辛西娅只能运了运气，凭芭蕾腹肌，仰卧起坐，上身悬空，探出手去，吃力地搬他的头。昏醉的脑袋，好沉啊！费了好大劲，她才好不容易掀起醉头，后移尾骨，轻轻放稳手中的脸。噢，上帝！她总算从他口鼻下抽出下身。

这时，辛西娅扭头看了一眼保密柜，想都没想，赤身扑了过去。保密柜的门虚掩着，她猛地一下拉开，可能太急用力过猛，柜门砰然洞开，硬邦邦、凉丝丝地碰到胸前高耸乳峰，差点没把她反弹坐下。辛西娅不禁打了个冷战，随即果断出手，从柜里拿出那份"德国国防军密码索引"卷宗，迅速从自己的手提包内取出暗藏在精致化妆袋里的微型照相机，对准文件纸面，熟练地调整焦距……

间谍搞情报，窃照乃其一。女谍辛西娅与所有间谍不同的是——她是世界上唯一一个赤身裸体打开保密柜、一丝不挂窃照秘密文件的女间谍。

窃照必须保证清晰，一页都不能有模糊的中断，再急也得仔细操作，否则前功尽弃。时间一分一秒过去，仿佛走过一个世纪。保密室死一般寂静，交响乐般的呼噜声格外鼾响，哗啦、哗啦的翻页声和咔嗒、咔嗒的快门按动声相间伴奏，构成一曲富有诗情画意和充满惊险刺激的神奇谍战乐章。

终于，在紧张而有条不紊的动作中，辛西娅把机密文件一页一页拍完，光着身子又把资料卷宗原封不动放回保密柜，虚掩上柜门，一切恢复原状。

这时，她刚意识到已满头大汗，随手抓起自己脱下的纯棉内衣，急忙胡乱地擦了几把，正准备喘口气，定定神儿，忽然感到迪克那边好像动了动，赶紧跑到他身边悄悄躺下，像恢复保密柜文件原状一样，又把自己摆成了窃照前的原样。

迪克苏醒过来，恍若过了一个世纪，使劲眨了眨眼，方觉仍在人间，置身保密重地。他抬眼环顾，但见自己衣裤乱扔一地，一个空酒瓶子横卧其中，几件女式衣物零星散落，一双高跟小皮鞋东一只西一只，一条淡粉色的小裤衩挑衅般地搭挂在沙发背上，一只精致的女式手包显眼地放在茶几上——里面正是辛西娅的窃取成果——整个场面使他体会到一派原生态景象。突然，副官眼前一闪，由远而近的目光一下集中到近在咫尺的一幅实体玉雕：头微侧、眼微合、鼻微息、唇微抿、额微汗、脸微红、发微散、左手微扶颈项、右手微搭腰间，胸脯微微起伏、双乳微微斜翘、肚腹微微泛润、左膝微微弯曲、右膝微微伸展、两腿微微开启，隐间微微轮廓……啊，裸睡美人！

年青副官小心翼翼，不忍搅醒帕克夫人甜蜜梦香。他战战兢兢抬起手，轻轻地、轻而又轻地，生怕碰损花蕊一般，伸向那生命之源……这时，辛西娅慢慢睁开碧绿的眼睛。“我，我是不是喝多了？睡多久了？”她做出睡眼惺忪的样子，让任何男人看了都会对她怜惜不已。迪克一句话都没有，停住手，默默跪在玉腿间，这是他“昏睡一个世纪前”留下的唯一记忆。

辛西娅一声不吭，大功告成的喜悦使她在装睡中兴奋不已。她知道一切到时候了，既然拿到他机密底盘，自身底线该为他敞开了！再没有任何理由作弄他人和愚弄自己了！一场感情拉锯战，由“恩尼格玛”引爆一场日后关乎战争进程的肉搏战……波兰民主共和国外交部保密室，天昏地暗，山崩海啸……年轻副官不幸弹尽粮绝，在垂死挣扎中坚韧不拔，宁死不屈……美丽的女间谍终于带着胜利的微笑奄奄一息，在慷慨赴死中死而无憾……

辛西娅用“美人计”钳制迪克副官,成功拿到破解“恩尼格玛”的金钥匙——“德国国防军密码索引”。

这一情报成果之巨大,获取之神速,令总部狂喜不已。对此,布莱切利密码研究中心一位权威电子学和密码学专家评价:“尽管她并非密码业内人士,甚至对这个相当复杂的领域一无所知,但居然能洞察到波兰人在这方面的研究成果,又由此推断与‘恩尼格玛’有关,并即速获得,如此智能超凡过人,简直是天才!”

正是这独一无二的特殊功绩,起到“自始至终影响世界反法西斯战争”的巨大作用,奠定了她在国际谍报史上不可撼动的历史地位——改变战争进程的女人。

风流背后的甜酸苦辣

辛西娅拿到破译“恩尼格玛”的金钥匙后不久，陷入绯闻漩涡，因为世上历来没有不透风的墙，要想人不知除非己莫为。

辛西娅和迪克的姐弟情人关系终归还是成了“桃色事件”。英国情报机构很清楚，这是辛西娅利用机要副官职位获取情报的间谍行为，是正常的谍报活动。但并不希望两人“爱情”无节制地迅猛发展，更不希望自己的间谍像脱缰的野马摆脱羁绊，深陷情渊而无法自拔，干出什么不理智、不明智的蠢事，贻误大局。

当辛西娅通过菲利普斯向上级汇报与迪克进入私密交往阶段后，总部在派菲利普斯给辛西娅输送活动经费的同时，还特意让他给她捎来一份特殊礼物——伦敦市场上最有效的避孕药。

情报机构通过这样“自上而下”的婉转方式，名为关心体恤下属，实则明确无误地传递一个组织对个人的变相指示信息：总部不希望、不愿意看到辛西娅“玩过头的、难以收拾的”对情报工作不利的“烂摊子”局面。

菲利普斯也从资深职业情报官的角度对辛西娅说明组织工作考虑，他绝不想看到可爱的老搭档在男女问题上吃亏受挫，以老朋友的关心姿态，对辛西娅做出于情于理的由衷相告。菲利普斯认真地对她开导和提醒说：对于女兼职人员来说，在工作无为时，或可随意驾驭自身，而在需要发挥情报作用和能够体现很高情报价值的时候，身体就未必完全属于自己的了。与丈夫发生的任何情况，是一码事，谁都可以理解和接受，但与丈夫以外出现的意外，则完全是另一回事，无论是流产还是私生，都已不是简单的纯粹的个人私事，而是与组织利益相关的，是组织有权利、有责任予以过问和处理的工作范畴事务。尤其是，不管女谍员还是男谍员，女谍员是重中之重，无论是因公还是于私，不能因外遇而荒业、弃业、叛业，即使个人对此能摆平家庭矛盾而不致“后院起火”，但也必须考虑对于工作的得失，这是衡量间谍外遇结果的准绳，不以个人意愿和家庭因素为主导。否则，则是冒犯行业大忌之一，后果堪忧。这一点，对女谍员不能不说是有别于男性的一条额外的特殊纪律约束，原因就是，比起多没良心的男人来说，可怜的女人深陷感情泥塘而不忍抽身的概率要大，这样的事例也屡见不鲜。

菲利普斯摆事实讲道理，说了这么一大堆苦口婆心的话，既代表总部意思，也发自个人肺腑。最后，在辛西娅耐人寻味的目光注视下，菲利普斯意味深长地仰天而叹：“既入本行，即守此规，天经地义，无话可说。正可谓：人在江湖，身不由己！”他对老搭档辛西娅明确表达了老大哥同僚的殷殷爱护之意。

当时，有关风流漂亮的帕克夫人与年轻有为的英俊副官迪克的暧昧关系，一时风闻乍起，在相关范围内沸沸扬扬。其实，他们俩总是十分小心地隐藏亲密，刻意规避外界的眼睛和耳朵。对此，一向高调有余、低调不足的辛西娅也一反常态，格外谨小慎微，深知这次情人关系不是“个人风流”，而与兼职工作相关，不能因小失大。但两个有切肤关系的男女，在外人看来，相互之间的“眼神儿、表情、语气、心态、动作、默契”都会有别于人“不打自招”。尽管谁也没真正看见、没抓住把柄，但只要不是很傻的圈里人，一搭眼再稍微琢磨琢磨，便可猜出几分。一时间，华沙外交圈子对帕克夫人和迪克副官这对儿美女帅男的特殊关系，似乎无人不知，无人不晓，有满城风雨的味道。不过，有一位却一无所知，这就是因病回国治疗住院的帕克，他正在伦敦外交部医院高级别墅病房里，眼不见心不烦！

其实，风流的辛西娅对丈夫也有“瓶装五味醋”的酸楚感，虽说从未有恩断义绝的无情和仇视，但他在孩子问题上的自私、浮华，在性格上的死板、封闭，在夫妻关系上的大男子主义和性无能，也确让辛西娅——上为人母、下为人妻、前后左右人见人爱的美女——有伤心、有难心、有闹心，不称心、不开心、不甘心。不过，辛西娅是个有血有肉讲情义的女人，她知道，自己于私于公，无论如何也是给人家戴了若干“绿帽子”。

辛西娅鲜为人知的酸楚就在于，她念及夫妻情分，有“恪守妇道”之心，又身不由己，我行我素，任性好玩。她本身是一朵鲜花，被无数蜜蜂追逐，又受欲望制约。于是，她一直在丈夫与情人、居家与外遇、道德与风流、守妇道与“美人计”相矛盾的十字路口上游荡徘徊，心神不定，左右为难。

鉴于当时辛西娅与迪克的情况，英国情报机构认为，事态的发展很可能出现两种结局，一是辛西娅有可能暴露自己英国间谍身份，招致被捕或驱逐，出现“断线风筝”后患，甚至被敌方策反利用；二是辛西娅可能会成为爱情的俘虏，没准儿以她天不怕地不怕的任性，管它什么兼职还是不兼职呢，给你来个一条道走到黑，不顾一切与迪克结合。

这两种可能出现的隐患局面使总部如临大敌。

英国情报机构当即决定，由外交部下令将帕克调离华沙，暂时到布拉格使馆“协助工作”，由情报部门命令辛西娅随丈夫一同前往。正好，帕克病情初愈，调离一事顺理成章。

其实，情报部门小题大做了。辛西娅虽与迪克进入实质阶段，但辛西娅很明白，一旦不慎导致珠胎暗结，那可不是总部管不管的事，丈夫再老实厚道、再斯文有涵养，也饶不了她，非抄起正义大板斧，把她连同孽种一起剁成肉馅不可！所以，风流多年，贝蒂也好，帕克夫人也罢，这等傻事她这样的鬼精灵，哪能干呀！

可见，就婚外孕而言，英国情报机构实属过虑，本该少安毋躁，何必遣派大忙人菲利普斯给她送来伦敦良药？不过，这多余之举倒让辛西娅更明白了总部对女间谍的管控意图，使她真不敢忘乎所以、抱任何侥幸心理，不敢在肚子问题上掉以轻心，丢了西瓜捡芝麻。

当然，情报部门也自以为是了。辛西娅更从未忘记自己的间谍使命，绝不会轻易放弃自己喜欢的兼职工作，也绝不会随便向任何人透露个人的秘密身份，那是菲利普斯代表总部以一口一个“帕克夫人”的官方开场，严肃认真跟她正式谈过的组织纪律嘛！她始终牢牢铭记，不敢违反。所以说，即便是英国情报机构不从中作梗，当时的辛西娅也不至于醉心“姐弟情爱”而执迷不悟，去发飙追求什么总部设想的“姐弟婚”。

在辛西娅情爱经历中有一个重要客观现象，似可从女性“认小从大”心态来解读她的潜意识，佐证如下：

初恋情人小画匠托尼比她大7岁，她14岁，托尼21岁；

丈夫帕克比她大20多岁，他1890年5月2日生，她1910年11月22日生；

智利大亨情人古德曼比她大12岁，那一年她21岁，他33岁；

宗教情人安东尼奥比她大22岁，当时她25岁，他47岁；

大哥情人阿萨奇诺比她差不多大5岁，西班牙内战前，她25岁半，他刚过30岁。

可怜的迪克小老弟比帕克夫人小5岁，结果给姐姐情人心理蒙上一层不适阴影，也有了她专门对他的昵称表达方式——“小可爱”，这是辛西娅对其他大情人们从不使用的爱称，因此也成为后人分析和研究著名“美人计”女间谍辛西娅心理和观念的客观依据。

当听说帕克夫人要调走，已深深沉溺于来之不易的与姐弟情漩涡里的机要副官，立刻找到辛西娅，明确表示，誓将姐弟恋进行到底！而这个“底”，正是英国情报机构设想的“姐弟婚”。迪克恳求辛西娅：“亲爱的，我可以跟妻子离婚，咱们结婚吧。”辛西娅真诚表示：“迪克，相信我，我也爱你，但现实只能让你当我心爱的弟弟，而不是丈夫。”她内心纠结，他满心失落。两个人在痛苦中无言以对，唉声叹气。

当然，辛西娅不能不走，她哪敢得罪英国情报机构呀，她鬼机灵的脑袋可不想自己不知什么时候成为街头上一具美丽的女尸。她对英国秘密情报机构的相关做法略知一二，也从菲利普斯嘴里，零打碎敲听过一星半点总部对不听招呼的谍员如何封口的事。所以，辛西娅婉拒了迪克的求婚。分别时，迪克为姐姐流下热泪，对她发出男子汉宣言：“没有你，我将不再碰任何女人身，只好好跟妻子过日子。”

辛西娅与迪克分手后，并没有诀别的揪心和相思之苦，也没有对姐弟恋的过多回味和重温，相对于她对阿萨奇诺歉疚的爱和投入，只是想起“小可爱"时,有种亲情牵念之感。

1938 年 9 月,辛西娅结束了在华沙一年多的难忘生活,告别了获取"恩尼格玛"密码情报而奠定自己间谍历史地位的特殊地方,别离了助她功名垂成的"小可爱"弟弟情人迪克,随丈夫转任捷克斯洛伐克首都布拉格。

经过两年多的兼职间谍历练,辛西娅已从初出茅庐走向成熟。她是个闲不住的人,总想投入神奇而刺激的秘密工作,有一种"上瘾"的感觉。在随夫驻捷克大使馆"协助工作"期间,根据总部指示,辛西娅以"外交夫人"和"交际花"双重身份,出没于上流圈子,利用各类"相好"渠道刺探军政情报,短时间内取得丰硕成果, 获取了德国人准备入侵捷克斯洛伐克的进军计划,受到秘密情报局高度肯定。

1939 年 1 月,英国外交部决定阿瑟·帕克结束临时在捷克使馆的"协助工作",调至英国驻智利大使馆任商务专员,辛西娅随同丈夫前往。

按说,外交官在某一国家任职,一般来说,一个任期少则 3 年,多则 5 年,4 年一任是正常惯例。那么,为何会出现帕克偕夫人提前转任这一超常情况呢?

原来,这一切正是与辛西娅有关。

从西班牙内战初期,辛西娅在情报活动中崭露头角,这位才貌双全的业余间谍从此登上秘密舞台,拉开了自己波澜壮阔的谍报序幕。紧接着,她便在总部最需要的时候,上演了一幕精彩的获取"恩尼格玛"情报的重头戏。

斯蒂芬森看到辛西娅越来越出色的表现,预见她会在更大的舞台上发挥更重要的作用。根据斯蒂芬森建议,英国秘密情报局着手制定对辛西娅的使用规划:让辛西娅离开波兰这个小型舞台,先到捷克斯洛伐克过渡一下,之后转赴亲德色彩较浓的智利,相机开展情报工作。但这只是规划中的"近期目标"。

为使辛西娅能顺理成章离开波兰,不致引起外界对她为英国秘密工作的怀疑,英国情报机构决定编一套谎言混淆视听。谎言是:说辛西娅有向纳粹外交官传递情报之嫌,她的情报是通过波兰外长的机要副官迪克传递给德国人的。由于当时波兰内部许多人都知道迪克与帕克夫人的情人关系，也知道这位机要副官正替贝克外长出头露面寻求与希特勒政权达成谅解协议，所以这一谎言很快在华沙圈子中被接受。英国外交部与情报机构“默契”配合，决定帕克与妻子辛西娅离开华沙。当时遭受大病一场的帕克健康已恢复，外交部遂把他们夫妇先过渡到捷克斯洛伐克大使馆，情报部门意图是让外界知道辛西娅还在东欧地区，然后再不引人注目地从那里调往智利。而当时虽有迪克与辛西娅的“桃色事件”，但帕克的调动让外界认为与此事毫无关系，辛西娅夫妇本人对调动内幕也一无所知。当突然受命离开华沙时，辛西娅还以为是那些令人讨厌的爱嚼舌头的大使馆夫人们搞的鬼呢。

孑然一身改头换面

到智利工作对帕克夫妇来说这是第二次，上一次是七八年前，当时他们刚结婚一年，辛西娅在那里与智利大亨古德曼留下一段不明不白的情缘，最终虽与古德曼未婚妻穆塔丽莎达成谅解，还应邀参加他们婚礼而与古德曼“友好”分手，但因之前与这位智利“准情人”一起玩闹的“马球风波”，曾引发帕克夫妻婚后与“寄养孩子”纠纷性质不同的“外遇问题”大吵和冷战。

1939 年智利之行结果更糟，辛西娅与丈夫的婚姻在岌岌可危中，彻底陷入破裂。帕克对妻子性格上、作风上各方面的“强势”忍无可忍，辛西娅对丈夫某些方面的“软弱”失去信心。不久，两人在冷战中正式离婚，结束了将近 10 年的共同生活，从此劳燕分飞，各奔东西。

分手前，辛西娅主动给丈夫留下一封“自控不忠”的告别信，坦诚承认自己尚不具备做一个传统妻子的现实条件。她在信中写道：

亲爱的帕克，以后还会这样称呼你。嫁给你，我不后悔，因为那是真的爱上了你。现在分手，我也不难过，因为对你我都是一种解脱，我们俩都会因此而轻松。

帕克，请记住，尽管我对你有过这样那样的看法，但都不能让我把你看扁，因为看扁你就是看扁我自己。想想看，我能嫁给一个被我自己看扁的人吗？相反，我一直认为你比许多追求我的人高明，而我最终选择你的高明或许也说明我个人有所高明。

我对你的看法，也许不是你的错，是你的想法与我的兴趣、你的认为与我的作为总难一致的原因。我曾努力按你想的去做,可那尝试真的令我很痛苦,而我按照自己的做,显然你也不好受。这便是我们问题的症结所在,我永远不把眼下的分手归咎于人们通常而言的感情出了毛病,我认为,那样不是否定我们自己以往的高明吗?不是贬低自己的情商和智商吗?当然,那岂不是对我们真实内心的玷污吗?帕克,相信你会承认这一点的。

但是,不能不冷静地面对:可能有关我的传说让你作为一个男人有碍脸面,可能一些说不清的事给你十分在意的前程带来影响,可能我目前与你在心里塑造的太太形象还有一定距离,可能我以后会缩短这个距离但现在没理由让你容忍我的差距。也许我确实应像你希望的那样把自己关在家里而远离社会,也许我即使出去也只能在女人圈子而绝不可进男人堆里,也许我不该表现自己而应努力把追求者降低到零下,也许我的问题就在于老想活得"轰轰烈烈"而没有认真思考你奉行的活得"踏踏实实"。帕克,写到这里,我承认,我有错。可是,我的错因告诉我,这不是靠我单方面可以改正的错,也不是一时半会儿可以去掉的错。所以,我们分开是明智的。

你放心,帕克,你永远不必也不会接受我的"轰轰烈烈",但我有朝一日会接受你的"踏踏实实",这是我对你高明的认可,也将是我不失高明的证明。

我会为你的身体祈祷,这也是我们夫妻一场我对你照顾不周而留下的日后忏悔。

还请看在我们将近10年的初婚情分上,养好我们共同的孩子,为此,我愿随时付出我梦寐以求想付出的一切。

你永远是我孩子的父亲,就像我永远是孩子的妈妈一样。

永远祝福你的贝蒂

离婚后,辛西娅不能不放弃名字中的随夫姓氏,开始了新的独身生活。当辛西娅在智利准备与丈夫分手时,一时不知今后所向。于是,英国情报机构对辛西娅使用规划的“远期目标”正式出台：让辛西娅在智利取得一个合法职业身份，最终把她撤出南美，派到北美她的故土——美利坚合众国，让她在美国华盛顿这个谍报大舞台上，充分发挥其间谍表演才能。

其实，斯蒂芬森对辛西娅婚后夫妻关系状况一直关注着，预料到可能出现分道扬镳的结果。当辛西娅向上级汇报打算离婚意向和征询离婚后去向时，斯蒂芬森已在幕后为她设计安排好了一切，并特派菲利普斯前去向她转达三点指示：一是尽快建立新的职业依托，目标是记者，恢复当姑娘时的姓名贝蒂·索普；二是尽快摆脱“英国太太”影子，让外人明白与外交官丈夫已经离婚，现在单身寡居；三是在智利取得记者资本后，尽快迁回美国，目的地华盛顿。最后，斯蒂芬森还明确表示，英国情报机构海外力量将为她在智利新的“职业化”进程和回居美国工作生活提供必要的保障。

斯蒂芬森的设计为辛西娅又一次指明了一条人生之路，这条路不仅对辛西娅后来的谍报活动发挥重大作用，也使辛西娅从此踏上了属于自己一生的职业征途。这时，辛西娅 28 岁半。

辛西娅按上级指示要求，开始系统学习记者职业业务，她知道无论对于兼职的间谍活动还是离婚后自己独立生存来说，这一步都必须要扎扎实实迈好。她迅速报名智利大学新闻专业短期进修班，重新回到课堂，潜心做一个从零开始的小学生。

辛西娅首先在课堂里学习到记者职业“两要素”：一是“敏锐发现事实”，二是“忠实报道事实”。

通过授课，辛西娅从理论上知晓，与静坐沙发沉思的政治家或历史学家不同，记者是“哨兵和侦察兵角色”，是“政治利益集团的耳目喉舌”。她充分认识到，发现事实的眼光背后“是勤于思索和善于反应的大脑”，否则即使新闻出现，也会擦肩而过。老师讲过一个“敏锐发现”事例：一位新记者去采访一场婚礼，事先做了种种设想和充分准备，但到采访现场被告知婚礼取消，因为新郎跑了，不得不垂头丧气回来，总编听他报告采访落空原因，拍案叫道：新郎跑了？这不比原来的采访婚礼更有新闻价值吗？为什么不马上采访？这一说，年轻记者才恍然大悟。

辛西娅还学到,“敏锐发现事实”要透过现象看本质,比如通过享乐、攀比看“拜金主义”,通过社会矛盾、能源危机看战争苗头与走势等。她也深知“忠实报道事实”是记者神圣职责和本质所在,因为人们每天越来越处于新闻包围中,依赖媒体信息,习惯于“秀才不出门,便知天下事”的生活方式,因此,真假新闻同样都对社会产生巨大影响。她在笔记中抄下这样话:“现在的新闻,就是将来的历史”。但她不知道,这句话是她那个时代中国共产党早期实践家李大钊所言,也不知是出口的还是转内销的。

辛西娅对新闻专业的系统学习使自己得到极大充实,使她可能被外界认为靠“脸蛋和姿色”吃饭的“外交官身边的花瓶”,转型为具有真才实学的职业女性,也使她把记者职能与“兼职”直接挂上钩。

辛西娅对如何做好合格乃至优秀记者很感兴趣,尽管她凭天资很容易想象和理解其中的道理,但规范的专业概述仍使她耳目一新,每每听得很过瘾,记得很认真,完全放下了固有的“好高骛远”心态,成为进修班老师眼里“最努力刻苦的学生”。

辛西娅在校园里全面学习了当记者的职业要素,辛西娅深感多年随夫周转各国受益匪浅,很感激帕克。

3个月的新闻记者专业进修班结业,辛西娅恋恋不舍地离开老师和课堂,走出校园心怀激奋:记者行业真能使自己大开眼界,大有作为,它可与各类精英沟通,可接触各种新鲜事物,可不断提升自我,成为更丰富的人。她为斯蒂芬森给她指出的道路深感欣喜,决心不辜负这个“头儿”的良苦用心和长远希望。

此后,辛西娅以聪颖的能力素质学以致用,开始为当地媒体报社撰写文章,署名“贝蒂·索普”发表新闻评述和采访报道。她文笔畅达,笔锋犀利,为在媒体速立脚跟,多捞资本,有时观点故意忽左忽右,某些公开指责纳粹的文章,在亲德气氛较浓的智利还引起一时反响和局部轰动,连英国驻智利大使都曾过问,担心这位前英国外交官太太别惹出事来。终于,辛西娅很快走出“外交官丈夫身边花瓶”角色,也逐渐摆脱了离婚阴影,整个人仿佛站在一个新的起跑线上,处于整装待发的精神状态中。

至此，辛西娅具备了作为间谍的两大最佳资质——外交与记者，这是她谍报生涯创造辉煌业绩的最有利条件，也是斯蒂芬森和英国情报机构识才、育才、用才的最大高明。

由于辛西娅为“恩尼格玛”破译工作取得突破性成果，她已成为英国情报机构由斯蒂芬森直管的重点谍员，而有关重点谍员的方位和使用问题，是情报机关需要专门研究的重点业务。根据战争形势需要，英国秘密情报局经过反复权衡和仔细研究，敲定了对辛西娅这一重点谍员使用规划的长远目标：决定调遣辛西娅从智利返回美国，以华盛顿为社交基地，发挥其外交特长和记者专业，以各国驻美大使馆为目标，开展情报活动。

这显然是一计“放虎归山”之策。

没错，这一决策的主导者正是斯蒂芬森。为此，在研究制定对辛西娅使用规划的内部会上，还出现过分歧。

一位副局长认为：“智利是受德国影响很大的国家，她流畅的西班牙语和法语可在那里大派用场。”

“但那里远离战场，她的活动必须与战争息息相关！”斯蒂芬森反驳道。

“可美国同样离战场不近呀。”另一位情报官提出。

“不，美国现在正是战争中心！”斯蒂芬森据理力争。“美国虽然没投入战场，但所有参战国使馆都在美国，还有是否涉战的观望国家，统统都在美国。而且，世界到处充满火药味，这么热闹的战场和准战场，最终能少了美国吗？它的投入是早晚的事。所以，美国、华盛顿，那才是最需要她的地方！”

斯蒂芬森力排众议，最后得到情报局局长孟席斯的批准。其实，斯蒂芬森在表达“世界如此热闹怎么能少了美国”这个意思时，还有一句潜台词：“华盛顿间谍舞台如此热闹，怎么能少了辛西娅这样的美艳女谍呢？”这位资深情报头目断言：“辛西娅大显身手的机会来了！”

当然，斯蒂芬森也知道，辛西娅以前曾在华盛顿生活过，她与帕克当年的婚礼使“美丽贝蒂”在某些圈子中被人熟知，这可能对她今后的掩护和活动带来某些不便。但根据所掌握情况，斯蒂芬森坚信，当时在任何敌国、中立国和非交战国所有档案中，辛西娅都未被列为间谍嫌疑，这也恰恰证明其精明与高明。

为此，英国情报局接受斯蒂芬森建议，为重归故里的辛西娅打造平台：在华盛顿上流社区——乔治城包租一栋双层别墅小楼，供于生活起居，也是为她提供一个"特殊工作"场所———张由女主人为未来牺牲品编织的诱人"蜘蛛网"。

当辛西娅只身从智利返美时，社会身份成功转型，从外交夫人摇身一变，改头换面为一名颇有名气的自由撰稿人——记者。

1939 年 12 月 24 日，圣诞平安夜，雪花漫卷，"铃儿响叮当"歌声飘扬。贝蒂·索普——辛西娅，荣归故里，重返美国。

故交邂逅华盛顿

此时,战争已由希特勒纳粹于 1939 年 9 月 1 日以“闪电战”进攻波兰爆发。开战后,美国是否参战直接关系到轴心国命运。这个时期,作为中立国的美国首都,华盛顿一时特工云集,成为各国间谍活动的大都会。

世界战火硝烟已在欧亚非三洲弥漫,美国人却在战争边缘徘徊,坐山观虎斗。

20 世纪 40 年代第一个新年伊始,华盛顿一个大型酒会上,各界名流云集,外交使团精英荟萃。不管交战国、中立国还是友好国、敌对国,各国外交官与华府达官显贵济济一堂,谈天说地广交朋友,怀故叙旧畅诉友情,穿梭不停频拉关系,交头接耳传递信息,好一派喜庆祥和风光,也是一片各怀心腹事天地。盛大晚会,盛况空前,辛西娅盛装出席,身份既是州府特邀嘉宾之一,也是《华盛顿邮报》特邀记者。

就在这人头攒动、杯觥交错、歌舞升平的热闹场合,一个稍纵即逝的历史机遇不期而至,辛西娅邂逅一位故交——意大利驻美国大使馆海军武官艾伯托·莱斯上将。

1934 年初,贝蒂随帕克刚到西班牙不久,以外交夫人身份跟丈夫参加各国外交使团联谊活动, 与时任意大利驻西班牙使馆武官艾伯托·莱斯将军偶然相识。那时她还没进入间谍行业,是个无所事事玩闹型的少妇。此时,身在斗牛和足球王国的她,看到公牛和踢球的腿都有冲动,要么想跟哪个斗牛士逗逗“牛儿”,要么想与哪个足球王子玩玩“球儿”,反正是饱暖思淫欲,风流鬼附体。可惜一直没逮着机会,阿萨奇诺是后来被克里斯蒂娜歪打正着的。而让她最先得手的,就是这位比她大 21 岁的莱斯将军。

当时，帕克夫人贝蒂被莱斯将军一身军装所震慑，被军人的威武所倾倒，被戎装包裹的一切所吸引。人过中年的莱斯也好像头一次看到月亮，只觉得又神奇又刺眼。几天后，贝蒂跟丈夫参加外交联谊舞会又遇莱斯将军，两人眉来眼去，合作跳舞中摩摩挲挲。外交夫妇在类似场合常各自应酬交际，帕克此时正被其他几位夫人太太排队缠着教舞带舞。莱斯建议贝蒂何不出去透透气？她是什么女人呀？何惧风流！结果两人悄悄溜到舞厅楼上僻静的露台，装模作样赏月，很快撕下假面具，抱头乱吻。可惜露台实在简陋，除了围栏一贫如洗，连坐都得席地。不过，倒是三面环景，夜色朦胧，万家灯火，俯瞰马德里如诗如画夜景，可这只能一饱眼福，哪能充饥止渴呀？

夜色美景下，两颗按捺不住激荡的心，以人类最原始的方式激烈碰撞……这次与莱斯将军过把瘾，又是户外露台"野战"，丈夫还在楼下翩翩起舞，短兵相接的刺激让她记忆深刻。

后来研究辛西娅的人借她与莱斯这次奇遇做文章：无论从形式上还是内涵上，辛西娅几年的资历是一般女人几十年都望尘莫及的，难怪她是能应付一切男人的"美人计"皇后！

正如俄罗斯谚语：山与山不能相会，人与人总会相见。

未承想，时隔6年，户外奇遇后再无联系的两个"露台旧友"，又在华盛顿酒会人堆里，阔别重逢。

情人异地相逢实属难得。依然月亮般美丽的辛西娅突然出现，使莱斯将军为之一振。然而，此一时彼一时，如今已是兼职间谍的辛西娅在出乎意料之余，不禁惊喜：这可是一条大鱼，上钩价值连城啊！

艾伯托·莱斯将军这几年变化不小，年龄已五十多岁了，军衔由"露台战斗"时肩扛的少将牌牌，很快被帕克夫人的艳福变成了中将肩章，如今已是堂堂海军上将，意大利驻美国使馆头号武官。事业上，莱斯是一名很有才干的军事专家，但对近年来墨索里尼与希特勒结伙并不热心，自感胸怀韬略难以作为，热爱祖国意大利，而对亲德现政府又有些"身在曹营心在汉"。生活上，他这几年是生殖机能超负荷运转，六年前已有一儿一女，这六年平均两年一胎又添仨，太太的肚子没闲着，他自己也累得快直不起腰。孩子一多，拖累一堆，家务琐事常令他焦头烂额，心烦意乱。

“啊！六年了，帕克夫人，六年没见了！你怎么来美国了？一切还好吧？”莱斯将军按捺不住感慨，关切地询问。

“将军，一言难尽啊！”辛西娅从这一刻起，就开始了间谍设计。她委婉地给他讲了一段漂泊伶仃的遭遇故事，当然，除了与丈夫分手这一节才是真的。“所以，以后不用叫我帕克太太了，请叫我贝蒂吧。”辛西娅最后说。

然而，这一节真的，又是让莱斯最感高兴的，它意味着一个宣告：可以不必偷偷摸摸了。

“贝蒂！这样叫你真让我感到亲切。贝蒂，不要悲观，那会让我感到心疼的。”莱斯此时已把工作和生活的烦恼全都抛到九霄云外，俨然一副“护花使者”的英雄气概。

“是啊，悲观有啥用？只能自己疼自己啦。不过，谢谢你还惦记我……”辛西娅说着垂下头，一副可怜兮兮令人呵护的样子。

“别这么说，贝蒂，见到你像做梦一样，那次露台后，你一直都在我梦里。”莱斯动情地说，仿佛又回到露台，心里涌起一股跃马扬鞭的激动。“真是做梦也没想到，又见到了真实的你。”

“也许，这就是人们常说的缘分吧。”辛西娅声音很小。

“对对对！我们是有缘千里来相会，贝蒂，与你有缘，真是我三生有幸啊！”

辛西娅嫣然一笑，抛出试探：“也是呀，婚姻缘断了，朋友缘接上了，也算好事。不过，现在独身了，不是更好吗？”她显得轻松起来。“自由自在，没有约束，解放了！”

“这倒是。”上将暗喜，一想到自己又颇为感触。“有人说婚姻是爱情的坟墓，依我看，不是坟墓也是绳索吧，它简直能把人勒得透不过气来！”

“那就换根橡皮筋，也别套在脖子上，当腰带用，自我调节嘛！”她开着玩笑继续试探。

“何尝不想！”上将顺便抓过辛西娅的手，捏了捏说，“谈何容易！”

“上将，我能随时拜访你吗？希望你能为我提供些有趣的新闻。”辛西娅又转话题，仍含试探。“我现在得自己养活自己，摇摇笔杆子混口饭吃，好惨的呀！”

莱斯将军抚摸着昔日旧友的纤纤玉手，用温暖而可信的语气告诉她：“听着，亲爱的贝蒂，以后我会帮你的。”

要的就是你这句话！辛西娅心想。

辛西娅知道，由于地位和身份关系，莱斯将军不同于迪克副官，作为上将，他的全部热情都掩盖在得体的礼貌之下，他不会像迪克那样一上来就跪地示爱。她隐约有点后悔六年前底线尽失，让自己现在手上缺少最大的筹码。真可恨那穷露台！要不怎么会腹背受敌呢？不过辛西娅也清楚，莱斯与迪克不一样，对迪克，底线可做底牌，而莱斯则更需要精神寄托。要打开他的感情闸门，关键在于心灵沟通，性只是其中重要一点，如果上将仅需要性发泄，那么他并不缺乏愿意为他献身的女秘书、女报务之类，意大利美人是首屈一指的嘛！

辛西娅第一时间让菲利普斯通过总部了解莱斯将军各方面近况，自己则准备尽快与这个目标对象熟悉起来，毕竟以前与之交往实在有限，对他的思想状况、人生态度、兴趣爱好等都缺乏起码的了解，要不是露台一夜，双方几乎陌生。她决定初战以记者身份上阵，直接捕捉动向，确定打法。

当辛西娅一改此前与莱斯仅有三次见面时的交际花形象，换之以职业女性风采，出现在海军上将办公室时，令他刮目相看，喜出望外。

“上将，谢谢你拨冗接受我的采访，打扰你了。”辛西娅以典型的记者姿态，落落大方开场。

“别这么说，我求之不得。”将军满脸堆笑说。“我也想轻松轻松，随便放松聊聊，工作太紧张了。对了，你想了解些什么？”

“哦！谈谈你自己怎么样？我想向美国读者介绍你。”

“我有什么好介绍的？”莱斯苦笑了笑，郁郁不欢地说，“我只是芸芸众生中为糊口而劳碌的一员，甚至说不上对社会有什么贡献，然而却向社会索取太多……”

上将的消沉令辛西娅大吃一惊，不由自主地说：“将军，你也太谦虚了吧？不是谁都可以当上将的……”

上将望了望辛西娅，忽然话锋一转说：“贝蒂，我知道你要写文章赚钱，这个我会帮你。我们像朋友般闲聊的东西就不要见报了，没意思。”他停了停，若有所思地说：“一个名记者、名报人，我看不仅在于有寻找消息来源的能耐，更重要的是发现问题的锐利眼光，和振聋发聩的警告。”

辛西娅立刻想到了在新闻进修班上学到的知识，从心底里佩服上将的政治家头脑，不由得点点头说：“谢谢你的提点。”

出乎辛西娅意料的是，莱斯上将毫无顾忌地评述世界政治形势，与其说他是意大利高级军官，不如说他是英国首相的代言人。

“贝蒂，你是美国人，如果你热爱你的祖国，那么就鼓励它与德国人开战吧！”上将目光严厉，颇为激动地说，“我可以坦率地说，我憎恨纳粹！”

上将的表现，完全打乱了辛西娅的行动计划。这时究竟是趁热打铁，请他为自己的兼职工作提供帮助好呢，还是培养个人感情，等更有把握时再说好呢？辛西娅迅速决定：还是选择后者。

莱斯点燃香烟，让自己稍稍平静，缓缓说：“贝蒂，我说过要帮助你，如果你能把我刚才说的意思，变成你的语言，那你就成功了。你不但帮助了你的祖国，也帮助了全世界。”

辛西娅望了他一眼，小心翼翼地说：“上将，我相信你的心情非常痛苦。”

莱斯点点头。辛西娅是个精灵，立刻改变了主意，郑重地说：“上将，我在美国情报部门有朋友，或许可以对你有帮助。”

上将一愣，未置可否，巧妙变换了轻松话题。辛西娅反而不轻松了，像一下掉进老家明尼苏达寒冬的冰窟一样，浑身凉了。

怎么这么傻？不是计划好了先培养感情吗？辛西娅马上后悔不该冒进。该怪谁呢？都怪总部提供的材料，不是说莱斯是个反纳粹分子嘛！所以才急于……不过，辛西娅还是责怪自己，毕竟自己是行动现场的实施者，应做出比材料更准确的判断。但她同时又想，既然他没有表示 YES 或 NO，权当是先做个铺垫也好，待进一步培养感情后，再老话重提！

此后辛西娅稍有担心，莱斯会不会因她提到美国中央情报局朋友的事而怀疑她的身份呢？会不会以后拒绝与她来往呢？辛西娅在不安中等待了三天，然后决定主动与他联系，但打了两次电话，使馆都说他不在，这让她更有些忧心忡忡。但转天晚上，莱斯将军突然来了电话，辛西娅又惊又喜，竟一时不知说什么好。

“贝蒂，是你吗？你没事吧？”电话里传来莱斯焦急而担忧的声音。

“哦，没事。这两天你去哪儿了？我找得你好苦的。”

“我有点私事要处理，你知道的，我那一大家子。所以大使馆的人没办法向你说清楚。对不起，你找我有什么急事吗？”

“我，我只是想马上见到你。”辛西娅有气无力地说。

“你不是生病了吧？好，等着我，我马上来!”

于是，英国情报机构为辛西娅提供的住所——乔治城双层别墅，这张由女主人编织的诱人“蜘蛛网”，第一个被粘上的牺牲品——这位海军上将。

当莱斯上将出现在门口时，辛西娅情不自禁地拥抱着他，喃喃地说：“莱斯，你真把我吓着了。”

莱斯捧着她的面颊，颇为惊奇地问：“为什么？为什么你会有这奇怪的想法？”

辛西娅真诚地说：“我以为他们知道了你反纳粹的态度，把你抓起来了呢。”

莱斯笑了笑，轻松地说：“没那么容易，别忘了，我是海军上将，你不是说过，不是谁都可以当上将的吗？”

他们一边喝着咖啡一边聊天。辛西娅很自然地问莱斯，为什么他敢于对她那么直截了当谈反纳粹的问题。

“直觉吧，我也说不清，”莱斯淡淡一笑。“有些事是解释不来的，不过，确实直觉告诉我，你是我值得相信的人。”

“为什么呢？”

“因为……因为你在露台上那样给过我……”

“你笑我！”辛西娅伸出小拳头打了他一下，转而露出俏皮的样子问：“哎，我当时是不是好狼狈呀？”

“不不不，你那个样子，让我终生不忘!”莱斯连忙说。

“可是……那也是没办法的办法嘛。”辛西娅趁机放出轻佻挑逗。

这一招果然很灵，莱斯马上放下上将的庄重，像个普通的好色男人一样，以挑逗应挑逗了。

回美国后，年近30的辛西娅成了真正的单身婆。偌大的双层别墅一天到晚就自己一人住，连男人味都没有，也够寂寞。面对要拿下的目标对象男人，她心一横，干脆一不做二不休——上！

赢得“地中海海权”

辛西娅居所乔治城3327号双层别墅，一层是会客厅，正面是壁炉，长沙发前铺着质地优良的波斯风格地毯，设有一间客房，附带厨房、小餐厅和客用卫生间。宽敞的落地窗配有厚实的双层窗帘，内层是紫红色的绒面布，外层是半透明的白纱。窗外有一小花坛，草坪和低矮的树木，偶有流浪的小猫小狗在这里逗留嬉戏、晒太阳。

二层是主卧，带有一个乳白色长形浴缸的卫生间，楼梯角落是一个只有两人座位的小酒吧间，给人一种温馨私密感。在主卧门窗外，有一个不大不小的景观阳台，一张小圆桌和一把小藤椅，独自阅读、安逸消遣一隅，凭栏远眺，神清气爽。两层地面和楼梯都是木质地板，楼内顶灯开亮，灯光通明，气派而不奢华；只开壁灯，光线柔和淡雅，显得安静祥和。

正是这样特别环境的“蜘蛛网”，粘住一位意大利赫赫海军上将，而且越粘越牢。莱斯被粘上，并不出所料，而甘愿被粘牢。

一个皓月当空的宁静夜晚，“月亮女神”与“狩猎女神”双影重叠，如梦如幻。

辛西娅一直睁大明月般亮眼，发出狩猎者犀利目光。她守株待兔，捕抓战机，为实现自己最终目的，随时下手。

双层别墅内，二楼主卧室。床下周围地板上，凌乱散落着男女衣物，激情过后的莱斯将军半躺着靠着床头，一只手臂揽着辛西娅光滑的身子，另一只手夹着雪茄烟，随着快感的渐渐消退和烟圈的慢慢扩散，沉浸在无比的惬意中。辛西娅小鸟依人，乖巧中透出精灵神采。

“真是馋嘴！唉，谁像我这么傻，给了你一个好胃口，还得光被你这个馋猫吃不够……”她一边说一边拍着他下身，像个哄宝宝睡觉的小保姆，而自己在莱斯宽胸上一偎，又像个缠大人的小女孩。其实辛西娅在用心盘算着下一步棋。“不过……”

“不过什么？”他马上追问，显然怕她变卦。

“说了你可别生气呦。”她撒娇地用手指点下他鼻尖。

“只要有你秀色可餐，说什么都行。”

“那我真说了？你呀，想吃就吃可不好办。已经对不住男朋友了，老让你白吃不够，就更对不起他了。”她噘起嘴巴。

“噢！吓我一跳，还以为嫌我老，不给了呢！”他轻松下来。“那怎样才能对得起你男朋友呢？”莱斯表现出一副认真样子。

辛西娅心里顿时一紧：该老话重提了！她不慌不忙，随意地说：“还记得我跟你说过，我在美国情报部门有朋友吗？”

“你说的话我不会忘记，尤其是重要的话。”莱斯掐灭烟说。

“要说嘛，也不是什么重要的话。当时没跟你说明白，是怕你有想法，其实我说的就是我男朋友。”

“噢，贝蒂，你真是可人儿”莱斯亲昵地吻了下辛西娅。“我怎么会有想法呢？贝蒂，如果你有幸福，我会第一个为你高兴，为了你的幸福，我也会第一个尽力。”

“亲爱的，你真好！”辛西娅甜甜地说。“你想，我30岁了，再一个人过下去就没人要了。所以，说实话，我挺珍惜这个男朋友的，想让他高兴。”

“应该、应该。”莱斯连声说。

“可是他好忙，整天好累，我总想陪陪他，可赶上他有空的时候，你又老想吃，我也不能把自己分两半儿呀！唉，哪怕能帮帮他，我心里也好受些。”辛西娅开始按计划下手了。

“哦——？”莱斯拖了个长音，但明显不是反感，还蛮感兴趣的意思。“说说看，宝贝儿，怎么能帮他？哦，应该说，怎么能让你心里好受些？”

“他在情报单位工作嘛，老为一些信息需求犯愁。”辛西娅很清晰道出此言，看着莱斯眼睛，又说：“希望你能为我在这上帮帮他，这样的话，我陪你也算对得起人家啦,心里会好受些的。"

"这个嘛……好像并不太难。" 莱斯也直盯着她眼睛说,还稍稍搂了搂紧她,似乎在为她对男友的善解人意做出一种赞赏。"放心,宝贝儿,我说过帮你,就一定帮,不帮谁也得帮你呀!"

至此,辛西娅已感到抓住了成功的把手。随即,她在莱斯怀里向情人提出先拿些他掌管的海军方面信息资料,然后再根据男友的需求做进一步调整,她的将军情人没有异议,还把手指对着她乳头致了个"军礼":"按长官指令办!"两人一阵嬉笑。

辛西娅杜撰了一个男朋友,作为向莱斯摊牌的"平台",她甚至想好,如果莱斯要证实这个男朋友,她就推出菲利普斯,相信这个"跟屁虫"的情商和智商能与她把这出戏演得天衣无缝。这个摊牌"平台"搭得高明、巧妙,合情合理,进退自如,体现了辛西娅作为间谍的聪明才智。

就战时谍报工作策反敌方而言,辛西娅向一个拉拢对象"孤注一掷"摊牌,尤其是向一个海军上将这样大人物明确提出情报要求,不能不说是一种冒险战术,若一枪打不中或对方中弹不倒,势必有"被抓把柄易被反制"后果。所以,采取这种战术是担当风险,需有"舍得一身剐"的勇气,也要有志在必得的底气。

辛西娅的勇气,毫无疑问,来自于她原始性格日积月累的胆识,也源于她进入间谍行业后多次与对手交锋的实战经验。如此果断出手,与她设计"平台"、机智敏锐、善于把握时机密切相关。这正是:间谍必冒险,冒险勿盲目——要"大胆与谨慎相结合",即"合理冒险"。

辛西娅手中握有两张牌:一是确认莱斯的反纳粹倾向,从政治动机入手,这是策反工作很"有利因素"——"以政治为基础";另一张牌当然是她为自己创造的最"有利条件"——莱斯已经成为她掌中玩物!

一个"有利因素",一个"有利条件"。因此,辛西娅有理由、有把握形成这样一个因果关系逻辑思维——因为对手就范势在必行,所以迫其就范志在必得。

莱斯自己也心知肚明:她的风情万种是他焕发男人活力的源泉,是他老当益壮的依赖,她的石榴裙下已成为他化解一切烦恼的逍遥宫。因此说,辛西娅大胆促使莱斯上将提供情报,恰似"一个奴隶主给一个奴隶回报机会",这种强大的心理优势使冒险战术显得并非盲目之念和盲动之举,当属"合理冒险"。要知道,辛西娅可不是干傻事的主儿,犹如精打细算的瑞士人中最精打细算的一小撮人精,是个十足的"不做赔本买卖"的女精灵。

于是,女间谍辛西娅用自己"非凡的头脑和超凡的肉体"把莱斯铺就成一条通往意大利情报大门的行尸走肉之路。在她的诱惑策反下,莱斯上将一度成为英国情报总部急需情报的高质量供应渠道。他先后把意大利海军密码本以及将电文译成密码所用的图表、操作程序等特级情报资料,亲手交给辛西娅去做影印。她立即进行复制并交给菲利普斯赶紧送往伦敦。他还向她提供了意大利海军兵力状况、火力配备、港口部署等重要情报资料。当然,莱斯将军可能是为情人甘愿付出一切,也可能觉得是为她 "男朋友"所在的美国部门帮忙,毕竟他"希望美国人与德国开战",但莱斯上将无论如何想不到,最终受益的是对立仇家英国海军。

辛西娅让意大利海军上将打败了自己国家的海军舰队。

辛西娅的密码情报很快通过菲利普斯秘密传递到英国伦敦,被迅即转到布莱切利庄园,研究中心如获至宝。密码专家依此破译了地中海东部意大利海军的全部通联信号暗语,连他们舰与舰之间人工联络旗语,都成公开对话,对英国地中海战役需要简直是雪中送炭。

1941 年 3 月 28 日,英国皇家海军上将坎宁汉率舰队,在希腊沿岸地中海伯罗奔尼撒半岛马塔潘角附近,重创墨索里尼海军亚基诺上将率领的意大利海军舰队,一举击毁"阜姆"号、"波拉"号、"扎拉"号等 5 艘巡洋舰,重伤 1 艘。严重削弱了一度耀武扬威的意大利海军实力,使之从此一蹶不振,日渐衰落。

这一海战胜利,直接影响英国对战争走向的判断和决策,对英军从地中海这一兵家必争要地向欧洲大陆重现军事势力, 具有重大政治战略意义。意大利自古以来都自诩是"地中海岛国",认为任何国家都比不上它有资格对地中海拥有主导权,连目空一切的纳粹希特勒都对此礼让三分。而英国也历来视地中海通道为自己向全球输出帝国霸权的“生命线”，失去对地中海的依赖就等于要英国人的命！因此，英意两国对地中海的争夺由来已久，从未停息，谁一时拥有主动权，谁就占据了“傲视群雄”的优势地位。

因此，辛西娅“资助”的这一海战效果，用英国首相温斯顿·丘吉尔的话说——“彻底清除了在战争关键时刻对地中海东部英国海军控制权的一切障碍和可能挑战。”

国际海战史对此做出权威评价：双方舰队作战实力基本相当，英国皇家海军舰队航空兵发挥了突击威力，首次使用舰载雷达引导攻击，命中率之高充分证明对意大利海军舰队通讯内情及时而准确地掌握，因此说，这无疑是情报制胜的经典战例。

地中海英意海战之后，根据战情需要，英国情报机构对主力间谍辛西娅的任务目标指向适时做出调整，以针对纳粹德国及其傀儡政权国家为主攻方向，力争获取内幕性、预警性、战场性机密情报。随着意大利海军已不再是重点对手，总部认为莱斯可利用的价值已不大了，如果他继续留在华盛顿的话，有可能纠缠辛西娅不放，危及她正常的谍报活动乃至安全，故应弃之不用，设法让其离开意大利使馆。

结果，犹如天助，莱斯本人做梦也没想到自己竟被自己的情报送回了罗马老家。

原来，莱斯曾向辛西娅提供过德国和意大利联手破坏美国港口的计划，总部把这条情报消息转告给了美国联邦调查局，后者认定意大利武官是阴谋的主要参与者。美国国务院遂决定，通过外交途径宣布莱斯武官为“不受欢迎的人”，限其48小时内离境。辛西娅不忘旧情，到码头为将军送行，在亲昵告别时，最后一次还从他嘴里轻而易举得知他的继任者姓名、住址和电话号码。上将对辛西娅深情告白：“美国人抛弃莱斯，唯有贝蒂占我心。”

唉，一言难尽的间谍辛西娅，用自己的身体和大脑，从人家那里获得的情报让人离开快活的美国！

女谍拯救大不列颠

二战爆发前,在辛西娅进入间谍行业同一时期,1936 年,继位仅 11 个月的英王爱德华八世与美国离异女人辛普森夫人堕入爱河,“不爱江山爱美人”,将王位让给“几乎从未接触过国家文件”的弟弟乔治六世。

二战爆发后,名望低落的英国王室希望借此改变“不顾朝政、只图享乐”的形象,决心成为保持英国人斗志、带领国家迈向胜利的楷模。乔治国王夫妇的女儿是 1952 年继位至今的伊丽莎白二世女王,开战时刚 13 岁,内阁建议把她和妹妹玛格丽特公主送到加拿大避难,王后断然反对,发出鼓舞人心的坚定声音:“孩子们不能在没有我的情况下离开,我不能在没有国王的情况下离开,而国王不能在任何情况下离开!”

英国对德宣战后三个月,1939 年底,乔治六世国王发表著名的“圣诞演说”:“在这样……一个严峻的时刻……可能是国家存亡的紧要关头……我向我的子民们……无论是在国内还是国外……传达……这个消息……我们被迫卷入冲突……我们必须保护自己……保卫国家……我们必将胜利!”

以此“断断续续”的方式表述国王演讲,并非“省略其间内容”,而是真实转达乔治六世特有的语言表达特点——口吃。演讲的英语文字工整而优美:

As I speak to you today I would like to wish you, wherever you may be, a happy Christmas. And though we live in hard and critical times, Christmas is and always will be a time when we can count our blessings. I myself have every cause a deep thankfulness for not only by the grace of God, and through the faithful skill my doctors, surgeons and nurses have I come through my illness. And I have learned once again that it is in bad times that we value most highly the support and sympathy of our friends...

英伦三岛从王室到贫民群情激昂，义愤填膺。作为持英国护照者，此时的辛西娅刚返回美国，刚与莱斯上将邂逅重逢，她的间谍心理从“刺激好玩”又平添一份“爱国”意识，以英王号召的“国外子民”一员，全身心投入抗击纳粹战争。

1940 年 5 月 10 日下午 6 时，乔治六世国王召见温斯顿·丘吉尔令其组阁。5 月 13 日，丘吉尔首次以首相身份在下议院发表了著名的就职演讲：

> 我没有别的，只有热血、辛劳、眼泪和汗水献给大家。你们问：我们的目的是什么？我可以用一个词来答复：胜利！不惜一切代价去争取胜利，无论多么恐怖也要争取胜利，无论道路多么遥远艰难，也要争取胜利，因为没有胜利就无法生存。

丘吉尔的讲演之所以精彩，除了有个先天的聪明大圆脑袋外，人家还有个后天勤奋的一绝——历史上掌握英语单词词汇量最多的人之一：12 万多！他一生中最后一次演讲是在剑桥大学毕业典礼上，留下最后一句话是：“Never give up！”——永不放弃！

丘吉尔的演讲赢得下议院 381 票对 0 票的表决结果，对其领导战时内阁政府绝对支持。从此，他高举首开先河而风靡全球的“V”形胜利手势，踏上战时首相艰辛而恢宏之途。

上任后丘吉尔惊讶地得知法国即将投降，毅然表明即便如此英国仍将继续战斗。他下令撤出在法国的英军，代号为“发电机”计划的“敦刻尔克大撤退”开始，并在 8 天内奇迹般地撤出 33 万人，但丘吉尔在下议院坚称“战争不是靠撤退打赢的”。1940 年 6 月 13 日，丘吉尔出访法国，指望游说其继续作战，但未成功，一周后法国土崩瓦解，成为“轴心集团”傀儡政府。

随即,丘吉尔发表了二战中最鼓舞人心的著名演说:

我们将战斗到底！我们将在法国作战！我们将在海洋中作战！我们将以越来越大的信心和越来越强的力量在空中作战！我们将不惜一切代价保卫本土！我们将在海滩作战！我们将在侵略者的登陆点作战！我们将在田野和街头作战！我们将在山区作战！我们将在敌后作战！我们绝不投降！即使我们这个岛屿或这个岛屿的大部分被征服并陷于饥饿之中——我从来不相信会发生这种情况——我们在海外的帝国臣民,在英国舰队的武装和保护下也会继续战斗！直到新世界在上帝认为适当的时候,拿出它所有一切的力量来拯救和解放这个旧世界！

丘吉尔宣称“我们将在敌后作战！”正是——秘密战。

事实上，丘吉尔与情报工作有不解之缘，从1910年出任内政大臣和1911年出任海军大臣，便与秘密系统和海军情报局头脑过从甚密。1936年,他凭借威廉·斯蒂芬森提供的“德国违反《凡尔赛和约》秘密储备8亿英镑以扩充军备”的情报,在议会抨击张伯伦政府对德“绥靖政策”,赢得了人气飙升,成为迈向首相宝座的重要台阶。从此,丘吉尔更高度重视情报工作,与斯蒂芬森结下了忘年交。

丘吉尔常与秘密情报局长孟席斯和斯蒂芬森一起探讨对德秘密战,授意他们努力布建能直达德国上层的秘密力量,他强调说:“爬得越高、埋得越深,越有利,这是制胜的法宝,胜过千军万马啊！”

法国投降使英国孤立无援,岌岌可危,只有同纳粹独立作战。丘吉尔迫切需要知道德国人将投入多少军队？哪一天进攻？英国情报机构竭尽全力四处活动,仍无以获知。有间谍密报“德国空军和海军将担负对英作战”,但情报既大又空,无法使用;另有苏联间谍转卖情报“德国海军、空军人手一本英国地图,每团专配英文翻译,士兵正练英语对话”。虽具体而不详尽,缺少情报价值最大要素:时间和方案。

所有迹象表明,德国准备进攻英国,而丘吉尔对希特勒计划还一无所知。他紧急召见孟席斯局长和斯蒂芬森,开宗明义:“现在不是希特勒打算对我们干什么,而是什么时候干和怎么干,这关系到大英帝国生死存亡!”他责令立刻开动在德秘密机器,不惜任何代价获取对手企图。

“该让宝贝儿起床干活啦。”丘吉尔下达一个具体指令。

孟席斯局长和斯蒂芬森随即启动“钉子”纳茜。

丘吉尔说的“宝贝儿”就是纳茜,一个后来被认为是“丘吉尔送到希特勒身边的女间谍”。

埃德加·纳茜,是斯蒂芬森与丘吉尔和孟席斯聊谈中推荐的人选。善于挖掘谍报人才尤其是女谍人才的斯蒂芬森在招募辛西娅同一时期发现了纳茜,并按首相和局长直接指挥,单线领导这一与辛西娅同样重要的内线女谍员。

纳茜是一个以奥地利出生者名义潜入德国的英国姑娘。情报机构为她设计的假履历是:父辈在海外巨大家产被大英帝国殖民统治无情侵占剥夺,她与英国人有“深仇大恨”,辗转来到德国,就是为了借助希特勒政权力量为家父报仇。纳茜在德国把自己伪装成狂热的纳粹青年,争当党卫军积极分子,穿上纳粹军服,佩戴纳粹徽章,行纳粹“伸手”礼,成为党卫军“一朵花”。纳茜以此为平台,通过各种活动结交关系,很快由中级军官情人一步步成了党卫队重要人物海德里希的红人。海德里希地位仅次于秘密警察最大头目希姆莱,素有“金发野兽”“铁石心肠人”“纳粹斩首官”“死亡追随者”“第三帝国黑王子”之称,对希特勒忠心耿耿。为了取悦元首,海德里希把自己的新宠儿纳茜拱手让给了喜欢美女的主子。

与辛西娅一样,纳茜是一位出色的女间谍,但不同的是,她受过较正规训练,是打入敌内的“钉子”——卧底间谍。

“钉子”是俗称,谍报术语叫“冷子”或“闲棋”,是指预先安插的、关键时刻起关键作用的内线谍员。“闲棋”“冷子”源于象棋和围棋,下象棋双方僵持不下时,可能会下出“拱卒、挺兵”或“支仕、飞相”一步,这步“闲”棋当时看对攻防无所谓,但进入关键阶段可能洞显重要,甚至决定胜败。而“冷子”是围棋布局招数,孤子深入对手腹地,随时有被“围死”可能,又恰是与后续棋力呼应相连的关键点。可见,“闲棋”“冷子”的作用——“不鸣则已、一鸣惊人”。所以,在谍报力量建设上,在相对和平时期,预先向敌阵布建“闲棋”“冷子”,即安“钉子”,是未雨绸缪、高瞻远瞩之上策大计。

纳茜就是英国情报机构布下的“闲棋冷子”,由斯蒂芬森按丘吉尔旨意在战前安插到纳粹高层的一颗“钉子”。当丘吉尔得知自己一手策划的“硬汉”行动已把纳茜“送”到了希特勒身边,欣喜若狂。他虽老谋深算,但这个女间谍的渗透结果,仍使这位以“预言家”著称的战时领袖始料不及,大喜过望。

纳茜在打入敌内前,斯蒂芬森陪她一起到首相办公室。丘吉尔与纳茜的叔父是老朋友,对纳茜很信任,也很疼爱,但为了英国安危,又不能不牺牲这个愿意做出自我牺牲的姑娘。丘吉尔给纳茜确定的目标对象是“德国部长级以上人物”,交代的任务是创造机会获取“值得首相本人直接使用的情报”,希望她想方设法钻深爬高,实现打入最高目的。

丘吉尔特意嘱咐这个晚辈一定要多加小心,不要让他在她叔父面前背上沉重的心理十字架。“记住,要给首相一个亲自为你颁发功勋章的机会。”丘吉尔像对自己女儿似的摸着姑娘秀发说。

纳茜通过海德里希到了希特勒身边,她的“水灵和乖顺”赢得元首欢心,而她对纳粹的赤热和对英国的憎恨也深得希特勒信任,否则海德里希怎么会把自己的心爱推到元首怀里呢?当然,他也因此又多得一份希特勒好感。

纳茜深得希特勒宠爱,成为随便出入元首办公室和卧房的常客。希特勒亲昵地称纳茜为“我的小宝贝”,为她提供一切有利条件,她可以随便到德国任何地方旅行,还可乘坐元首专机,成为希特勒的公开情人。

1940 年 6 月 17 日,法国抵抗将军戴高乐访英,丘吉尔在下院发表振奋人心讲话:“让我们勇敢地承担义务,以致大英帝国和她的联邦人们在 1000 年后也可以说:这是他们最光辉的时刻!”

6 月 20 日,柏林街头,走来一位绅士派头的人,确认自己没被盯梢后,按响了纳茜住所门铃,这套公寓是希特勒送给她的。

女佣出来开门，绅士交给她一束鲜花，告诉这是海德里希上将送给女主人的。女佣知道，夫人除了跟元首上床外，也是那个粗鲁而好色的党卫军上将海德里希的“床垫子”。

女佣走进卧室，将客人送来的“黄玫瑰花”插在花瓶，这是孟席斯局长在实施代号“硬汉”的打入行动前，与纳茜亲自约定的秘密联络暗号。纳茜回来后，将花中间最大一朵的第一片花瓣摘下来，花瓣后面用针刺了几个字——速将进攻计划搞到手。

纳茜像往常一样来到希特勒办公室，元首心情很好，觉得“宝贝儿”的到来正是时机。两人进入密室，亲热起来。销魂过后，他们闲聊起来，香汗温润的纳茜问道：“我的元首，你什么时候打到英国替我报仇呀？”

希特勒抚摸着她说：“我的小宝贝，快了，你复仇的日子不远了。”

“我有点不相信你能打赢丘吉尔，他有强大的海军呀。”纳茜在元首怀里撒娇说。

希特勒对部下专横残暴，但对喜欢的女人却很宽松，情人的要求也都满足，有回纳茜抱怨有人骂她亲德叛国，他当即表示：要把咒骂者的舌头割下来喂狗。

此刻，希特勒搂着纳茜，眯着眼睛说：“我已经对海军和空军下了命令，让他们尽快拟出打过英吉利海峡的计划来，但是这帮草包却故意推迟不送来……不过，小宝贝，我们马上就要开始行动了。可是雷德尔这个讨厌的海军司令，还有那个可恶的空军元帅，总是反对我攻打英国……但是，这由不得他们这群废物左推右挡，我最迟要在 7 月 31 日考虑这问题……”希特勒喋喋不休地说，从未感到是在泄密。

第二天，“德国准备在 7 月 31 日前进攻英国” 的情报放到了丘吉尔办公桌上。但这还不够，首相希望纳茜能弄到希特勒详细的作战计划，但此后纳茜一直无法搞到。丘吉尔不断让孟席斯向纳茜发出催促指令。

此时，纳茜也很着急，发现元首最近很烦躁，对女人没有兴趣。她推测是不是元首对自己有所怀疑，但很快发现他的烦躁原因是因为统帅部对进攻英国拿不出结论，海空司令对英作战兴趣不大。直到 7 月底，纳茜还没有搞到希特勒进攻英国的详细计划。丘吉尔在伦敦唐宁街10号首相官邸独自发愁，望眼欲穿企盼情报。

8月2日，纳茜终于在希特勒办公室看到一份标有“特级机密”的作战令。8月3日，这个指令就到了丘吉尔手中：

绝密

拟对英国本土进行海空作战。命令如下：1.空军主力须随时出动，速胜英国空军。2.对英国南部沿海港口实施轰击。3.8月6日或之后开始行动。

与此同时，英国布莱切利庄园密码中心截获德国人“恩尼格码”通讯，凭辛西娅获得密码索引成功破解内幕，获知纳粹已制定进攻英国的“海狮”计划。

辛西娅和纳茜，两个根本不认识的女人，一对间谍姊妹花，各自在秘密岗位上对战争同一时刻的贡献同等巨大，两个渠道情报彼此印证，达到确认效果——拯救英国！

丘吉尔以与美国总统罗斯福的良好私交争取支援。罗斯福声称：“我们必须成为民主国家的兵工厂！”不顾国内反对声，向英国出售50万支步枪、8万挺机关枪、1亿3千万发子弹、100万发炮弹、2000门高射炮，并亲自游说国会最终同意向英方提供50艘驱逐舰。英国45亿美元储备几近枯竭，只好租赁海外军事基地给美国来抵付高昂的军火费。

希特勒决定8月14日对英国大规模轰炸，空军元帅戈林把行动当天称为“鹰日”。根据破译“恩尼格玛”密码和纳茜从希特勒身边窃取及波波夫等渠道情报，英国人悄悄做好了一场殊死战斗准备，而德国人还以为会把敌人打得措手不及。

“鹰日”，德国空军出动1000架次轰炸机和700架次战斗机对伦敦狂轰滥炸，英格兰东南方上空被战火烧得通红。英国人事先埋伏防空阵地拼命拦截敌机,每座大厦顶层都布设机关枪对空射击,皇家空军占据最佳位置迎击来犯敌机。英国人深知,再没有回旋余地了,这一仗若顶不住,就意味着彻底战败而再无还手之力,战争可以结束了。丘吉尔首相下定必死决心,哪怕从此英国再没有空军、再没有战机,也要把最后一架飞机投入战斗!

英国人拼命抵抗、抵抗、再抵抗……

下午5点左右,德国空军失望地撤退,功亏一篑。可笑的是,希特勒认为是自然环境不利原因,没有想到是情报战失败,更没想到是他的"宝贝儿"和他骄傲的"恩尼格玛"葬送了他雄心勃勃的炸毁英国计划。

丘吉尔怀着忐忑不安的心情等待"鹰日"之战评估结果。两天后,布莱切利庄园截获"恩尼格玛"情报显示:希特勒下令拆除荷兰机场上运送伞兵的设施。这就是说,希特勒放弃了攻占英国的"海狮计划",至少在1940年不会实行入侵了。

丘吉尔首相终于长长缓了一口气,他望了望作战室里紧张的同僚们,按熄了烧了半截的大雪茄烟,故作轻松地说:"哦!我想,我们应该出去呼吸点新鲜空气吧?毕竟,不是谁都喜欢闻烟味的。"同僚们顿时发出了好久没有的欢笑,乐呵呵地走出烟雾弥漫的作战室。室外,阳光和煦,清风徐来……

1940年9月17日,丘吉尔首相收到纳茜密电:希特勒无限期推迟进攻英国计划,大约明年春天对苏联下手。

1941年6月22日,德国进攻苏联。当晚丘吉尔向全国发表讲话:"现在必须与从前的敌人苏联合作,在过去的25年中,没有一个人像我那样始终一贯地反对共产主义。我并不想收回我说过的话,但这一切与我们面临的形势对照,都已黯然失色。任何对第三帝国作战的个人或国家,都将得到我们的协作,任何跟着希特勒跑的个人或国家,都是我们的敌人!"

1942年,埃德加·纳茜经瑞士返回英国,希特勒这才知道身边的"宝贝儿"炸弹,下令悬赏捉拿她……

英国政府对这位杰出女间谍隆重表彰,作为战争突出贡献者,授予她"乔治十字勋章"。不过,令丘吉尔嫉妒的是,给纳茜颁奖的不是他这个首相，而是国王陛下。

是谁拯救了英国？是丘吉尔，是英军，是间谍，是女人——卧底希特勒身边的纳茜，突破希特勒“恩尼格玛”的辛西娅！

战争让女人走开，谍战离不开女人！

纳茜和辛西娅的“美人计”不是“詹姆斯·邦德”能做到的，当然，“007”特工能做到的，也是一般间谍望尘莫及的。

防不胜防“谍中谍”

丘吉尔成功地在希特勒身边安插了女谍纳茜，但他万万没想到的是，自己身边也有间谍，而且更没想到的是，这个间谍就是他再熟悉不过的人——领导出色女间谍辛西娅和纳茜的威廉·斯蒂芬森——“007”原型！

太平洋战争爆发仅3个月，大英帝国苦心经营的“东方直布罗陀”新加坡便于1942年2月15日落入日军之手，英军9万余官兵沦为阶下囚。获知这一噩耗，向来镇定自若的丘吉尔首相不禁发出哀叹——“这是英国历史上规模最大的投降而成为英国历史上最沉痛的浩劫！”

震惊之余，绝大多数英国人并不清楚，日军之所以在东南亚势如破竹，10个星期内将驻远东英军打得一败涂地，竟然与丘吉尔的好友威廉·斯蒂芬森大有关系——从20世纪20年代起，斯蒂芬森便与东京互通款曲，源源不断向后者提供机密，最终令号称固若金汤的新加坡成了大英帝国的伤心地。

像很多世袭的贵族一样，加拿大出生的英国后裔威廉·斯蒂芬森的履历表是从伊顿公学开始的。1910年，16岁的他前往罗尔斯·罗伊斯公司当学徒，一战爆发后投身行伍，很快凭借出众的天资和勇敢脱颖而出，后参与创建皇家飞行团，当上中队长，1919年以空军中校退役，被誉为世界最棒的航空专家之一。之后他经商成为年轻富翁，又神奇般地弃商从谍，投身情报战线。1930年9月4日，宝刀不老的他驾驶水上飞机从伦敦直飞斯德哥尔摩，耗时12小时完成1040英里航程，一举打破世界纪录，4年后从父亲继承男爵爵位，并在上议院获得一席之地。

身为万众景仰的战争英雄兼冒险家，斯蒂芬森为何会暗地里为日本效劳？难道他在竭力为英国人打赢战争的同时也努力使英国败于战争吗？这种自相矛盾不是太离奇、太古怪了吗？究竟怎么回事？

这一切都是英日同盟合作埋下的祸根。

一战后，在英日军事合作协议框架下，1920年英国海军部派遣已退役为文职人员、受聘于设备企业工作的斯蒂芬森，率工作组赴日传授购自英国的先进战机操作方法，帮助日本同行发展海军航空兵和早期的航空母舰。彼时，一战前就和日本结盟的英国认为，这个东方岛国永远都不会威胁自己的霸权。英日同盟协议至1921年到期，但英方专家组还是在日本工作了近两年才回国。在东京，斯蒂芬森极受尊敬，时任日本首相加藤友三郎在一封私信中，恭称他"为日本海军开辟了新纪元"。

正是在日本工作期间，斯蒂芬森在官方合作之外，又与日本外务省情报机构建立了私下合作关系。从日本回国后，斯蒂芬森继续通过日本驻英使馆与日外务省保持联系，暗中与日本人分享情报，成为既为日本提供所需情报也从日方捞取英国所需情报的"双头鹰"——双重间谍。

1925年他陪外国团组参观兰开夏郡的布莱克本飞机公司，对一款保密产品表现出异常浓厚兴趣，即是日方授意。英国军情局发现斯蒂芬森的仆人居然是个日本海军女兵，并通过监听电话和电报了解他与日本情报官员过从甚密，双方探讨拉拢英国高级别官员获取信息，如何提高日本人反侦查水平等情况。

1926年3月斯蒂芬森被推荐出任希腊航空顾问，军情局闻讯提出异议：鉴于此君以往有可疑表现，不能委以重任。外交部遂传唤了斯蒂芬森，按常理应调查他对政府忠诚度、是否与日本暗中联系和传递情报。然而，问讯者只是轻描淡写地警告说"对外国人谈及布莱克本飞机公司机密情况的做法涉嫌违反官员保密条例"，斯蒂芬森则以口头认错了事。

英国官方如此"避重就轻"，显然是权衡政治利弊后的选择。首先，斯蒂芬森之父时任英王乔治五世的助手和私人秘书，"任何审判都会给国王和政府带来尴尬"。其次，如果公开起诉斯蒂芬森，无异于告诉日本人"英国情报部门监控其外交通讯并成功破译密码"。至少在当时，处罚斯蒂芬森似乎不符合“长远利益”。

后查明，1932 年至 1936 年，斯蒂芬森私下受雇于日本军工企业“三菱重工”任驻欧技术与商业顾问，此时斯蒂芬森作为英国情报局骨干，开始发现、继而招募辛西娅，而斯蒂芬森 1936 年为丘吉尔“抨击张伯伦首相绥靖政策”提供“希特勒掩盖 8 亿英镑巨资以扩军备战”这一准确的“重磅炸弹”情报，正是来源于日本渠道。

匪夷所思的是，1939 年二战爆发后，有“前科”的斯蒂芬森一边担任英国驻荷兰秘密情报组织负责人，一边还以“航空专家身份”在英国海军部航空装备局兼职，并获准可接触一些新式武器机密信息。1941 年 6 月军情五处截获伦敦与日本三菱重工之间密电，显示斯蒂芬森领取了日方报酬，由此怀疑他仍在传递机密情报，通报到英国高检，总检察长却阻止了起诉，以“再度严厉警告”代替了司法程序。

1941 年 8 月，丘吉尔和罗斯福在皇家海军“威尔士亲王”号战列舰上举行“大西洋会晤”，讨论美对英军事援助等大量高度机密事项。当月下旬，英方截获一份来自日本电报，上面详细记录了会谈内容。丘吉尔闻讯直冒冷汗，调查结果更让他不寒而栗：泄密者正是大能人威廉·斯蒂芬森爵士。

丘吉尔意识到问题的严重性，签署一份文件，大意是：“让他(斯蒂芬森)离开吧，现在还来得及。”然而，当情报局和海军部联合通知斯蒂芬森本人“要么选择体面走人，要么被依法解职”时竟被断然回绝。丘吉尔随后表态也令人意外。“我还没考虑要求斯蒂芬森爵士彻底消失，只是希望有关部门考虑他合适去处而已。”据解密文件显示，首相助手德斯蒙德·莫顿曾提议：“海务大臣可安排斯蒂芬森到苏格兰北部，通知军情五处对其加以防范即可。”

日本人没有给英国人亡羊补牢的机会，偷袭珍珠港后几小时，炸弹便落到远东英军头上。6 天后，“无须再忍”的英国情报人员突袭了斯蒂芬森办公室，搜出各种各样的机密文件，据信都已被泄露给日方。当斯蒂芬森给日本驻英大使馆报信时，被逮个正着。铁证如山，无法抵赖，他只有辞职一条路可走。

议会下院要求对这起“间谍案”进行司法调查，丘吉尔再次出面阻止。英国华威大学教授理查德·奥尔德里奇研究了相关史料分析称，丘吉尔担心，假如整个世界都知道首相好友源源不断泄密，日本间谍渗透到了英国心脏，最终很可能葬送丘吉尔自己的政治生命，所有人都会想象“丘吉尔与好友斯蒂芬森一边酌酒一边谈论战局，斯蒂芬森再把首相的话全盘转告给日本人”，这样的事若被诉诸法律，丘吉尔将何等尴尬？跟首相本人泄密有何区别？丘吉尔特爱喝酒、爱交际，谁知他酒后会跟人说什么？尤其对为他当首相“助一大臂之力”的忘年之交斯蒂芬森，更会透露些什么？

斯蒂芬森身居特殊位置，既是情报机构内部人，又兼职于海军系统，还是首相官邸座上客，其间谍行为造成的危害无疑是战略性的。1922 年日本海军还无法和英国相提并论，到了 1930 年，两国军舰无论在数量还是性能上都旗鼓相当。按理查德·奥尔德里奇教授的研究分析观点，由于斯蒂芬森和另一杰出英国飞行员弗里德里奇·鲁特兰德的背叛，日本航母编队仅用 7 年就和英国同行一决高下了。奥尔德里奇详解说“斯蒂芬森向日本人提供了最先进的设计方案，如飞机引擎、炸弹及在航母上使用的各种设施”；若非如此，“日本不会有那么多先进的海军航空力量攻击珍珠港，偷袭方案的可能性将大为降低”。

与见钱眼开的小角色不同，尽管解密文件显示，斯蒂芬森获得了日方提供的报酬，但纪录片《新加坡沦陷：大背叛》制作人保罗·埃斯顿更倾向于从他的思想层面找原因，强调斯蒂芬森有同情轴心国倾向，与“右翼军国主义分子有密切联系”，上世纪 30 年代就发表过极右翼政治观点，在多个支持纳粹的组织（如“英国人德国人联谊会”）中活跃。保罗·埃斯顿还补充说：“我想，斯蒂芬森或许认为英国不应该与德国作战，而应与德国和日本结盟，合伙攻打苏联。”这是因为，“当时在英国上流阶层，有很多人真正担忧的是，共产党掌权后会夺取他们心爱的不动产，就像对待俄国末代沙皇那样，英国贵族阶层对此产生强烈反响，斯蒂芬森是出于这一群体利益而为”。

其实，人们这样或那样的猜测与分析，正是斯蒂芬森“双重间谍”的谜团所在。但事实又怎样呢?

英国情报局解密档案显示:斯蒂芬森在1930年至1934年期间有按秘密系统“单线联系”指令“混入”右翼团体获取“有利于政府情报”的行动;档案同时记录:斯蒂芬森自进入秘密机构后,大量用于招募人员和保障间谍活动的经费,主要是自筹资金。情报局长孟席斯曾向斯蒂芬森表示“工作用钱可以公事公办”,对方笑答“还应付得了”。

那么,想想看,仅保障辛西娅工作这一条线,如在西班牙为其提供帮助大牧师和佛朗哥支持者及被俘飞行员逃跑的路费、在华盛顿高档区包租双层别墅、不定期给她250英镑月供活动经费等,固然与斯蒂芬森富翁财产有关,但与日本人提供的报酬无关吗?双重间谍性质和做法即是情报“交流、交换、交易”,难道经费不能“拆东墙补西墙”吗?双料间谍、多面间谍本来就是“一脚踩两条船、踏多条船”嘛!

出于“千军易得、一将难求”考虑,孟席斯局长禀告首相,个人“倾向解围”看法。最终,丘吉尔巧妙地使斯蒂芬森逃脱法律惩罚,“让他走人”的结果是力排众议“遣派美国”,这一手“明修栈道暗度陈仓”之举,实在高明,不仅堵住“法办派”的嘴,为当事人有效开脱,也向美国腹地嵌入一个“大楔子”。

丘吉尔的厚爱与信任,斯蒂芬森深受感动,痛改前非,与日本方面一刀两断,彻底结束“双重间谍”生涯,一心一意开辟和领导在美情报组织,为首相、为英国尽忠卖命,辛西娅正是其率领的在美间谍团队中为英美同盟获胜而玩命效力的一个突出代表。

丘吉尔对斯蒂芬森知人善用,打造一个“浪子回头金不换”经典之作,也成全了“邦德007”作者弗莱明以多素材、多角度、多曲折、多惊险手笔来塑造一个以威廉·斯蒂芬森为原型的特工间谍。全世界对詹姆斯·邦德这一艺术角色疯迷的“007粉丝”,在感激作者和崇拜原型的同时,大概也不能忘了丘吉尔那可爱的大圆脑袋吧!

滑稽的是,战后的1960年,日本政府以“英日友好合作贡献”为同盟国谍报头目威廉·斯蒂芬森先生颁发奖章;更有趣的是,英国政府也同期为威廉·斯蒂芬森男爵授予“战时功勋章”。不过,有评论说,这或许是某些当事人为掩盖自身防范“内鬼”不力而进行自我掩饰,一种“欲盖弥彰”。

事实上,丘吉尔首相在考虑出使美国人选时,深思熟虑,这个人既要具备情报官的神秘莫测,还要有外交官的高贵风范,更重要的是,要在美国军政、情报、财阀等上层各界拥有深交人脉而被广为接受,此人非威廉·斯蒂芬森不可。

伦敦唐宁街10号,战时首相办公室,围坐着英国情报界巨擘:一战中利用“齐默尔曼电报”让美国介入战争的海军情报部原部长霍尔、秘密情报局长孟席斯、海军情报部长戈弗雷。丘吉尔对斯蒂芬森嘟囔道:“我们需要洛克菲勒等家族的支持,我们一点儿黄金都没有了,我们得空手跟德国人打啦,你知道吗?”

斯蒂芬森回答:“我可以设法让洛克菲勒等财团帮助我们, 首相先生,除此之外,还要我做些什么?”

“要让罗斯福深刻认识到希特勒征服世界的野心, 纳粹已完成第一阶段,正在让英伦三岛投降,下一个目标也许就是美利坚了,要把这一切说得明白再明白!”丘吉尔接着说,“我们需要世界上最大的发动机,你要告诉他们,我们有勇气、决心战斗,只要英格兰能生存下去,美国就可能免受灾难。”

孟席斯接过话头:“首相的任务还有, 你要在美国建立一个协调局,作为秘密情报局在西半球的大本营。”

丘吉尔说:“对,你要领导好这个机构,不能让法国人那种消极思想捆住手脚,这种惰性已经毁掉了法国,我们要的是,不断进攻、进攻,要让德国人摸不准我们进攻的方向!”

“是!首相先生,孟席斯局长,我明白。”斯蒂芬森明确表态,“于公于私关系,我与罗斯福对话沟通都没有问题,只想确认一下,我跟他,什么该说、什么不该说?”

一直沉默不语的霍尔上将开口:“美国人守不住秘密,‘厄尔特拉’超级机密的事不能让他们知道,这是要命的情报来源!”

丘吉尔表示理解，但决定："可以让总统了解一点儿大概情况，我们必须对他例外，也只能对他一人吐露真情，否则人家怎么会相信我们、支持我们？但是，你，斯蒂芬森先生，无论于公于私，都务必要让总统先生明白，'厄尔特拉'绝不能外传，这是我丘吉尔和大英帝国面对纳粹的一个身家性命啊！"

斯蒂芬森笑了笑："放心吧，首相，我不会把'月亮女神'和布莱切利人贡献于您的这个天价葬送的。"

"噢，月亮女神，你说过这个美人在华盛顿，你要确保我们关键时刻能用上她！"丘吉尔凝望斯蒂芬森，"你必须是一个——"他说着停了下来，似乎寻找一个合适的词汇，终于确定："——勇士！对，你必须是一个勇士，无所畏惧，冲向前！"

不到24小时，斯蒂芬森持加拿大护照经蒙特利尔潜抵华盛顿，很快出现在白宫椭圆形办公室。

得知斯蒂芬森作为英国政府和丘吉尔密使前来，罗斯福总统急欲一见。欧洲局势令他忧心忡忡，希特勒征服波兰用了26天，挪威28天，荷兰5天，丹麦24小时，卢森堡只12小时，法国也仅一个月，现在轮到英国了，它能抵挡多久？万一英国沦入敌手，美国将不得不用一代人的时间才能在欧洲建立一个这样的桥头堡。罗斯福早就注意到丘吉尔向全世界表明，他能奉献的只有"鲜血、辛劳和眼泪、汗水"，勇气可嘉，但眼泪和汗水管用吗？抗敌要靠真刀真枪呀！

罗斯福对斯蒂芬森郑重表示："我高度欣赏贵国王室与政府一致对外的决心。"

"来美之前，我晋见了国王陛下，他要我把总统当家里人一样。"斯蒂芬森情真意切，深深打动罗斯福。

"请告诉我，丘吉尔先生准备怎样进行这场战争？"总统问。

"目前我们难以与德国人硬碰硬，只能先避实就虚，已成立一个新机构'特别行动执行局'，我也将在美组建情报与安全协调局，我们将派遣大量精干隐蔽的秘密队伍，在欧洲组织地下军，向希特勒发动出其不意的进攻。”

“你是说开展游击战？”这是个新鲜事,罗斯福显得疑惑。

“是的,这将使我们重返欧洲。”斯蒂芬森肯定说。

“怎么搞？”总统摸不着头脑,但颇感兴趣。

斯蒂芬森拿起一个橘子,“如果我是一条虫子,想钻进这个橘子,我会在上面绕圈子,直到找出缝隙。也许,我得绕上一圈又一圈,以致橘子开始腐烂出现破裂,我最终就会钻进这个橘子,从内部蚕食它、吃掉它！当然,前提是我不先被饿死。”

“嗯,有点意思。”罗斯福明悟道。“这么说,我可能是让你先不会被饿死的人喽？”

斯蒂芬森侃侃而谈:“大不列颠是美国的第一道防线。”

罗斯福总统举重若轻:“也是美利坚的最后一道防线。”

历史性的“巨人会面”

1941 年底，日本偷袭珍珠港，把美国太平洋梦想一朝击得粉碎，从沉睡中骤然惊醒的美国人睁开血红的眼睛，以喷火的目光，死死盯上日本人……

1942 年初，在辽阔的非洲大沙漠，为争夺殖民地肥肉，英军和德意集团也在死掐，战事胶着，相持不下。在这决定命运的重大历史关头，英国情报部门决定设法获取德国傀儡法国维希政府密码，破译其与德意盟友通联内幕，掌握战局动向，粉碎敌人作战计划，为事关大局的北非战场获得赖以制胜的关键情报。于是，英国情报机构打出一张王牌——授命辛西娅获取密码情报，已到美国一年的斯蒂芬森受领任务，这既是丘吉尔对斯蒂芬森“要确保关键时刻能用上她”的器重，也是斯蒂芬森回报首相“网开一面”的积极表现机会。

斯蒂芬森被丘吉尔遣派美国后，很快组建了“情报与安全协调局”，加紧开展谍报活动，与美方合作卓有成效。斯蒂芬森一直指派菲利普斯“单线联系” 指导辛西娅工作——在西班牙通过情人阿萨奇诺获取内战情报、在华沙色诱迪克副官突破“恩尼格玛”哑谜防线、在布拉格获取德国出兵捷克计划、在华盛顿以“美人计”俘获莱斯上将获取意大利海军密码情报等间谍活动——他都通过菲利普斯掌握情况，提供必要的通讯和经费保障。辛西娅获取意大利海军密码为英国海军在地中海击败意大利海军发挥巨大作用后，斯蒂芬森更看重辛西娅这一秘密力量的获情力度和重要性，把她作为了安全协调局在美秘密网组织一张顶级王牌。

辛西娅成为兼职间谍后，所获取的情报，无论是在西班牙、捷克斯洛伐克，还是在波兰、美国，第一经手传递人一直是斯蒂芬森指定的特工情报官约翰·菲利普斯。偶尔情况紧急，菲利普斯一时来不及赶到，辛西娅也使用预定的"秘密信箱"传递情报，避免与其他交接人员碰面，这是斯蒂芬森和秘密情报局为保护重点谍员辛西娅而定下的一条死规矩。为此，菲利普斯这些年飞来飞去，成为辛西娅"情报、指令和经费"的唯一交接人。同时，辛西娅走到哪个国家，菲利普斯就设法把自己的掩护职业图书出版业务跟着她开展到哪里，做到情报和商务两不误，也为他跨国往来起到自然的掩护作用。因此，他被辛西娅命名为"跟屁虫"。斯蒂芬森来美创业时，特意说服孟席斯局长把菲利普斯派来协助他一起工作，目的也是专门为辛西娅在华盛顿发挥谍报作用提供保障。

这次准备把获取法国维希政府密码任务交给辛西娅，斯蒂芬森很清楚，比起勾引一个已知对纳粹有反感倾向的意大利海军将领来说，这项特别秘密计划要困难得多，除了辛西娅个人能力外，几乎都是未知数，一切需要从零起步，从搜集点滴有用的线索开始，再落实到找准、抓住某个能接触法国大使馆秘密的人物为突破口，而且这还不算完，最终要不惜代价从突破口中达到既定目的——获取密码，这相当于"虎口拔牙"，要冒极大风险，克服难以想象的困难。

为此，斯蒂芬森做出一个决定：在启动这项生死攸关的行动任务之前，最好亲自见一见辛西娅，以便面授机宜，当场定夺。于是，他不顾战时风险，前往华盛顿约见辛西娅，目的就是要亲身感受和直面考察这位手下女将的"庐山真面目"。

原来，尽管斯蒂芬森此前从档案资料和菲利普斯的汇报中早已熟悉辛西娅，也一直在幕后向她下达指令和指挥行动，但统统都是间接与辛西娅打交道而已。身为情报与安全协调局局长、作为辛西娅谍报生涯的引路人和顶头上司，事实上，斯蒂芬森与这位功绩显赫的属下女谍员，从未谋面。

1942 年 3 月的一天，英国情报与安全协调局掌门人斯蒂芬森与属下，鼎鼎大名的女间谍辛西娅，一个秘密机构巨头，一个秘密战线巨星，两个二战时代的谍报巨匠，历史性的第一次"巨人会面"，拉开帷幕。

斯蒂芬森以化名"纽约办事处的威廉斯先生"身份，来到辛西娅双层别墅住处，登门拜访。辛西娅从没听说过“威廉斯先生”这个人，她每次到纽约只是向菲利普斯汇报，从未见过想象中的“头儿”斯蒂芬森。她一开始便小心翼翼提防着，甚至怀疑这个“威廉斯先生”是否是佯装英国特工的轴心国特务，或者是试图查明自己真实身份的美国联邦调查局的人。一照面，两人就用各自精明的目光审慎地在对方脸上探索，捕捉微妙变化，揣摩心理感应，一场无形的较量就这样在“巨人会面”中悄悄开始。

落座伊始。辛西娅像个单纯小姑娘般望来客，礼貌的应酬中又像个大家闺秀，简单的谈吐间又变得与小姑娘和大家闺秀不同，像个十足的职业女性，让对方多少有些眼花缭乱。当她为他斟上一杯马提尼酒时，斯蒂芬森满意地示意符合自己口味，然后细品，一言不发望着女主人。辛西娅在故作镇静中意识到，他的注视并不像通常男人那种直勾勾，眼神很特别，似乎会变颜色，使她多少有些不太自在的“别扭感”，这是她有生以来第一次，从来都是男人在她面前心神不定和坐立不安嘛！

斯蒂芬森一见到辛西娅，就明白了可怜的迪克副官和莱斯上将注定成为感情俘虏的原因。他早就听菲利普斯说“辛西娅厉害的是变幻无穷的笑容和目光”。相互寒暄中，斯蒂芬森尚看不到多少她“笑容的变幻”，但“变幻的目光”足以见得：或是勾魂，或是友善，或是信任，或是刁钻，或是机敏，或是天真……更重要的是斯蒂芬森发现，在这些目光的背后总有坚实的、热烈的、无畏的厚重感，让人看到某种依靠，甚至希望。见过不知多少世面，接触过各种各样人的斯蒂芬森一时还难以断定对方心里所想，一直不动声色，适当旁敲侧击，察言观色，在对话中寻找对方的弱点，估摸她的忠诚度和作为一个间谍的能耐和潜力。而辛西娅则试图拐弯抹角窥探对方来头，掂量他是不是自己上司一类的人物。

辛西娅一见到这位“威廉斯”先生，判断他至少比自己大 10 岁以上，实际上是比她大 15 岁；一眼发现他嘴角略微往上翘着，觉得有点好笑，但又不得不暗自承认，这个缺陷反而使他显得粗犷而富有磁性；他们握手时，她感觉对方的握手特别有力，不同寻常。后来辛西娅故意向菲利普斯询问“头儿”的有关情况，得知“外形特点唯一就是嘴角，内在特点之一是长期握飞机操纵杆握出的手劲”。这是她第一时间对斯蒂芬森的第一了解。

斯蒂芬森毕竟是“老江湖”,很快在心里赞叹:“好一块天生的间谍材料啊!如果需要她是个情人,她就是个尤物,需要她是个纯洁象征,她就是个女神,需要她是个说一不二的权威,她就是个女王!”斯蒂芬森现在顾虑的倒不是她完成任务的能力,而是她对事业忠诚到什么程度。因为,令他感到担忧的是,一旦有什么不测,她被纳粹一方逆用,那无论如何将是一个很难应付的对手,这是很可怕的。

“逆用”是谍报工作的一种特殊方式,是指一方间谍因故被另一方谍报机关反过来使用,与叛变或双重间谍还有不同,多以被对方“将计就计”为主。

斯蒂芬森看出她对“威廉斯”身份的疑惑和警觉,于是轻描淡写地点了她在西班牙和波兰干的某些事,甚至流露出“我们让美国人把那个意大利上将赶回家对你是有好处的”,来证明自己确实是从“纽约办事处”来的,还提到她母亲曾是巴黎大学的钢琴独奏名角、“圣女学校”了不起等,表明了解她背景底细。辛西娅若有所思,当他话里话外表示“办事处”对她的工作很满意时,笑着反问:“这是您的看法还是上司的意见?”

“噢,当然是上司的。”斯蒂芬森立刻两眼闪光。

“上司是个什么样的人?”

“一个很厉害的家伙。”他狡黠地眨了眨眼睛。“但不会让你讨厌的。”

经过一段时间交谈,两人显然都对对方要的把戏感到满意。辛西娅根据“威廉斯先生”的言谈举止基本判定这是菲利普斯在电话里简单暗示的“家里人”——总部的人,她甚至隐约感觉这个神秘莫测的人物,就是从菲利普斯嘴里听到的“把她变成间谍”的斯蒂芬森其人——自己的“头儿”。而斯蒂芬森通过亲眼观察和巧妙试探,也完全印证了菲利普斯和内部报告对这位女谍员的评估,十分肯定地相信,这是一个令人赞叹的杰出特工。但辛西娅自始至终没问、也没从对方嘴里得知其真实身份,他也丝毫没有表现出任何透露的迹象。两个人就在这种心照不宣的较量中完成了彼此认可的过程。

相互接受后，原先那种“谨小慎微、尔虞我诈”的气氛随之散去，双方自然熟悉起来，关系也一下拉近了许多。斯蒂芬森一分钟也不耽搁地开始向她布置任务，但他有意把问题说得广泛一些，不做太具体的阐述，以便对辛西娅的反应做出进一步估价。这是一个职业谍报头子初次会见自己谍员惯用的一种测试手段。斯蒂芬森早从菲利普斯汇报中得知辛西娅是一个高明的女人，只想亲眼见识见识她究竟高明到什么程度，结果，辛西娅一点儿没让“威廉斯先生”感到失望。

事实上，斯蒂芬森输给了自己的手下。辛西娅从他的问话中已明白他担心自己的可靠问题，也从他宽泛的绕圈子中预感到必有实质性、关键性的任务要交代，而且是艰巨的，危险的。

“了解当前的形势是重要的。”斯蒂芬森对辛西娅的表现十分满意，郑重地对她说。“眼下，法国维希政府对大不列颠已谈不上有什么感情了。且不问法国人的动机如何，但观点是显而易见的。他们已饱尝故土被希特勒纳粹占领是什么滋味，也想让英国尝尝这种滋味。目前，法国驻华盛顿大使馆正在不顾一切地为达到这一目的而拼命。”斯蒂芬森说得不紧不慢，一种举重若轻的神态。辛西娅完全能感觉到，他字斟句酌，思路连贯，逻辑性很强。

“维希政府在这里的大使馆眼下主要目标是防止美国参战，方法是宣传、破坏，甚至暗杀。”斯蒂芬森继续又告诉辛西娅。“有一股按盖世太保模式建立起来的秘密警察势力正在华盛顿活动，要特别当心暗杀，因为你是有可能成为他们暗杀目标的。”

法国“维希政府”是德国占领法国期间以贝当为首投降，政府迁往法国中南部的维希而得名。贝当，法国元帅，领导 1916 年凡尔赛保卫战而成为英雄。德国进攻法国时，贝当任副总理，要挟总理让位，策划在维希投票，因其一战英雄声望被选为总理，推行投降主义路线，于 1940 年 6 月 22 日与德国签订《贡比涅森林停战协定》，1940 年 7 月至 1944 年 8 月任维希政府元首，1945 年被捕，同年 8 月因叛国罪被判死刑，后改判终身监禁。

斯蒂芬森讲完维希政府有关形势后，开始涉及工作任务问题。“有些任务或许不该交给你。”斯蒂芬森在轻松的语气中透出沉重的分量，也再次考察辛西娅的忠诚和勇气。“因为无论是对任务本身的完成，或者对你的个人安全而言，我们都没有把握，所以，你有权利拒绝。”

辛西娅淡淡一笑说：“只有上帝才能把握一切，如果任何人都能预知一切，生活肯定索然无味。”

斯蒂芬森点点头，打心底里欣赏爱将的忠勇之气，也十分佩服她的语言艺术，仅凭这一点，谁都会喜欢与她相处。他正式向辛西娅布置任务：“我们需要维希政府驻华盛顿大使馆与欧洲之间的全部邮件品，包括函电、私人信件、明码电报。”他清了清嗓子，加重语气。“请注意，要的是全部，这是最低要求。也许，有点过分，或许认为，不可能。”

“不可能？”辛西娅好像突然被刺了下神经。“其实……”望着对方严肃的脸，她欲言又止。

“其实什么？”斯蒂芬森特意撇了下特色嘴角，露出鼓励笑容。

“其实，”辛西娅凝视着他，终于清晰地说，“我最喜欢做不可能的事。”

“哦？”

斯蒂芬森若有所思，什么也不再说。在准备告辞前，他以与自己所有谈话若即若离的口吻，给辛西娅留下一句话：“总部迫切需要的是解读维希政府密码的线索。”

辛西娅一字不漏听清斯蒂芬森这句有点绕口的结束语，立刻毫不怀疑地意识到：这句话是他最想说的、最关键的，也是此行最终目的的“一锤定音”。

斯蒂芬森之所以用“迫切需要”的字眼提出情报需求，因为英军正在非洲与德意联军及法国傀儡政府军作战，争夺法属马达加斯加重要殖民地利益，阻止其可能沦为日本帝国的潜艇基地，同时抢抓必要的军事优势，以利加快推进遥遥无期的北非登陆作战计划。英国人为此孤军奋战，竭尽全力，战场形势咄咄逼人。

还有更深层次原因，由于 1941 年底日本偷袭珍珠港，美国勉强被拖入战争，但美国的军事注意力主要以复仇为目的，全神贯注于远东太平洋地区对付日本人，对涉己以外战区基本上“事不关己高高挂起”，至少是无暇顾及。而英国人认为这对自己非常不利，必须要让美国对反德战争给以同等关注和投入，因此，把美国从太平洋远东战线拉过来是英国迫在眉睫的当务之急。而要做到这一点，除了以全球战略高度游说美国外，最好的办法是拿出确凿可靠的高质量情报，向美国人证明该是攻占阿尔及利亚和摩洛哥的时候了。所以，丘吉尔感到，与德意为盟的法国维希政府的通讯密码对搞到这种有足够说服力的内幕情报是成败攸关的。

斯蒂芬森充分理解到丘吉尔的考虑，因此不遗余力要达成首相的目的。

英国是幸运的：

因为有了丘吉尔，连他的政治对手也不得不承认：“丘吉尔是大家一致认为永远不能成为首相的人，可是他同样也是在这危急关头获得大家一致欢迎、认为他是唯一可能出任领袖的人。”

丘吉尔是幸运的：

拥有众多得力助手，还把斯蒂芬森作为值得信任的情报顾问，不因其“双重间谍”而放弃，委以重任，使之成为为首相肝脑涂地效力、为英国利益死心塌地效劳的大将。

斯蒂芬森是幸运的：

他发现一个风流女人，招募一个心甘情愿的“美人计”女杰，领导一个“拼命三郎”式的兼职女谍，使之成为手中一张“最喜欢做不可能事情”的王牌。

反法西斯阵营是幸运的：

有丘吉尔这种知人善用的主帅，把一批斯蒂芬森这样的情报将才团结起来，让情报充分为战争服务，因此，关键时刻拥有一位得心应手、舍身忘我的女间谍——辛西娅。

冲向“让人着魔的男人”

斯蒂芬森与辛西娅的历史性初次会面是那样开始,又是这样结束。他们不是一个让另一个猜谜,而是智者与智者对话,高手与高手过招。事实证明,斯蒂芬森让辛西娅自己领悟而激发灵感的计谋是奏效的,她的领悟能力和随之而来的创造性,确实没有让他白费一番心机。斯蒂芬森一直相信和欣慰的也正是:辛西娅这个精明又高明的属下,对上司的良苦用心和临危重托,总是尽心尽力。

斯蒂芬森离开后,辛西娅独自一人陷入沉思。“总部迫切需要的是解读维希政府密码的线索。”这句话反复在她耳边回响。迫切需要……政府密码……线索,对,大使馆!只有大使馆,才是“解读政府密码”的最大线索!只有就近对大使馆下手,才是解决“迫切需要”的最佳捷径!

辛西娅立即锁定任务目标,也清醒意识到完成这一任务的前提:只有打入使馆或拉出使馆的人,才能达到目的。这暂且不说难度,就所面临的风险也相当之大。她从随夫常驻使馆经历得知,维希法国政府效仿纳粹德国,在大使馆安插秘密警察组织,对任何可疑分子都会毫不留情。她也清楚,埃德加·胡佛掌管的美国联邦调查局并不掌握她为英国秘密情报机构服务的内情,因此难以提供安全保护,况且胡佛对英国人并不友好,即使知道她的身份,保护的事又能怎么样呢?

一连串现实问题摆在眼前,无疑使这项特殊任务犹如泰山压顶,异常艰巨。但尽管如此,当辛西娅从沉思中站起身来,推开窗户目视远方时,一个事实无声宣告:她毅然决然接受这一任务。因为,这个女人的性格决定了这个女人征服一切的信念。

这是二战正处于承前启后的中间阶段，在这历史关键时刻，间谍辛西娅原始个性闸门轰然洞开——越不可能越要可能！

辛西娅脑子里迅速形成一个总体计划思路，并雷厉风行开始行动。从中可见其思维清晰，条理分明，经验老到。如果说一个女人对付男人，靠柔情、靠色相；那么一个战士上战场，靠勇敢、靠顽强；而一个间谍付诸行动，则靠睿智、靠谋略。辛西娅正是三者俱佳。

她首先把认真调研法国驻美大使馆情况作为第一步。为掩人耳目，辛西娅决定不从众目睽睽的华盛顿着手，从纽约迂回开始。因为，一些有背景的法国人集中居住在纽约的比埃尔旅馆。

辛西娅想到做到，马上动身前往纽约，拜访两个在智利结识的朋友。一位是嫁给德国伯爵的女友，一位是当了法国商人皮埃尔太太的英国籍女人。她要从她们那里对维希法国使馆的主要人事情况获得一个基本印象。

德国伯爵夫人告诉她，法国大使加斯顿·海耶是个可笑的家伙，眼下正跟一个男爵夫人私通。“这种事儿，全世界人都知道了，唯独他老婆不知道，你说她是不是一个比自己可笑的丈夫还可笑的女人！”然后又煞有介事地说：“这事儿，大使不怕全世界人知道，就怕他老婆知道，哈哈，这两口子真是一个比一个更可笑！”当辛西娅婉转打听这位大使个人兴趣爱好时，伯爵夫人兴高采烈地说：“他呀，大概除了女人，就是想怎么巴结上层。对了，这个人呀，特爱出风头，露脸的事儿削尖了脑袋上！”辛西娅心里一动，随口问：“那让他登报一定会喜欢喽？”“那还用说嘛！”伯爵夫人的肯定回答使辛西娅又一心动。

法国商人皮埃尔太太不像伯爵夫人那么叽叽喳喳，说话有板有眼。辛西娅对她的造访是两人自智利分别后的重逢，她们东拉西扯一阵，辛西娅进入正题：“如果想采访法国大使，使馆里谁管这种事？”皮埃尔太太告诉她，是一个叫查尔斯·布鲁斯的新闻事务官。“他可是个美男子，一个让人着魔的人！”皮埃尔太太说着冲老朋友挤了挤眼，见对方未动声色，反而自己有点脸红。“不过，人家有太太了，也在华盛顿，是个大美人！”她还说：布鲁斯是法国空军的人，战争初期还是英法情报委员会成员，与英国皇家空军一些军官走得很近，与维希政府不一样，好像不太喜欢德国。当辛西娅征询可否帮忙引见一下这位新闻官以便联系使馆事宜时，皮埃尔太太满口答应，还亲昵地拥抱她悄悄说："要是帅哥迷上你，可别忘了谢谢我哟。"

拜访两个女友结果使辛西娅把思路与职业彻底挂钩——记者身份将大派用场！从纽约回到华盛顿，她胸中有数，精神饱满，一个美丽娇柔的女人，犹如一把利剑出鞘，锋光凛凛，目标直指法国大使馆。

辛西娅纽约之行最大收获是确定了下一步行动构想：以采访法国驻美大使为借口，创造机会接触新闻官布鲁斯，伺机拉他下水，从这里打开突破口。

这个构想的形成是建立在与女友伯爵夫人和皮埃尔太太的谈话基础上，一是根据大使爱好，为其提供"张扬"机会，采访具有可行性；二是"醉翁之意不在酒"，通过新闻官联系采访事宜，把布鲁斯作为主攻目标，打一场"美女 PK 帅哥"的攻坚战。前一点自然是得益于斯蒂芬森的先见之明，为辛西娅设计了通达社交的"职业桥梁"——记者身份，为她"海阔凭鱼跃，天高任鸟飞"创造了先决条件；而后一点则属辛西娅个人强项，具有得心应手的发挥空间。

于是，在与纽约两个女友谈话摸底过程中，辛西娅便以自己的公开职业记者身份为起点，形成一条"采访大使——接近新闻官——拉目标下水——建立内线——获取使馆密码"的行动主线。

事实证明，辛西娅不仅是一个风花雪月的"情场老手"，还是一个足智多谋的"策划高手"。

万事开头难，这条线的重点是拿下布鲁斯的问题。辛西娅把佯装采访大使作为进攻主打目标布鲁斯的跳板，而攻取布鲁斯的关键是要力争"初战必胜"，也就是说，在与进攻目标接触伊始，就要集中火力，给之以迅即"杀伤"。这一点，辛西娅对自己的情智根底还是信心满满的，只是想到商人太太的话"他是一个让人着魔的人"，心里不免觉得，一旦与布鲁斯交手，会不会针尖对麦芒呢？她一向遵循一个原则：目标越高，越要重视。于是，她请菲利普斯迅速核实目标对象有关情况，证实了布鲁斯在法国沦陷前确与英国皇家空军一些军官处得很好，有一定的“亲英美”倾向，这给辛西娅很大鼓励。至于采访大使本身，在她看来不过是小事一桩。

正如辛西娅所料，她以美国自由记者身份采访法国大使的申请没费多大周折就得到答复：加斯顿·海耶大使同意会见美国记者，并授权使馆新闻官布鲁斯先生全权负责安排具体事宜。

采访大使前，辛西娅通过法国商人皮埃尔太太与布鲁斯联系，打电话扑空，使馆接线员说可帮忙向他第一时间转告留言，辛西娅却坚持等布鲁斯本人通电话，结果整整一上午，每隔一小时打一次电话，直到中午，两个仿佛相距又远又近的人终于第一次在电话里“相会”，敲定见面时间。

见面头天晚上，辛西娅考虑很多，还从来没为了对付一个男人考虑这么多，因为她知道胜败在此一举。她意识到，从“魅力资源”上来说，双方可能是旗鼓相当的对手，属于“狭路相逢”的“对攻战”，需要出手快、下手准，力争在第一回合占上风，为下一回合争取主动，而胜负也许就两个回合见分晓。她从把迪克副官拉下水的经验感到，争服一个男人的身体不难，征服他的灵魂而摆布他，则很不易。以往她的情人都是主动送上门的，这一次面对的是一个“让人着魔的男人”，作为女人，自己若过于主动去“勾引”，会不会给对方“送上门”的感觉？在辛西娅看来，这种主动出击的“遭遇战”，自己虽有备而来，但如果对方心气高、眼光高，对美女见得多了而不屑于美，则必须要拥有“美”以外的优势手段与之抗衡。这使辛西娅想到了“才貌双全”的涵义。

她想到了斯蒂芬森交代任务时的话语，尽管她是后来才确认“威廉斯先生”就是斯蒂芬森本人。“迫切需要法国政府密码线索”，辛西娅的脑子里好像老也去不掉这句话的余音，这是“威廉斯先生”说了一大堆话之后单独说出的这句话，就如同婆婆对怀孕的儿媳叮嘱“要多增加营养、多保障睡眠、吃鱼肉水果、多注意休息和活动、多见见阳光、多想快乐的事、多……”说了一大堆的“多多多”，最后临出门时随口撂下一句话“家里都盼着孩子生出来呀”，而恰恰就是这句话，正是婆婆最想说的，也是最让儿媳往心里去的。

怎么“生出这个孩子”呢？看来只能有个男人啊！想到这儿，辛西娅不禁独自笑了。

自1930年与帕克结婚，到1939年在智利离婚，辛西娅在外交圈子“混”了10个年头，这还不算小时候跟父母在国外使馆的生活经历，她对外交系统情况十分了解。

外交官往往负有从事间谍或其他情报工作的任务。这种任务并非外交部门专职下达的，也有各部门，如军队、情报机构、警察系统、商务科技部门等专线下达的。外交官从事外交事务以外的情报工作，从国际法上是被看作一种对他国不友好的做法，各国都互不承认对方外交官在本国从事谍报工作的合法性，但实际上这又是公开的秘密，外交官从事谍报工作在所有国家都有，包括友方联盟国家。外交官被驻在国发现谍报行为而被驱逐，在外交语言上的说法是“从事与身份不相符的活动”，被驱逐者的代名词是“不受欢迎的人”。

辛西娅曾以特殊手段使意大利驻美国大使馆外交官、海军武官艾伯托·莱斯上将成为美国政府宣布的“不受欢迎的人”。

长期事实证明：大使馆是情报站，外交官是情报员。

辛西娅根据对使馆人员的了解，反复在脑子里为目标对象画像，仔细思考：他在使馆内实际地位如何？有没有特殊背景？原是军人怎么成了新闻官员？会不会是披着外交官外衣的情报人员？他对法国政府忠诚度如何？对美英同盟反对维希法国怎么看？对纳粹什么立场观点？对法国被德国占领是抵抗心理还是委曲求全？是不是现政权的既得利益者？对驻在国印象如何？对法国的竞争对手英国什么态度？与交战国美国女人交往会不会违规？使馆有没有相关限制？

夜深人静，辛西娅独自思忖：他在使馆里人缘怎样？与大使和机要人员关系如何？“让人着魔”到什么地步？“着魔点”在长相还是内在？内在是品格、才气还是风度、阅历？突出的是哪一点？全面到什么程度？家庭什么情况？妻子“是个大美人”什么概念？他对美的欣赏口味是什么？

所有这一切，都是未知数。作为向目标对象的进攻方，辛西娅毕竟还不清楚对手设防状况如何？防线薄弱点是否轻易暴露？自己进攻的角度究竟从何而起？攻击的时间和条件是否允许？已设定的进攻方案和打法胜算如何？一次进攻受阻二次进攻如何发起？如果对方是“铁板一块”还攻不攻？在撤退与强攻上如何把握战机？进攻不成反自我暴露攻击意图怎么办？这一切的一切只能拭目以待。

辛西娅的信念和勇气从来不是建立在“碰运气”基础上，即使她也会尝试“碰运气”，但总会把冒险的合理性达到最大化。面对眼下的挑战，不管是从未有过的算计，还是彻夜难眠的琢磨，最终只有一点：尽己所能去迎接、去跨越，绝不知难而退！

于是，偏爱把“不可能”变成“可能”的贝蒂·索普——辛西娅，较上劲了，决定迎难而上，决心出战必胜。

一个美丽女间谍，为拿下一个目标对象，带着激昂进入阵地，怀着激奋准备冲锋，目标——“让人着魔的男人”！

美女帅男萍水相逢

1942 年 5 月的一天,32 岁的辛西娅走近维希法国驻华盛顿大使馆,一座雅致的花园别墅式庭院,绿草茵茵,洒满阳光。

为了第一次与目标对象见面,辛西娅精心进行了一番梳妆打扮。尽管她对自己"西班牙女郎"的"活泼漂亮"充满自信,但深知与任何一个值得打交道的男人见面都不能轻视,目标越高,越需要重视,何况是初见一个"令人着魔的男人",一个至关重要的目标对象。她知道,法国男人对女性的"美"非常在意,甚至十分挑剔。因此,她对衣着扮相做了细心准备,整个人看上去素雅明净,一身纯洁无瑕。

辛西娅来到大使馆,主动出示护照,证明身份,表明来意。门卫通知新闻官布鲁斯,出面接待美国记者辛西娅。

双方一见面,就互被对方强烈吸引。

布鲁斯 41 岁,仪表堂堂,洒脱自如,集四季风情于一身——春天的气息、夏日的明媚、秋天的金硕、冬日的硬朗。这使辛西娅喜不自禁,从内心深处产生一个牵动全身的暗叹:"果然是个魔!"

面对近在咫尺的"主打目标",辛西娅按预先设定的"进攻方案",以特有的记者专业素质和含蓄而无穷的魅力"集中优势火力",以恰如其分的演技"发挥有效杀伤力",力争"初战告捷",达到如愿以偿的目的:一个"令人着迷的女人"拿下一个"让人着魔的男人"。

双方友好地见面,友善地开始,在沟通采访事宜的同时,彼此似乎都在向对方展开魅力攻击。也许有皮埃尔太太搭桥的缘故,布鲁斯非但不显得使馆人员那种公事公办的官僚气,而且还掩饰不住一种挺特别的主动周到和热情好客。在基本谈完采访框架后，当辛西娅表达对接待的谢意时，他说："您是我战友太太的朋友，我可不能慢待啊。"他表现得重情重义，原来那位法国商人皮埃尔是他生死患难战友。然后布鲁斯从战友话题，自我介绍说，他曾是法国海军航空部队战斗机驾驶员，他是长机，皮埃尔是僚机，他很喜欢飞行员职业，工作干得也蛮棒，服役期内曾被授予很多荣誉。"不过，女人好像不太理解这些。"布鲁斯从战友说到军旅，又自然聊到生活。"她抱怨飞行员难顾家，跟老婆在一起的时间还没有在机舱里的时候多，结果，拜拜了，那是我的初婚呀！"他还说，后来又结了婚，但这位太太嫌他军人收入低，远不如早早转业下海经商的战友皮埃尔能让老婆花，成天抱怨，结果又离了。"第三次婚姻嘛，我退役了，"他见对方挺爱听，又继续说，"确切地讲，是没进教堂的准夫人。分手的理由跟前两个正相反，她说我应该像过去一样当兵，做一个捍卫法兰西的英雄！结果她去参战了，生死不明。"最后布鲁斯说，天知道现在的太太还会有什么理由，自嘲是一个婚姻生活坎坷的男人。

他讲得很随意，完全是法国人对生活那种传统浪漫。但在辛西娅看来，似乎在暗示她，他很有女人缘，虽说婚姻结了离、离了结，但总有女人一个接一个跟他，表明精通女人之道，对待女人的本事同驾驶战斗机的本领一样强。

不过，与其说布鲁斯有何"魅力进攻"以"显示自己"，不如说是为"取悦对方"。因为，他从一开始就被她"令人着迷"所吸引，身不由己打破了自己"让人着魔"的平衡态势，自动"缴械投降"了，只是在尽量不失"大将风度"前提下，向风头强劲的对方表现出一种体面的"甘拜下风"。辛西娅自然明察秋毫，看出对手破绽——殷勤与逞能。

因为初次见面是事务性的，辛西娅知道，谈话应主要围绕采访事宜，从中观察对方。当谈到采访对象时，布鲁斯话匣子打开，告诉辛西娅如何与大使打交道，说大使是个难打交道的人，不了解美国人，抱有成见，认为美国人对欧洲文化茫然无知。接着，布鲁斯装作对她护照很感兴趣，带着惊奇的目光问辛西娅，作为美国人，为何持英国护照呢？辛西娅解释说："我丈夫是英国人，不过，我们现在已经分手，所以我已经恢复我姑娘时代姓名。”她还坦率相告随前夫在外交系统工作多年，这使布鲁斯很兴奋：“那咱们是同行加同行啦！”辛西娅未置可否，谈到自己因此曾到过许多国家。听到这话，布鲁斯立刻建议她采访大使时，“以一种超脱的世界主义观察家态度”是同他打交道最好的办法。

辛西娅看得出，布鲁斯明显开始为她着想，尽量替她打算了，这是典型的男人向女人“献殷勤”，而男人向女人献殷勤又是最佳的讨好方式和暗示心意的捷径。“看来，鱼向饵游动了。”辛西娅心想。

两人边聊边开些微妙的玩笑，有意无意间增进许多熟悉，起初的拘谨和客套变得越来越随意和融洽，不知不觉中，由一问一答、一说一听的对话状态，转为畅所欲言，你接我话茬，我抢你话头，你逗我一句，我还你一嘴，时而又同时笑起来，气氛活跃，像老朋友闲聊一样。

事实上，他们二人各怀“鬼胎”，方使初次见面大大跨越了萍水相逢的陌生距离。辛西娅自然是想以良好的开局为以后“拉人下水”计划铺平道路，因此虽保持女性的“被动”而绝不能显得“不值钱地送上门”，但恰当的烘托和适宜的迎合是自己的“鬼胎”。而布鲁斯则被“天上掉下个林妹妹”一下抓住了魂儿，既有法国人的天性浪漫，也有男人对女人的本能“主动”，不想错过“天赐良机”是他的“鬼胎”。

其实，辛西娅是“初会”一见如故，布鲁斯是“初识”一见钟情。两个人在“于公于私结良缘”上，不谋而合。

布鲁斯说起大使先生“爱事业不如爱自己，爱自己不如爱自己的孩子，爱自己的孩子不如爱别人的女人”，辛西娅扑哧乐了，心想，哪有上级这么被下级说的？也哪有下级这么说上级的？何况还是对一个刚认识的人！越想越可笑，也觉得，看来他真不拿她不当外人了！布鲁斯见她含笑不止，突然打断问：“哎，大记者，你有孩子吗？”法国人如此浪漫，除了把女人年龄当隐私，别的都随便问，床上事也能公开探讨。

“嗯。”辛西娅停住开心并不张扬的笑，对他点头。

“是像你一样美丽的女儿还是像我一样？”

“像你一样的儿子！”辛西娅说完，两人一对视，同时发出畅笑。布鲁斯没料到本想“恭维”她美丽，趁机说出一见到她就想说的实话，却自己掉沟里了，还让人家逮个正着。

“哦，像我一样的儿子！多大了？”他索性再当一回，又想挽回一下刚才的愚蠢。“不会也像我一样吧？”

“嗯，应该比你小吧，”辛西娅真觉得好笑好玩。“今年……今年该 12 岁了。”

“什么叫该 12 岁了？”他一下看出她破绽。“当妈的应对孩子的确切年龄，脱口而出吧？”

“说起来，真伤心，我丈夫留下了我们的孩子，多年来我从未见过他的面。”辛西娅决定示弱，这是女人攻击男人的一件利器。所以，为了赢得同情，她讲述了离别已久的孩子的事。但不知为何，这件很少跟人提及的伤心事，她竟对一个初次见面的男人说得娓娓道来，把自己多年的内心苦衷不觉都倒了出来。“那么小的孩子，好像一直在我身边，老在我眼前，可事实上又遥不可望，远不可及，让我这些年总活在离孩子不远不近的飘忽中，真是难受！”辛西娅显然不光是让人同情，也情不自禁在诉苦。

辛西娅的话语和表情确实让布鲁斯产生同情。不过，他同时也觉得，英国丈夫这么不近人情，恐怕她对英国人的印象不怎么样，同英国的关系也好不到哪去。

“看来，一个美丽的女人不仅可爱，也好可怜，令人心疼。”布鲁斯心里明显增添一份怜惜之情。

“谢谢！法国人通情达理的爱心总是令人感动。”辛西娅莞尔一笑。“不过，与整个国家的命运相比，个人的悲剧也算不上什么。”尽管一时伤感，但她心里一直未忘为何而来，巧妙转移话题，直接触及法国被德沦丧这块伤痕，实际上也是有意唱个高调。因为她深知，有品位的男人不会真喜欢庸俗的女人，尤其是普遍清高的法国公务男人，对女人的欣赏离不开“能上天堂又能下厨房”这种标准，所以她要让对方明白，自己不光是个令人同情的单身妈妈，还是一个能“上天堂”有高视野的记者。

布鲁斯沉思片刻,诚恳地说:“从国家命运角度讲,应该理解我那位第三任准夫人离我而去的理由。同时,尽管对你英国丈夫使母子骨肉分离的做法,不敢苟同,但对他的国家不接受外来强权的做法,不能不赞赏!”

既然话题转到对英国的看法上,辛西娅婉转提起他曾在英国皇家空军待过的事。布鲁斯承认当他在英法情报委员会工作时,挺喜欢英国人。但又说,自从英国在米尔斯克比和奥兰两地向法国舰队进行攻击之后,他现在对英国怀有敌意了。辛西娅对政治的感受正像她对男人的感受一样敏锐。她心里暗暗决定,一旦再涉及那件该死的英国攻击维希法国舰队的愚蠢行动,一定要尽可能的冷静而又显得富有同情心。此时,辛西娅已完全清楚意识到自己正处于一种微妙境地:如果她过早站在维希法国政府立场,就不啻自动放弃了探窥维希法国隐秘的机会,而如果表现为英国人一方,也会使对方产生反感或怀疑,使双方一开始就因“政治上语言分歧”而难以接近,甚至破裂。因此她决定,她的谈话必须在这两条道路之间进行。对于辛西娅来说,这一点不难做到,多年的社交经历已使她熟练掌握这番本领,能达到效果。

初次见面,从时间上可以看出,辛西娅与布鲁斯谈得很投机。本来初步沟通采访事宜有半小时足矣, 但两人在事务性交流以外又多聊了近两小时。当辛西娅准备离开时,布鲁斯还显得十分好客,主动带她到使馆院子参观一圈,边走边聊,特别叮嘱她面对大使时如何应对可能意想不到的情况,两人关系完全变得不像刚认识一样。

“很高兴与你一起度过愉快的两个多小时,”布鲁斯最后说。“我知道,记者总是向别人提出奇怪问题,如果别人也有好奇问题,不知可否向记者提问?”

“请吧!”辛西娅预感他有话憋不住了。

“英国丈夫真的傻得连那么美丽的妻子都不要了吗?”

辛西娅粲然一笑:“布鲁斯先生, 你为适合自己的女人有过几次婚姻,我为寻找真正的男人做个解除婚姻的自由人。”

布鲁斯心里一动。

辛西娅终于在此行结束时顺乎自然打出底牌，相信他能听明白自己的潜台词：如果你想追求我，那就大胆地表露你的爱吧！

转天，两人按约定时间，在使馆碰头商谈采访具体细节。但这一次辛西娅并没有像初次见面时那样有意识地引发对方多谈什么，而是就事论事，谈完就走。原因一是初次见面不仅实现了"搭上线"的目的，还趁其立足未稳先下手为强，基本引出了一些想要了解的初步情况；二是如果紧接着再试图深谈什么，可能会给人留下"往上贴"的印象，甚至容易让人怀疑"醉翁之意不在酒"。再有，就是辛西娅故意给对方留下一点儿意犹未尽的悬念，以便为引诱对方"往上贴"创造有利条件。

采访拜见大使的时候到了。当布鲁斯带着辛西娅出现在大使面前时，大使好像被这一对男女突然给他的某种视觉感惊讶了一下，脱口而出："呵，真是郎才女貌呀"这句溢美之词。其实，大使刚才正在生气，原因是美国国务秘书打来的一个电话。所以他刚把赞美之词说完，又马上指着电话机，颇有点愤愤不平地对辛西娅说："你们美国这位可爱的国务卿赫尔先生指责我们帮了德国人的忙，而我们并不是奸细，这些美国人什么也不懂！哦，对不起，但您是例外的，亲爱的女士。我指的是什么都不懂的那些美国人，我们法国也一样，也有什么都不懂的美国人。"不知大使先生是被眼前的美女闪晕了，还是被电话里的人气昏了，说得语无伦次，一时有些尴尬。

为了消除一下尴尬气氛，大使先生请辛西娅先参观一下自己办公室宽敞的里外套房布局陈设，欣赏欣赏几幅挂在墙上的风景和人体油画，这使她不由得想起了 18 年前的小画匠，仿佛从画面上的裸女身上看到了自己的影子。"我还以为只有男人才喜欢这种艺术呢。"陪同的布鲁斯说，他注意到了她眼神里出现的片刻专注。"爱美之心人皆有之嘛！"大使打趣地说。"是啊，看来我的办公室应该挂一幅这样裸体美的亚当油画。"辛西娅附和道，与大使周旋着轻松的话语，这是职业记者惯用的打消被采访对象心理紧张和思想顾虑的方法。同时，辛西娅还凭第六感觉意识到，当她与大使随意交谈时，布鲁斯曾频频地向她暗送秋波，似乎还沾沾自喜于大使那句赞叹的开场语中。这时她开始初步确认，自己决定把"主意"集中"打"在布鲁斯身上,看来是正确的,符合实际。

采访按计划正常开始,布鲁斯告退回避,留下一对一访谈时间。加斯顿·海耶大使以老外交家的资深政见谈了一些政府对时局的态度和个人看法,尽管事先知道他在对待女性问题上的倾向往往是失衡的,但应该说他在政治外交上的观点是客观务实的,颇有一般外交人员尚不具备的职业水平,当然,也许他明显体会到面前的采访者在提问、启发、理解、引导上所表现出来的职业素养,使他这个被采访者不能不做出"棋逢对手"的认真。当采访接近尾声时,辛西娅表示下一次可与大使先生到咖啡馆谈谈对人生和家庭问题,大使欣然同意采访内容,但对地点表示出异议。"因为您的异常美丽,尊敬的记者女士,使我不能不感到与您一起出现在公共场合太过于相形见绌,所以,还是在这无人打扰的安逸的办公室为好,当然,如果您还愿意继续赏光的话。"他果然是一个十分老练的外交官,既有挡住美女可能私下诱惑的防范意识,又给自己留下了未来见机行事的私密余地,进退主动权完好地掌握在自己手里。辛西娅自然明白这一点,这也是她"搂草打兔子"的试探。

其实,辛西娅一开始确有打大使主意的想法,因为布鲁斯透露大使正跟一个男爵夫人私通,说明这是个沾腥偷食的男人,而她从那个女人手里把大使抢过来总比获取密码容易多了。但两个原因使她又决定放弃:一是三角感情游戏会引人注目,搞不好大家都鸡飞蛋打,对完成任务无济于事;再就是刚刚所见大使的厌美情绪甚至说是反美态度,弄不好会"偷鸡不成蚀把米",不干!

一个多小时的采访结束后,像守护神一样一直等候在外的布鲁斯急上前来,犹如熟悉已久,嘘寒问暖,又像护花使者一般陪同辛西娅走出使馆。分手时,新闻官优雅地亲吻女记者手背,含情地说:"您真的不介意同一位与德国友好政府的法国男人建立朋友式的交往吗?"辛西娅眨着碧绿的大眼睛向英俊潇洒的外交官送出秋波,含笑轻语:"也许是的,如果那个法国人愿意与一个持英国护照的美国女人成为相互理解的好朋友的话。"

其实,对这位新闻官来说,为了尽快博得一位上帝赐来的美女新闻同行的好感，他一开始就已决定以完美的配合来实现目的。布鲁斯几乎无甚更改地敲定了记者辛西娅提出的实际上是她精心设计的采访计划，甚至包括某些他认为颇感为难的问题，如采访分两步走，第一环节谈时政问题，地点在大使馆，记者以到大使办公室登门拜访形式进行；第二环节谈时政以外问题，如请大使谈谈“社会优劣和个人好恶对家庭的影响”以及“家庭观念对社会前景和个人前程的反作用”等，而这种内容在布鲁斯看来对加斯顿·海耶大使属于神经敏感的话题；她还把第二个环节的采访地点定在使馆外的公共场所，这也使新闻官感到对一个国家大使来说显得不太正规，但她说到时候她自己亲自对大使表达这个意向；最后还有：两个环节都是采访者与被采访者一对一形式，谢绝任何旁听和记录，采访过程所需时间由记者自己掌握，因采访而耽误吃饭时间，由采访方负责解决。

当然，布鲁斯根本想不到这是辛西娅精心设计的既定战略，即“尽量创造机会接近主打目标，并顺便摸摸大使的底，不错过任何见机行事的机会”。辛西娅有意把采访事先设定为两个环节，目的就是万一第一次达不到“迷住”布鲁斯的效果，通过继续沟通采访向他发起“二次进攻”，但事实表明，二次机会多余了。

尽管新闻官觉得有些细节问题按新闻事务管理规定似有不妥，但他还是痛快首肯，越俎代庖替上司应承下来。不仅如此，为了进一步取悦于人，他还在陪辛西娅参观使馆院落的简短过程中，抓紧时间透露“大使某些特殊嗜好”，认真提醒她如何应对大使很可能“试图建立单独联系”的个人要求，很仗义地拍着胸脯表示：“到时候你就往我身上推！”神秘兮兮地教她如此这般对大使说“请布鲁斯先生代劳吧，他会像协调此次采访这样让您满意的”。如果大使问：“你跟布鲁斯先生是什么关系？”说到这儿，他突然停顿下来，狡黠地对视一下她迷人的双眼，“你就说，咱俩是早就认识的好朋友，行吗？”这时，辛西娅望着对方企盼的目光，脸上绽开灿烂的笑容。

事实上，布鲁斯在PK交火后很快被“迷人攻势”击中，不仅开始“胳膊肘儿往外拐”为人支招应付大使，还主动请缨当她可能被骚扰的“挡箭牌”，如此“投诚姿态”早使辛西娅暗自欣喜，直觉告诉她——鱼上钩了！果然，布鲁斯很快做出了正中她下怀的举动。

辛西娅把男人捉摸透了,面对布鲁斯自有一套既定打法。

在初次见面的第二天上午,辛西娅需要与布鲁斯再次见面,听取大使先生对头天向他提出的采访时间、程序、题目等有关问题的意见,商定具体采访细节。这次辛西娅决定在穿着打扮上绝不能重复第一次"素雅的纯洁无瑕"风格,必须换一种装束,给他一种"又看到另一面"的新意之感。于是,她这一次设定衣着风格是突出"干练与活力"

第二次见面时,辛西娅连常不离身的手包都没带,把纸本装在透明的活页夹里,往臂下随便一夹;着装上一改华贵、艳丽或素雅的惯例,而是穿得比较休闲随意,一件套头式宽松衫及至臀部,虽不大明显展示腰身的窈窕,但反而给人一种对宽松之内的想象,从而透发出一种由里向外的活力气息;在化妆打扮上,她没有刻意描眉涂粉,基本上素面淡妆,只是特意喷了一款法国名牌香水。

在与布鲁斯面对面的沟通过程中,她精力集中,目不斜视,把纸、本摊于一桌,不停地记、写、勾、画,甚至与对方交流都显得顾不上抬头,水也顾不得喝一口,完全专心于事。她这样做的目的就是要以一种敬业的职业记者"专业和干练"的形象来显现自己的"气质和能力"。偶尔谈长了、写多了,她忽然放下笔,抬手拢一下垂下的刘海儿,无意识地显露一下似曾掩饰又难以掩饰的美质。谈完后,她旁若无人地把笔往桌上一仍,仰起脸,甩下头发,眯上眼,深吸口气,用手轻轻拍两下隆起的胸脯,表现出一种片刻的自我放松样子。然后,她又麻利地收拾好纸笔,露出甜甜一笑,大大方方地向布鲁斯伸手相握:"谢谢,明天见!"说完,便不等对方反应,转身离去,留下的只有一片法国香水余味,还有对方对"明天见"的一种幻觉——这即是她针对锁定目标设计的战法:欲擒故纵。

当两次接触后,第三次正式采访大使当日,新闻官布鲁斯西装革履站在使馆门前迎候,准备亲自带女记者到大使办公室。约定时间前一分钟,只见远处走来一位身穿一套合体的宝石蓝色裙装、三围曲线显得无比完美的职业女性——秀亮的棕红色头发盘在脑后,白皙的脸上轻施胭脂,长长的睫毛下扑闪着一对水灵灵的眼睛，鲜丽又不扎眼的口红勾勒出诱人的唇线……布鲁斯一时看傻了，直到与前两次又判若两人的辛西娅走到他跟前，才猛然感到一片熟悉的、柔顺而温馨的香水味，犹如主人身上洋溢的春天气息一样，扑面而来——这正是辛西娅设计的又一战法“造型突袭”。

当布鲁斯引领辛西娅双双出现在加斯顿·海耶大使面前时，大使不禁愣了一下，左瞧瞧她，右看看他，脱口道出一句自己有感而发、布鲁斯求之不得、辛西娅目的所达的赞叹语：“真是郎才女貌啊！”

至此，辛西娅把对锁定目标进攻的“初战”胜果已牢牢握在手中。

初次见面后的第三天，也就是采访大使的当天下午，辛西娅收到布鲁斯送来的一束红玫瑰花和一张请帖，邀请她到卡尔顿饭店共进晚餐，请帖上他亲手写下一行秀美的法文字体：如果才貌双全的您愿意接受我对您才貌双全的崇拜，不胜荣幸。

这时，辛西娅毫不怀疑自己已经打动这位“让人着魔的”新闻官，好戏开场了。她欣然接受对方盛情美意，应邀赴宴。

浪漫的烛光晚宴，一开始双方彬彬有礼，进行中转为含情脉脉，接近尾声时变得恋恋不舍。布鲁斯毕竟有过几次婚姻经验，认定眼前这个独身女人正是春心荡漾的时段。晚宴结束之际，他鼓足勇气，大胆地将辛西娅搂进怀里。正如所料，布鲁斯顿时感到这个迫切需要男人滋润的女人不但没有抗拒，反而更紧地抱着他。但他哪里知道，辛西娅是在演戏。

将“策反”进行到底

辛西娅对布鲁斯的拉拢不断推进。双方接触中，辛西娅一直注意观察布鲁斯感情投入以外的方面，偶尔以记者角度探讨一些时政问题，或者从好奇角度提问一些使馆内部情况。而布鲁斯在谈论战争和国与国之间关系一类的政治问题时，通常都比较谨慎，惯以法国政府外交官的身份来表明一些态度，还似乎不大愿意与女人谈论感情以外的话题，所表现出来的与心里所想的显然不尽相同。一次两人在咖啡馆，布鲁斯见周围有可疑人物，悄悄告诉辛西娅：“那是德国人的耳目，他们现在很不喜欢美国人与法国人在一起，你要注意安全，如果他们找你麻烦，只说一点：我们在谈情说爱。这是全世界都管不了法国人的！”

有一个特定场合，布鲁斯倒会敞开心扉，那就是在床上。两人床笫亲热后，身心放松时，他在交谈中偶尔便冒出“法国没有给纳粹当密探的义务”“法国人不是法西斯的帮凶”“使馆的盖世太保都是一群混蛋”之类的个人观点。但两人床上交流的机会毕竟还是有限，不是不想，只是常常各自有事匆匆忙忙，即使上床，光着身子论天下也有煞春景。

而且，两人也不是想见就随时见，一是布鲁斯有老婆孩子，常有不便；二是菲利普斯常提醒辛西娅，维希政府是不喜欢法国与美国交往的，一个法国外交官经常往一个美国女记者住处跑，次数多了，不管是联邦调查局的人，还是维希政府秘密警察的人，都会联想到男女之情以外的事，因此在交往上要加以约束和隐蔽。菲利普斯甚至婉转表示，一般来说，谍报机关既希望女谍员多在床上征服对手，又不容忍她们因个人关系陷得太深而被人左右。

斯蒂芬森自然不希望辛西娅在自己编织的情网中套住自己手脚，作为总部机关在美最高指挥者，对下级人员这一点不能不防。他更不愿看到辛西娅因与拉拢对象频繁私交而被人注意，引起暴露，失去她等于从自己身上挖掉一块肉啊！作为引路人和上司，当他得知辛西娅未引起任何负面影响、非常冷静而又明智、干脆利索地独自解决了怀孕问题后，对她更加器重和厚爱了，同时也增加了一种对她毕竟还是女性的怜惜与呵护之感。

辛西娅与布鲁斯怀孕，是一次情有所致的“意外”，她知道眼下不是重温母爱的时候，只能忍痛割爱。为逃避美国堕胎法的限制，她只身到纽约，悄悄请“圣女”同学帮助。安妮冒名顶替同学在医院登记，又设法临时“调包”由辛西娅本人进手术室做了人工流产。

这是一位女间谍人员为谍报工作付出的代价。

在辛西娅把法国大使馆新闻官员布鲁斯作为拉拢对象并开始频繁接触后，斯蒂芬森敏感地认识到，尽管美国联邦调查局在某些反间谍活动上在他看来“笨得出奇”，但也有可能会伤害到他的情报人员。因此，斯蒂芬森及时警告辛西娅，如果联邦调查局看到她同布鲁斯会面如此有规律或总是形影不离，肯定会怀疑二人之间不仅私通，而且还有间谍关系，甚至会猜测辛西娅是纳粹间谍而使她面临险境。

鉴于辛西娅对布鲁斯的拉拢工作还要继续，双方接触往来必不可少，又要避免被联邦调查局或法国大使馆秘密警察组织人员可能的怀疑、跟踪，英国情报机构尽其所能，不惜投入本钱，为“拉拢工作进一步深入、达到既定和更高目标”创造条件。

为此，斯蒂芬森决定，让辛西娅从乔治城的寓所搬出去，以免目标显眼滋生隐患，造成危险。经与辛西娅商议后，在沃德曼公园旅馆长期包租一套房间，专门供她拉拢布鲁斯所用。

斯蒂芬森计策：越是危险的地方越安全。

原来，布鲁斯和家人也住在这里，辛西娅与布鲁斯的妻子近在咫尺，表面上看这像是一个危险举动，却方便辛西娅和布鲁斯在免受外界监视的条件下彼此频繁接触。当然，他们的约会从来不在所住旅馆的酒吧间或其他公众视线内，只在辛西娅的房间里，无论辛西娅还是布鲁斯都格外重视隐蔽情人关系的重要性。

辛西娅对布鲁斯的拉拢越来越紧，双方以情维系的关系越来越近。但她心里明白也着急的是，相互之间的关系还只停留在情人基础上，至于能否达到“为我所用”的拉拢目的？他对她完成任务将有何作用？拉拢的结果会使情人关系发生什么变化？两个人的命运将去向何方？都还是一个个未知数。

但是，有一点是清楚的——动之以情的拉拢几近极致，晓之以理的策反即将到来。辛西娅对布鲁斯这一目标的攻击几近“决战阶段”。

“辛西娅”的含义除了“月亮女神”，还是“狩猎女神”。作为一名间谍，辛西娅正是一个这样的“狩猎”能手。她善于捕捉机会，一旦有机会，哪怕很微小，哪怕很模糊，哪怕稍纵即逝，也会被她及时抓住。

一次，两人在饭店吃饭时，布鲁斯向情人辛西娅诉说起苦衷：维希政府决定厉行节约，裁减驻外人员，他是其中之一。而布鲁斯不愿回国干爬格子一类的机关事务，当然，除了辛西娅跟他一起走还可以考虑。遂找大使争辩、抗议，甚至话里话外暗示大使如果不关照一把，大使夫人有可能会知道“那个男爵夫人的事”。大使不得不让步，但让布鲁斯必须接受“领取一半薪水”的条件。这下布鲁斯为难了，在华盛顿这样一座物价高昂的城市，一半薪水怎么养家？而且他还酷好应酬、交际，追求享受上层社会生活，微薄的薪金怎么应付得了？

辛西娅立刻亲自前往纽约，把布鲁斯所谈情况如实向菲利普斯做了汇报。当时纽约是英国情报与安全协调局所在地，是英国情报机构战时在美国的情报工作大本营，斯蒂芬森亲自坐镇，各地谍员或通过中间人联系，或到纽约与斯蒂芬森等经营管理人员面谈。菲利普斯听了辛西娅所汇报的布鲁斯情况后，向上级建议可以给辛西娅多准备些钱，让她以提供资助方式趁机把布鲁斯拉过来，总部基本认可。

因辛西娅属单线联系谍员，不与上级人员开会研究问题，只由菲利普斯上下传递。即使辛西娅本人也不便与斯蒂芬森本人直接见面研究工作，因为战时情况瞬息万变，一旦辛西娅被捕，顶多牵扯菲利普斯，不致直接殃及斯蒂芬森这一级重点头目人物，这不是对辛西娅信不信任问题，而是谍报工作防范规矩，对谁都一样。所以斯蒂芬森与辛西娅“巨人会面”时，他以“纽约办事处的威廉斯先生”名义，道理即在于此。作为领导，斯蒂芬森可以掌握辛西娅所有，但下级未必需要知道上级情况，中间人，像菲利普斯这样，属于经营工作人员，相当于“隔火墙”，防止辛西娅这里“起火”一下子“烧”到斯蒂芬森总部层面，而菲利普斯等中间人具有灵活机动特点，一旦下面起火，随时溜之大吉——撤退，让“火”自消自灭。

辛西娅在纽约等候反馈，听到总部“用钱拉人”的想法后，立刻坚决反对，表示“布鲁斯绝不是那种靠女人维持生计的低贱男人”，而且她坚持认为，靠钱永远不是解决“一个人真心干事”的根本方法，必须“从灵魂上征服一个人”才能真正解决问题。菲利普斯再与斯蒂芬森等上司沟通，转达辛西娅本人对布鲁斯这一“策反对象”下一步的工作意见。经一番激烈的争论后，斯蒂芬森综合领导层趋于一致的意见，请菲利普斯转达：辛西娅该向情人布鲁斯捅破自己间谍身份这张窗户纸了。

其实，这个问题辛西娅想过多次，之所以没有去做，一方面考虑布鲁斯的感情承受力，觉得他爱得太深，怕会伤得太重；另一方面对万一适得其反的后果也不无顾虑，因为她一入行就被严格告诫“自己秘密身份和使命，不得让任何人知道，包括父母和丈夫”，她不能不切记于心，尽管在耳鬓厮磨间、在酣畅销魂后，曾不止一次有话到嘴边儿的机会和闪念，但最终还是未轻举妄动。

如今，上级有这个意思，也是基于她对这个“策反突破对象”的了解和拉拢已到相当程度，时机基本成熟。但是，这层窗户纸如何去捅？何时去捅？捅砸了怎么办？这对于辛西娅个人来说，不仅是一次严峻的“情感考验“和“机智测验”，也可谓是一场生与死的赌博。或许出于爱，他可能容忍她的个人行为，但未必接受她组织的招募，因为他曾明确无误地说过“最恨卖国求荣的人”；而对于英国情报机构“获取法国使馆密码”计划而言，不仅涉及业已开始的努力是否半途而废或由此搁浅，而且直接关系到北非战场得失乃至整个战争走向。因此,捅与不捅非同小可,捅之结果一发千钧。辛西娅明白,她正面临着她特殊事业中最困难的一种使命。

经过彻夜难眠,深思熟虑,辛西娅还是决定无论如何要迈出这一步,也相信自己能迈好这一步,因为重要的理由不仅是双方感情问题,而是基于对他的深刻了解:作为法国外交官,布鲁斯对维希政府的感情是冷热参半的——这是辛西娅坚持"从灵魂上征服一个人"最有利也最有力的依据。她同时也非常清楚,如果不迈出这一步,二人的"情人梦"会一直美好如常、安然下去,但一切对于获取使馆密码的企图都将是海市蜃楼。而既然非要迈出这关键性一步,就一定要迈向成功,既然非要捅破这层窗户纸,就一定要捅出一片光明。

终于,在打好一切腹稿和做好应有铺垫的基础上,辛西娅抓住了向布鲁斯挑明的机会。她认真地告诉他:自己在记者职业之外还兼职一些特殊使命,如果他认为那是间谍,也并不反驳;她还柔情蜜意地表示:这是能让他们俩长久待在一块儿最好的办法。但为了减轻对方作为法国傀儡政府官员对敌视国英国的反感情绪,辛西娅没有亮出为英国人效力的底盘,而是说替美国人做事,称美国财政部是后台老板。

布鲁斯听后,第一感觉是,自己像猴儿一样被人耍了,一直都是人家间谍目的的牺牲品。他无奈、苦笑。"这么说,我布鲁斯一直在被人利用?被一个世界头号傻子爱的女人毫不客气地利用?"布鲁斯颇显冷静地喃喃自语。

"不!布鲁斯,为了你的祖国……我,我有我的难处……"辛西娅本来想说"为了你的祖国解放,我只能让你跟我站在一起",这是她想了无数遍的台词,可一下全变成了难言的苦衷。

"噢!上帝,人家有难处,就可以卑鄙?就可以无耻?哈哈!"

"不!亲爱的,我是爱你的,才跟你说实话……"

"够了!收起你卑鄙无耻的虚情假意吧!"布鲁斯终于勃然大怒,气愤地指责她是感情骗子,严厉斥责她玷污爱情,激烈谴责她侮辱一个有情人的人格,指天对地声讨她不配做一个起码的情人!最后,还居高临下指着她鼻子一字一顿地狠狠说:"你,可以还是你的间谍,但是你,甭让人原谅一个心怀叵测的女人！”

其实，如此这般反应不出辛西娅所料，她甚至还预想过他咆哮之后可能会把门重重一摔走人，要么与她一刀两断，要么去告发她、报复她。但是，布鲁斯只是慢慢转过身去、缓缓迈出腿来，默默走向门口……这时，该轮到辛西娅了，该她使出绝招了。只见她跃身而起，猛扑过去，张开双臂从他背后一把搂住他的腰，一言不发把脸紧紧贴在他的背上。于是，两人定格，一切静止，在窒息中僵持，一秒一秒持续，死一般寂静地延续……当布鲁斯犹豫着回过头来，他看到，辛西娅泪流满面。

没人知道，那像断线珠子一般的泪，是真是假，只有辛西娅自己明白，这涓涌的泪水不是因为一个男人的回归而流，而是为了一个事实本身而倾泻：布鲁斯所有的怒火和气话都是冲感情问题来的，而不是针对当间谍本身和为谁当间谍问题，这不能不使她一下如释重负，感动万分。当布鲁斯终于不再犹豫地抬起手，充满怜爱地为她轻轻拭去脸上的泪水时，辛西娅从内心深处涌起一股难以抑制的激荡情潮。

不过，捅破这层窗户纸，并没有解决全部问题。这只意味着布鲁斯暂时默认了辛西娅的间谍身份，并不意味着他会舍身忘我与她同流合“污”。辛西娅暗暗寻思，万一他决定不蹚这浑水——“我走我的阳关道，你走你的独木桥”，那么，捅破窗户纸对完成获取使馆密码任务仍于事无补，所有到目前为止的一切算计和努力都无济于事，半途而废；而且，一旦被他知道她实际上是在为与法国作对的英国效劳，整个计划也将会毁于一旦，前功尽弃。这对辛西娅这个“偏做不可能事”的犟牛脾气来说，想干的没干成，光折腾情人一场啦，她能觉得还有脸再见老板吗？她能咽下去这口气吗？

想到这些，辛西娅在对布鲁斯亮明身份后的几天里，一直感到心里忐忑不安，总觉得要是再向他提出进一步要求，是不是显得自己得寸进尺？会不会令人反感而被一口回绝？能不能落得个“水中捞月一场空”的下场？她确实难以估计，只能先按兵不动，静观其变。

其实，布鲁斯在得知辛西娅身份后，也陷入很矛盾、很纠结的心理状态中。他首先告诉自己绝不去告密揭发她，这倒不是完全出于情人关系需要，也并非自己是个禁不起感情打击的庸俗男人，而是觉得像辛西娅这样聪明而出色的人，愿意干这一行，一定有她的道理。但反过来他又想，如果只是听之任之、袖手旁观，那对一个值得爱的情人，是叫真爱吗？而这种听之任之、袖手旁观的结果，若使情人势单力薄、缺少应有的保护，以致她在自己执意想干的事中会吃尽苦头或面临危险，作为深爱她的人，该无动于衷吗？能心安理得吗？还可以在爱她的路上继续走下去吗？

布鲁斯也不止一次地问自己，如果为情人隐瞒间谍真相，算不算违背一名政府外交官的忠诚操守和职业道德？如果作为一个情人出于真爱的话，为她很想做的"有她道理的事"尽到一份哪怕是丁点儿的微力，算不算一种卖国行为？当然，不图钱、不为名，算不上卖国求荣，但毕竟也是"卖国"在前啊！连日来，布鲁斯处于从未有过的犹豫与彷徨之中，与辛西娅见面时，闷闷不乐，强装笑脸。其实辛西娅也是郁郁寡欢，故作欢颜。两人各怀心事，都不知该说些什么好。

也许是上帝总是偏爱和眷恋那些心灰意乱的有情人，终于，为二人打破难堪局面的时运来了。

在布鲁斯的办公桌上，突然出现法国海军司令部达尔朗上将发来的一份海军通知的副本，内容是要求他尽快搜集在美国船坞停泊的英国军舰和商船的情报。当时外界都知道，达尔朗是纳粹政治的积极追随者，与德国人混得火热，很明显他要把此类情报提供给希特勒海军情报局。这下激怒了布鲁斯，当天晚上他就拿着这份通知电报的副本去面见辛西娅。

两人在乔治城双层别墅见面，布鲁斯很平静地把通知副本递给辛西娅，什么话也没说，神情冷峻而倔强。辛西娅也没多说什么，迅速扫看电文，凝眉记忆内容，又把电报纸举在面前，慢慢努起嘴巴，冲着电文做了个慢慢开始又慢慢结束、最后发出一声脆响的亲吻。随后，她松开手指，看着电文纸从手中飘然而下，翻越着落到考究的地毯上；然后，她忽然转向布鲁斯，腾地跃起，用双臂一下搂住他脖颈，芭蕾式的两脚尖踮地，几乎吊挂身子在他胸前，把两片香唇对准他半张的口，无比用力也无限深情地给他来了一记"一口下去直到喘不上气"的正宗法兰西浪漫深吻。

“贝蒂,我知道你是聪明的,所以我相信你走的路,但我不能有辱自己的祖国。”布鲁斯亮出心理矛盾。

“知——道!我的大新闻官布鲁斯先生,小记者贝蒂能不知道你纯真的爱吗?”辛西娅两手仍钩着他脖子撒娇。“亲爱的,相信我,我也爱你的法兰西,咱们这样做,就是为了都热爱的法国早日解放!”

“贝蒂,亲爱的,你也相信我,我会跟妻子离婚的,我要让你一起跟我回到可爱的法兰西故乡。”

“这……”辛西娅松开了手,低下头说,“还是等战争结束后再说吧。”

“等战争结束?天哪!鬼知道战争什么时候才能结束?”布鲁斯失望地说。

“那我们就尽力去消灭战争!”辛西娅又来了精神头儿。“只要我们多出一份力,去制止战争,战争就会早一天结束!”

面对她的天真可爱和执着认真,布鲁斯满脸无奈,只能无话可说,连连耸肩。

此后,布鲁斯又主动把使馆海军武官发给达尔朗上将的复电副本交给了辛西娅,其中写道:英军舰“击退号”在费城,巡洋舰“马来西亚号”在纽约,航空母舰“辉煌号”在弗吉尼亚的诺福克检修……他还把德国海军对这份报告电所做的回复电文在第一时间提供给辛西娅,德方回电指示:“对英国这些军舰,或就地予以破坏,或者监视起来待其出航后迅即通报,以便德国海军潜水艇伺机而动,力争在几周之内全部摧毁之。”辛西娅马上把该情报传递到总部,英国海军司令部及时采取一级保护措施。

布鲁斯提供的使馆密电情报,使在美国船坞的英国“辉煌号”航母等主力战舰免遭灭顶之灾。若没有辛西娅对布鲁斯这一拉拢策反成果,只差一点儿,那些皇家海军将士连同庞大载体一起,都会成为德国人砧板上的俎肉。

就这样,在辛西娅的诱使和感化下,布鲁斯不知不觉踏上了一条情人掌舵的船,成为她获取使馆信函、电报、文件等各类情报最勤奋的来源者,实际上,也默认了“自己充当她间谍行动搭档”的事实——用布鲁斯自己后来的话说:“木已成舟,无可挽回。”

显然，布鲁斯并不是一下子坚定地迈出这一步的，他曾戏言自己“鬼使神差”成了她情报需求的供给商，使馆成了她的货源地。不过，这种“鬼使神差”中的“鬼”和“神”也确实并非虚构，除了感情因素外，事实上，他最终决定把自己与心爱的人“彻底拴在间谍这根绳儿上”的根本原因正是由于“鬼使神差”：

“鬼使”——维希法国与纳粹德国狼狈为奸沆瀣一气，令布鲁斯深恶痛绝，怒称：“这样的政府真让人活见鬼！”

“神差”——辛西娅反对法西斯的正义感和敬业精神，令布鲁斯由衷钦佩，赞叹：“你是可爱可贵的间谍女神！”

看似萍水相逢，机缘巧合，实则必然中有偶然，偶然中有必然。战火纷飞的年代，一个美国女人和一个法国男人，在人生旅途中不期而遇；谍海起伏的岁月，辛西娅与布鲁斯联袂搭档，在战争与生命的大舞台上、在情人与间谍的独幕剧中，以原型原创的双主角绝配，共同把两情相悦演绎成志同道合，为历史人间奉献上一出好戏，使他们的故事从“香艳”又添“刺激”。

为使命舍生取义

经过一段时间顺利的情报供需关系后，辛西娅终于向布鲁斯摊牌:提出要获取法国大使馆密码。布鲁斯简直难以相信自己的耳朵,大惊失色,嘴里嚷道:

“不是你疯了,就是你老板疯了!要不然就是你和你的上司都疯了!”他重复着:“这不可能!”

的确,作为大使馆机要室,防守向来极严,有专人看管,保安人员荷枪实弹,几乎寸步不离这种重中之重的防护目标。

如此戒备森严怎么办?

布鲁斯还知道,密码本有很厚的几册,藏在大使馆机要室保密柜里,只有大使和首席译电员两个人掌握锁码,并须同时启用数码组合才能开柜。

这种技术问题怎么办?

更让布鲁斯头疼的是,那个首席译电员贝诺瓦,专门负责看管机要室,是一个百分百尽忠职守的倔老头儿,要想让他反水干,用钱绝对没门儿,他能把钱“啪”地扔你脸上;用色,十个辛西娅加在一块儿,也等于零。这个老倔头儿就是个雷打不动、刀枪不入的老顽固!

这种人拿他又怎么办?

“噢,我的上帝,真是服了你啦!”布鲁斯实在没办法,道出心里话。

不可能?辛西娅条件反射地在心里面加了个反问。其实,她能不清楚机要室严防死守的状况吗?她在各国大使馆常驻多年,对那里的情况比布鲁斯还一清二楚。但是,她内心主意已定,又怎么能被在她看来一个小小的“不可能”而左右呢?

"也许是吧，但我们必须试一试，"辛西娅说得很轻淡，但口气非同一般。"否则，又怎么知道不可能呢？"然后她像是自言自语，又像是对布鲁斯声明，声音虽不大，但底气很足："我最喜欢做不可能的事情！"

布鲁斯顿时一愣。

面对情人如此要求，他除了仰天长叹，只有抓挠头发满地转圈，摊开双手连连耸肩。再一看辛西娅那副冷静与执着的态度，又不得不放弃徒劳的劝阻和能躲则躲的推卸念头。

布鲁斯开始暗暗动脑筋，把使馆里有机会接触密码、又可能打点主意的人想了又想，最后绞尽脑汁，算是"矬子里拔将军"，向自己心爱的人提供了一条或可利用的线索：一个有可能因钱而出卖密码的使馆译电员亨利。

很快，辛西娅便接触上亨利。对他说：受朋友委托，为美国有关单位研究工作帮忙，自己热爱法国，希望看到法兰西早日恢复独立，请他能在工作范围内提供一些密码资料方面的协助，明确表示这种协助可以使他得到经济报酬，还特意强调，如果能随时提供密码设置更改情况，还可定期预付更可观的酬金。

亨利未置可否，表示考虑。辛西娅给他留下自己住址和电话，欢迎他考虑好后随时联系。"也许，我们会成为很好的合作伙伴，亨利先生，祝你好运！"辛西娅最后给他留下一个耐人寻味的笑容。

第二天中午，正在午休的辛西娅听到敲门声，以为布鲁斯来了，开门一看是译电员亨利。"哦，亨利先生，你好！"辛西娅感到意外。"我还以为你会先打电话来呢。"

亨利落座后与辛西娅东拉西扯起来，似乎想打听她究竟给美国什么部门干事，话里话外表示因犯傻冒险丢了饭碗可惜，掉了脑袋更不值。他谈道：所掌管的业务是天大的事，美国人现在是法国的敌对国，协助美国人则意味反对自己政府，是叛国行为，后果不堪设想。辛西娅与之周旋不是难事，闲谈朋友有恩于己，不得不回报友情，点拨他有钱不挣岂不也犯傻？何况是工作范围内举手之劳的事。但她越来越感到亨利在抬高身价，似乎胃口不小，遂表明：朋友的后台老板会认真考虑付出与产出问题，绝不会让协助者吃亏,重要的是物有所值,报酬会与所需质量同步递进,而且还会增加辛苦酬劳,会使家庭经济状况焕然一新。

亨利表示明白,迟疑了一会儿,终于盯着女主人说:“报酬嘛,毕竟是要以冒极大风险为代价,所以,除了钱,还应该有别的什么犒劳吧?”辛西娅这下全明白了,这个译电员是要财色双收啊!怎么办?辛西娅一时不知如何是好,只能先稳住他。“我再给你冲杯咖啡吧,是上好的南非咖啡呢!”她一边冲咖啡,一边心里快速合计——也许,舍不得孩子套不着狼吧。

在这同样的环境里,每次她躺下仰望布鲁斯的时候,都已沉浸在走向天堂的路上,就等着被他强力挺举,送上天涯。可眼下,她觉得天边那么遥远,起步那么艰难,她想让自己快一点儿,可没有加快的动力,只能在被动中遐想,竭力憧憬布鲁斯的魔力。渐渐地,她感觉布鲁斯来了,正向自己走近,在指引登天之路,要把她挺起,要举她起飞,要任她展翅,要让她飞上天,飞!亲爱的,再飞!着魔的,飞呀……然而,一切陡然停下,她整个人被悬吊半空,上不去下不来,最终跌入地狱。亨利的喘息由强而弱,辛西娅的身体如百虫抓咬。

然而,令她万万没想到的是:亨利是个无赖小人,一个无耻之徒。辛西娅不得不承认:小瞧他了。原来,基于一个普通机要员薪水很低的事实,辛西娅本以为亨利突然造访,是见钱眼开使然,附加个条件,不过是见色起意而已。她本打算装糊涂不搭这个茬儿,也想为了布鲁斯一口回绝。可转念一想,这也许是通往秘密宝库的最后一道关卡,越过去就可能是坦途一片。霎时,辛西娅感到盯着自己的目光不光是布鲁斯,还有菲利普斯、斯蒂芬森、丘吉尔……唉,只能是一蹴而就换得一劳永逸啦。

而译电员亨利的心思是,捞“外快”那是多么梦想啊!但与机密挂钩可是非同小可呀!虽然对钞票眼馋得要死,但对可能毁掉自己辛辛苦苦奋斗而来的外交官前程,则害怕得要命,想伸手又怕烫手。“外快”难捞到手,艳福不捞白不捞嘛!

结果,两个人各想各的,完全不靠谱儿,如同一只充足气的皮球掉落到一块坚硬的顽石上,一碰即弹得两分开。辛西娅企图以身换他卖密,亨利获得满足后明确回绝。

不仅如此，亨利这家伙一边穿内裤一边嬉皮笑脸，抛出一番讥讽言语，说辛西娅这么一个惹人欲火的美女，不该去操那份间谍的心，要挣钱一脱不就了之嘛！

辛西娅哑口无言，感觉自己就像个风骚的、犯贱的、发情的妓女，引狼入室，她为自己在这盘棋局中如一枚棋子被轻易吃掉，难堪至极，恨不得找个地缝钻进去。更为甚者，这个道貌岸然的亨利竟然得寸进尺，以讹诈的口气，煞有介事声称：可以通过向上司告发如此间谍行为而获得更大一笔奖励金。辛西娅当场气得差点没背过气去，特别后悔斯蒂芬森有意给她配一把小手枪而被她婉言谢绝的事。

如此地道的、并不高明的被骗失身，对她来说已非同强奸，简直是性虐施暴，而他那戏耍、侮辱、挑衅、威胁的言表，又无异于粗鲁轮奸，使灼痛的伤口又被撒盐。

辛西娅，一介风流智女，情场江湖老手，久经肉搏考验，哪干过这种“赔本赚吆喝”的糗事，哪受过这种窝囊气。她痛定思痛，怪只怪自己太急于求成，太好高骛远，才犯下聪明一世糊涂一时之错，真是智者千虑必有一失啊！她虽心有不甘，但也只能眼睁睁地认赌服输，不过，认栽归认栽，心里的小九九还是：“骑驴看唱本——走着瞧！”这是她一贯秉性使然。

俗话说，人要倒霉喝口凉水都塞牙，此时的辛西娅窘魂未散，憋气未消，却又赶上“屋漏偏逢连夜雨”。无巧不成书。亨利从房间刚一出门，恰好被偶然到来的布鲁斯撞个正着。布鲁斯早知道这个使馆同事一身毛病，满肚子坏水，一看对方脸上那副猥琐而慌张的样子，立马猜出个中勾当，当场气不打一处来。要不是亨利这小子溜得快，飞行员出身的布鲁斯非抡起胳膊揪起他，把这个“臭不要脸的插足者”从楼上抛出窗外，来它个“无伞坠落”，满地开花。

事已至此，布鲁斯对自己所爱的人如此“放荡行为”自然火气冲冲。而从来没有低声下气求过男人的辛西娅，破天荒地向他连连解释：“不是你想象的那样！上帝作证！”辛西娅费尽口舌，苦苦相求，好说歹说才总算让他在愤愤不平、好大不情愿中，勉强谅解了她。谢天谢地，辛西娅碧绿的眼睛泪花闪闪，夺眶欲出。她一边在胸前画十字，一边暗出一身冷汗——这不差点“赔了夫人又折兵”嘛！

这次“阴沟翻船”，不仅使辛西娅对自己的不慎懊悔不已，对亨利这个小人王八蛋耿耿于怀，更主要的是，从心底深处涌起一股苦涩的酸楚，那就是特别觉得对不住布鲁斯，为自己让一个有情人“打掉牙往肚里咽”深感内疚，这也是她除前夫以外第一次打心眼里感到愧对一个男人。与此同时，她也确有一种后怕，万一布鲁斯因此一气之下拂袖而去，再不回头，且不说对眼下完成使馆任务如何，对她自己今后人生之路，将意味什么？辛西娅真难以想象。

当然，她更担心那个鼠辈小人亨利，若其真的告密成功，不仅会使自己随时处于被维希政府秘密警察暗杀的危险中，而且势必会殃及情人而毁了布鲁斯，两人将同遭灭顶之灾，还会对英国秘密情报组织工作造成重大破坏，致使整个获取计划胎死腹中，这些对于辛西娅来说，实在都是太重要了。

不过，辛西娅从来都不是个“省油的灯”，她哪能吃亏就算，哪能坐以待毙、束手就擒，“在哪跌倒就在哪爬起来”——这是她一贯风格。

辛西娅立刻与布鲁斯密谋，设法算计译电员亨利，主要目的是尽快切断这一知情泄密源，也算报“一箭之仇”，解解心头之怨之气、之痛之恨。“是你提供的亨利线索，还是你去解决吧！”她以“解铃还须系铃人”的逻辑向布鲁斯发号施令，不无耍赖味道，看上去似乎显得自认无能为力，爱莫能助，其实她是另有自己的小算盘。布鲁斯对她的吩咐自然唯命是从，也觉得为情人排忧解难理所当然。还有一点就是，他压根儿没瞧得上亨利这小子，心想：一个三流外交官哪是一个一等飞行员的对手？于是，一耸肩——OK，照办。

然而，还没等布鲁斯出马，他就被加斯顿·海耶大使叫到办公室。大使严肃地说，译电员亨利报告，他曾拒绝接受美国记者辛西娅要他出卖机密而给他的一大笔贿赂，提出使馆方面应对他给予奖励，或以奖金形式，或延长其即将届满任期一至两年,而且译电员还说看到新闻官先生与这个美女记者来往密切,问布鲁斯对此有什么看法?

虽在意料之中,但毕竟事出突然,布鲁斯根本不可能与辛西娅商量,只能临场发挥,独自应对。于是,他显得很镇定,摆出一副若无其事而漫不经心的神态,有板有眼地说:辛西娅是一个颇有声望的美国人,出生于一个良好家庭,父亲在美国海军任高级职务,也曾是外交界同行前辈,在华盛顿很有影响;辛西娅本人是一个资深职业记者,她召唤美国人参战的新闻力作“现在,战争与我关系大多了”,想必不难听说,因为那曾是美国人家喻户晓的口头语。布鲁斯还提醒大使,既然美国已被日本人拖入战争,不再是中立国,在这当口去捅美国这个“马蜂窝”,惹出乱子,恐怕不是审慎之策和明智之举。“而且,这位译电员先生整天吊儿郎当,不务正业,是个名声很不好的流言蜚语制造者和传播者。”布鲁斯继而直截了当地说道。“这种人的饶舌话对个人可能事小,但会有损法国外交利益的。”大使沉思片刻,基本同意布鲁斯意见,表示不去与美国当局交涉,以免横生是非。“是啊,这毕竟只是译电员亨利先生的一面之词,也无凭无据,从外交角度看,法国方面似乎无法面对美国人可能的,也是必然的反问。”大使认真分析说。

布鲁斯对大使的态度表示赞赏, 趁机恭维他很有外交经验和大局观念,不愧为使馆的领军者。可没想到大使又说,看来外交渠道就算了,是不是通报使馆保卫部门以引起注意,问布鲁斯怎么看?这正是布鲁斯最担心的,因为这意味着辛西娅可能被列入盖世太保暗杀的黑名单。此时此刻,布鲁斯瞬间感到浑身的血在沸腾,他来不及多想,只有一个念头:必须不顾一切为情人摆脱险境!

布鲁斯显得异常沉着冷静。“大使先生,据我所知,贝蒂·索普女士在华盛顿上层社会有很大的保护伞,绝不是一个轻易可扳弄的人,更不要说被扳倒了。而且,重要的是,她对法兰西公民有着善良的情谊,这一点,实不相瞒,我本人感同身受,就像男爵夫人给您的感受一样吧?”布鲁斯主动把自己与辛西娅联在一起,完全是“与情人同生共死”的决战架势,同时打出“大使外遇”这张牌,意欲一拼上下。果然,这一招立刻见效,大使不无尴尬地表示与布鲁斯有同感。“是啊,女人总是爱屋及乌!”很感谢下属对自己的坦诚和推心置腹,转而加斯顿·海耶大使明确表态:辛西娅的事到此为止,他什么都不知道。

但是,布鲁斯丝毫没有表现出见好就收的样子,因为他的战斗还没有结束,他要乘胜追击,一战到底,那就是,必须惩罚恶人,他要以一名战斗机驾驶员的勇猛气概,对那个极为蔑视的同僚小人亨利,采取复仇性的、粉碎性的“俯冲式”打击。于是,他话锋一转,开始绝地反击:“至于译电员先生说我与辛西娅的关系,这还真让我感谢您,大使先生,正是您指示我安排她对您的采访,我们才成为新闻同行朋友。而且,这位女记者也住在海德公园旅馆,我和邻居在同一地方出现难道不正常吗?倒是不在那里居住的译电员先生出现在不该出现的地方,又是怎么回事呢?”布鲁斯接连设问后,继续穷追猛打。“大使先生,使馆众所周知的是,亨利一家住在华盛顿市区郊外,家境简陋,太太正怀孕第二胎,生活上很缺钱,难以让人相信他能把大笔‘外快’拒之门外。所以,就亨利先生难以令人恭维的人品而言,最令人担忧的是,这位年轻译电员对美国女记者的恶意中伤很可能是人家拒绝了他的要求而引起他的报复行为。”

布鲁斯一口气说到推论。大使若有所思,随后不由自主点了点头。紧接着,布鲁斯越战越勇,充分发挥机智和口才,果断出手,连使三招:先用“离间计”,让大使不得不相信亨利这家伙大有“以大使婚外情把柄相要挟从中渔利”之害;再以“激将法”,挑动大使敢不敢“趁此人任期将满之机、以不务正业为由”勒令其提前卸任;最后按“走为上”之策,唆使大使“从公账上多少拨点遣散费”,打发他赶紧卷铺盖走人。

第二天,译电员收到大使签署的正式通知:24 小时离任回国。当亨利携妻带小启程离开华盛顿时,布鲁斯不仅帮忙替他一家人代买机票,还主动开车送他和挺着大肚子的妻子与孩子去机场,路上亨利一家对他这个同事的仗义感激不尽。

至此,一个一等飞行员把一个三流外交官打得落花流水。

布鲁斯临危不惧,危难之处显身手,一举三得:为上司担心“后院起火”

解除后顾之忧而受器重、为情人和个人扫除安危隐患，为辛西娅完成间谍使命铺平道路。

事实证明，辛西娅准确物色布鲁斯这一目标人选，将其作为主打对象，成功拿下，确实棋高一步，是她个人谍史最精彩一笔。她拉拢布鲁斯，虽与当年拉拢迪克副官、莱斯上将目的一样，都是为了获取情报，但结果完全不同。对迪克、莱斯的拉拢，结果是利用；而对布鲁斯的拉拢，随着进程深入，一步步发展，最终走向的是策反。而策反布鲁斯的作用，不仅仅是把他作为一个情报来源而用于获取情报，更重要的是，把他争取为"同一战壕的战友"，成为单打独斗的辛西娅弥足珍贵的间谍搭档。在执行获取使馆密码任务过程中，无论是预先准备，还是具体实施，都大大得益于布鲁斯的配合内应作用，无他联手，孤掌难鸣。

步步走向“发疯”的计划

辛西娅让布鲁斯处理防止译电员亨利告密的善后事宜，她自己心里打着小算盘，腾出手来干另一件事：去会会那个首席译电员贝诺瓦，碰碰这个倔老头儿，打打他的主意。

其实这件事她是背着布鲁斯干的，如果跟他商量，一定得不到同意。布鲁斯始终认为，对贝诺瓦这样的倔人是不可能改变他什么的，完全没必要在这种“一根筋”的脑袋上碰任何运气。但辛西娅嘴上没说，心里一直不甘。她的行事原则总是，只要有零点零一可能，就尽百分之百努力，不达目的决不罢休，况且，不试又怎么知道不行呢？对她这种特点，布鲁斯定性为：“又犟又拧”的小母牛！

事实上，辛西娅的“犟”和“拧”不是盲目的，总有其顽固的道理。曾有一个很有价值的情报系统官员，年轻有为，事业有成，家庭美满，妻子正给他怀着孩子，是一个春风如意、前程似锦的精英男子。辛西娅要打他主意，总部认为可能性几乎为零，弄不好还容易暴露自己。“这是不可能的。”总部下出结论。“不可能的？我偏喜欢干不可能的！”辛西娅“犟劲拧劲”上来，对他下手，也得手了。原因是：她认为“一个妻子正怀孕的男人是最有懈可击的”。

而这一次，一头“又犟又拧”的小母牛又会怎样呢？

辛西娅通过布鲁斯和其他熟悉法国使馆人员的朋友摸过贝诺瓦的底，还特意请斯蒂芬森手下的人暗中调查过他。所有反馈的信息与布鲁斯的看法基本一致。贝诺瓦是个技艺精湛的通讯专家，在使馆里人人给他面子，连大使都敬他三分。贝诺瓦兢兢业业一辈子，为法国被德国侵占而忧伤。随着年岁增大，他显得整天昏昏欲睡的样子，但对专业永远是清醒的，即使在衰老的睡态中再怎么昏昏然，一旦触及业务视野，一双看上去睡不醒的眯缝小眼也会立刻射出光泽。不管法国政府当权者是谁，不管其政治形式如何，贝诺瓦素以对本职岗位恪尽职守而著称。

但在有关贝诺瓦的情况中，有一点引起辛西娅的注意：他要退休了，但他不想退，不知回家干什么。这一点使她忽然产生一种灵感——利用一个人“即将谢幕退出舞台”的特有心理和潜在意识，也许能抓到一丝虽然微弱但值得尝试的机会。

可怎么去抓呢？她首先排除了自己惯用的“美人计”，也否定了“钱攻”打法，想来想去最后决定：快刀斩乱麻，采取“休克疗法”之“崩溃战术”，直捣其心。

辛西娅通过朋友以“了解法国风土人情”为由约请贝诺瓦喝咖啡。贝诺瓦出于代约者的老友情分答应了，但条件是：20 分钟。

两人如期见面，辛西娅一眼看出贝诺瓦与情况概述的一样。只不过，因与女士见面，他特意换了件比较干净的上衣，尽管明显有些褶皱。

双方坐定，咖啡端上。辛西娅善意地望着对方，落落大方地开始了一次单刀直入的谈话：“尊敬的贝诺瓦先生，我受美国有关部门委托与您正式商谈。鉴于德国占领了包括您故乡在内的欧洲大片土地，而且，这种占领还在持续、扩展，许多国家的男女老少以及还会有更多的人被占领者的铁蹄践踏。因此，我们需要联合起来，共同做些阻止纳粹的事情。您是值得尊敬的前辈，我们非常希望与您建立合作关系，商请您尽己所能，为同样值得尊重的法国和其他国家那些可爱的而眼下可怜的孩子、女人和老人，早日摆脱法西斯不公平待遇、重新获得自主生存、自由生活的权利而发挥您宝贵的，也是我们渴望的作用。我以人格保证，我的委托部门一定会为与您的合作负责，不会让您白白付出，更不会对您可能遇到的麻烦袖手旁观，包括退休问题。”她一口气把打好的腹稿说出来，语速适当，表达顺畅，毫不给人汗毛竖起的感觉。然后，她优雅地打开精致的手包，拿出一张纸条，微笑着递给对方。“这是我的电话号码。我不奢求您现在表明态度，如果您想好了，明天上午 11 点前，我会在电话机旁恭候您，如果您还需要想一想，明天下午 6

点之前，我仍不会离开电话房间。当然，不管您想的结果如何，都不会怪您，因为我们尊重每个人的选择。”

十分钟，仅仅十分钟，双方各自面前的咖啡杯仍浓郁飘香，余香袅袅。当辛西娅款款起坐，准备埋单告辞时，一直眯眼看着她、倾听她、却一声没吭的贝诺瓦终于开口：“请走好，尊敬的小姐，您的咖啡，我来结账，谢谢赏光。”

辛西娅走出一段距离后，悄悄回看一眼，只见老贝诺瓦弓着身，垂着头，朝相反方向慢腾腾走去，背在身后的手中攥着一张白色纸条。

但是，辛西娅没有等到贝诺瓦任何一个电话。

这一次，年轻气盛的“又犟又拧”遭遇一个顽固不化的“倔”，毫无结果。可又怎样？难道“犟”得没道理？“拧”得荒唐？不，应该说，她的“犟”与“拧”与他的“倔”一样，可爱、可贵、可敬。

按说，像贝诺瓦这样忠诚的老外交官有理由把被人“挖”的事禀报上级，或干脆把电话纸条交给内部的盖世太保机构，这符合他始终如一的尽忠天职。但是，辛西娅并未察觉出任何由此而生的可疑迹象，没有遇到任何随之而来的麻烦。显然，老贝诺瓦虽忠于职责，但并非铁石心肠。也许，他对女性，特别是像辛西娅这样彬彬有礼又有正义感的女性，有一种无个人企图的骑士式的保护心理，当然，也许他压根儿不想让人拿她是美国人而借机攻击美国，因为他毕竟希望美国人帮忙解救自己心爱的法兰西。总之，他没有告发辛西娅。

这件事，辛西娅始终对布鲁斯守口如瓶，倒不是怕被他埋怨，而是不希望他诅咒贝诺瓦。因为，她内心里对这位法国老人是充满敬意的。

接二连三碰壁把辛西娅逼上绝境，但并未使她绝望。面对挫折，她没有心灰意冷，没有一蹶不振，反而被刺激得更加振作，大有知耻而后勇之势；面对艰难，她没有怨天尤人，没有一筹莫展，而是咬紧牙关，更加积极开动脑筋想办法，激励再战；遥望使馆方向，她显得更加虎视眈眈，大有猛扑上去、狠咬一口的架势。

反复思考，仔细分析，辛西娅开始调整思路，像钟表指针一样一点点转动脑筋，一步步从使馆人员身上向目标接近。终于，她的思路定位，直接落到一个“大铁疙瘩”上，对，就是它——保密柜，使馆是靶，它就是靶心！开弓、瞄准，目标靶心，射穿它！

弓拉开，弦绷紧，开弓没有回头箭，“月亮女神”摇身一变“狩猎女神”，箭在弦上！

有胆有识，有勇有谋，惯以情色智取见长的辛西娅，这一次，打破常规，出其不意，做出异乎寻常的大胆决定——盗窃法国大使馆保密柜！

布鲁斯听到辛西娅欲窃使馆决定后，瞠目结舌，对眼前这个既熟悉又陌生的钟爱女人刮目相看，肃然起敬。他深知说什么都没有用，只有配合，全力以赴协助。于是，在辛西娅的影响和带动下，面对危险行动，一个法国政府堂堂外交官，身不由己转为同心协力，不得不投入一场史无前例的谍战——大盗使馆。

辛西娅的决定上报总部后，连斯蒂芬森都认为这“无异于一个间谍发疯之举”。斯蒂芬森从她亲手绘制的使馆图示行动方案中，真切感到“一个柔女决意变身侠女”的果敢与坚定，总部的人无不为之动容。

面对辛西娅的“行窃方案”，斯蒂芬森怅然若失，好像自己做错了什么，并且似乎因无可挽回而颇感内疚。他终于明白自己的内心其实非常不愿意让辛西娅去冒这个险，是太危险吗？的确非常危险，但这似乎只是借口。斯蒂芬森的脸不由得发起烧来，奇怪，自己怎么会有这么一种特殊的怜香惜玉之感呢？“连我也不知不觉被她迷住了，那么就没有什么男人不是她的俘虏了。”他在心里不禁自嘲。

经过认真评估辛西娅“行窃方案”后，犹豫不定的斯蒂芬森最终同意了这一计划，理由主要基于两个因素：一是前线战事吃紧，丘吉尔几次亲自催问斯蒂芬森，焦急等待密码情报；二是布鲁斯已甘当辛西娅搭档，有他在使馆做内应，方案似有可行性。

斯蒂芬森之所以一反决策果断风格而犹犹豫豫，原因不仅是这一行动方式所具有的冒险性本身和对爱将的怜惜，还在于一些具体细节问题上，至少他认为，光有布鲁斯配合还不够，他的作用主要是策应和掩护，具体实施动手，既不是他，也不是辛西娅本人，也就是说，既然是“窃取”，“窃”从何来？因此，这一行动计划方案的核心问题是：必须还得有一个第三人——窃贼。

到哪儿去找一个窃贼呢？而且还不能是个一般化的，必须是一个能开保险柜的真正高手。斯蒂芬森决定要帮助辛西娅和布鲁斯解决这一问题，这是情报机构保障一线人员义不容辞的责任，也是对辛西娅真正的支持和爱护。

当时斯蒂芬森身在纽约负责指挥在美一线谍报工作，情报与安全协调局本身没有现成的盗窃人员。他通过秘密电台与英国国内联系，回复都表示不易解决，一是战时混乱，一时找不到合适人选线索，试了几个小毛贼，技术都不过关，难以胜任特殊保密柜。二是时间紧，路途远，短时间内难以做到。事实上，结果一无所获。

这使斯蒂芬森有些气恼，伦敦方面如此急切地想要这里的密码，为何不调动整个秘密情报部门力量把所掌握的那些高明的撬保险柜的专家送来一个？看来国内没有人意识到这次行动对于战争中的英国乃至同盟国来说，分量何其之重！他明明知道，战争开始后，英国秘密警察局和陆军总部把一批在欧洲均属上乘的撬保险柜窃贼都从监狱里放了出来，分别收归自己所用。这些窃贼高手都哪里去了？难道前方战事打得那么艰苦连小偷们都去充当炮灰了吗？斯蒂芬森实在难以理解，但身处海外一时也无法与国内部门去解释和协调。“看来，我这个协调局局长只能跟美国人协调了。”他不无苦笑地想到。

斯蒂芬森决心无论如何要尽快为辛西娅解决这一关键问题。同时，他深知这次行动是一项九死一生的冒险，必须尽一切可能的力量，为他们提供必要的支撑。为此，斯蒂芬森亲自以英国情报机构名义与美国情报机构正式联系，商请美国同行为此次行动予以全力协助。

这次行动的地点是美国华盛顿，英国情报机构本应与负责本土情报工作的美国联邦调查局沟通合作，但斯蒂芬森考虑，尽管美国已被卷入战争，与英国已成战争盟国，但在埃德加·胡佛领导下的联邦调查局仍秉承他的

“对外国怀疑一切的妒忌性排外政策”，胡佛本人对英国不甚友好，有时甚至仍把英国当敌对方看待。因此，斯蒂芬森联系的是“并不喜欢胡佛政策”的美国战略情报局（中央情报局前身）。结果，美国战略情报局正式答复三点：

一、为本次窃取行动计划保密，并按英方需要提供必要配合。

二、为行动提供盗窃者人选，两日内落实，由英方自行确定。

三、一旦辛西娅被捕，美方将“作为对美国公民负责”全力营救，并以适当形式为英国进行掩饰。

上司亲自狱中捞贼

美国战略情报局很快提供了窃贼人选。斯蒂芬森决定亲自出马上阵，为辛西娅的行动把好这一关。在美方特工人员陪同下，斯蒂芬森来到纽约的一所监狱，按美方提供的线索，选定一名因盗窃保险柜被捕入狱的犯人，当场审阅在案情况，了解细节问题。

监狱方根据警方资料介绍，该犯系大型跨国盗窃集团第一主犯、数起重大盗窃案件主要同案犯、境外作案畏罪潜逃非法进入美国的在逃犯，三种案型于一身，哪一种都不轻，合罪并罚可判至少 20 年徒刑，但因案件牵扯面大，还在审理之中，尚未最终宣判，目前在监狱属一级要犯重点看押。

监狱长已接到战略情报局通知，配合斯蒂芬森将案犯提押到审讯室，由斯蒂芬森单独与犯人谈话。

斯蒂芬森先从头到脚打量了一番这个犯人，只见他外表斯文，似属内向，体形偏瘦，貌不惊人，无论身体条件，还是“第三只手”之类的贼相，都难以想象是个多案并重的要犯。

“进来几次了？”斯蒂芬森故意跷着二郎腿，斜视着问。

“一次就够了。”对方神情坦然，并不回避提问者的目光。

“头一次？这么说是个新手？”

“难道您认为经常进来的是老手？”

斯蒂芬森认同这一反问的反义，确实，初次入狱的也应该是不轻易被抓住的。同时看得出，对方似乎从一开始就在猜测着什么，但做得很自然，表情平和，毫无慌张或不安，若不是在监狱提审室这样特殊的地方相见，这个人看上去与监狱外的正常人没什么两样。

“想出去吗？”斯蒂芬森点燃烟斗。

“如果是为您去开柜，却又被再抓回来，又何必呢？”

“看来，干你们这一行的果然是聪明人。”斯蒂芬森实话实说，也决定单刀直入与一个聪明的人对话。“不过，你只说对了开柜这一半。至于后一半，好像也值得试试，那毕竟是有值得试试的一半机会嘛，而且，这一半直接关系到你的自由问题。”

其实，这个窃贼犯人早从衣着和举止派头上看出，提审者来路不凡，心想，若跟这样的雇佣人干一票，兴许是个机会。“如果我说 NO 的话，显然对不起您这个让人听起来像是不错的建议。”他边思边说道。“所以，为了您不虚此行，对您为我个人着想的建议，我说 YES。”

够痛快，没什么“根据具体情况考虑考虑”的废话，这也说明这个案犯充分认识到自己可能被定罪的分量。但无论如何，斯蒂芬森喜欢这种爽快，倒不是因为他自己有多繁忙而不愿耽搁，而是辛西娅那里是当务之急。

两人进入正式话题。

斯蒂芬森如实告诉他，这次要开的柜不是普通商业机构的，也不是美国人的，而是法国大使馆的，“这相当于到敌人家里，需要夜晚悄悄干，还要提防保安警卫之类的，而且，你必须是自愿的，明白吗？”他把该说的说清楚，既然是行动计划的可能参与者，有必要让对方心里有数，这对实施行动是有利的。

“既然如此，请说何时开工吧。”

“会有一位女士告诉你的，记住，她是你的头儿，一切听她的，你只管干好你本行的活儿。”

斯蒂芬森对对方的理解力感到满意，也对他那种似乎含而不露又恰到好处暗示自己吸引力的表现欲，暗地欣赏。而作为一个职业窃手来说，这种“只管拉车不管看路”的合作方式，也正和本意。双方在默契中达成一致，而且，窃贼犯人既没就待办事宜问什么多余的话，也没对因此可离开监狱而表现出什么兴奋之意。

陪同前来的美国特工人员很快与监狱方办理了有关取保手续。带着窃手与斯蒂芬森一起赶赴华盛顿,准备移交给英国同行使用者。

这次来华盛顿,斯蒂芬森感慨万千。上一次作为“威廉斯先生”对辛西娅交代任务的情景历历在目,眼下这个女人更令他肃然起敬。已先期到达的菲利普斯陪同辛西娅一起面见老板。这是“三人谍报小组”难得的一次集体会商。

斯蒂芬森不待菲利普斯介绍,开门见山亮明身份,“贝蒂,请允许我郑重地说,‘威廉斯先生’与我本人一起,代表总部向你致敬!”他的目的就是让辛西娅知道她的上级此时此刻不当缩头乌龟,坚决与下属战斗在一起,让一个女战士在团队力量中不感到孤单。

辛西娅笑了笑,深情地说:“我像尊敬‘威廉斯先生’一样尊敬您,因为是您从一开始给了一个普通女人为战争兼职的机会,为此我对您和菲利普斯先生充满敬意,愿意不遗余力。”

“记住,这一次,你,是我和菲利普斯的头儿,我们全力以赴配合你。”斯蒂芬森此行就要表示对辛西娅的最大支持。

“对!不过,贝蒂给我当头儿就行了,我们俩没你这个头儿也不好玩。”菲利普斯插话道。

“就是,您永远是我们的头儿!”辛西娅附和说,“我还是布鲁斯的头儿嘛,您不是还给我送来个‘三只手’吗?这就够了。”

“既然我是头儿,贝蒂,你听好,我宁可先不要那该死的使馆东西,但我要你向我保证:让自己完好无损。”斯蒂芬森把目光从她脸上移开,说,“否则,上帝会惩罚我和菲利普斯这样混账的男人!”

“我可以不叫您一次威廉斯先生吗?”辛西娅问。

斯蒂芬森点头肯定。辛西娅轻拢一下棕红色的头发,碧绿的眼睛闪出明亮光芒,说:“威廉·斯蒂芬森先生,尊敬的上司,我,贝蒂·索普,相信上帝会保佑我们完好无损地看到胜利曙光!”

狱中窃贼犯人被引入盗窃使馆秘密队伍行列。

若不是战乱时期,英美谍报系统需要相互依靠和利用,特别是斯蒂芬森本人与美方私交关系的特殊作用,一个外国情报部门负责人亲自从别国监狱捞出一个重型要犯，恐难令人想象。

窃贼犯人情况：加拿大籍人，28岁，离婚独身，与前妻共同抚养一个6岁女孩，大学学历，专业机械制造，特长专撬各种保险柜，不单独作案，只接受团伙组织一次性雇佣，不为同一团伙做第二次，受雇条件提前支付全款佣金，不接受预付定金再补齐尾款的交易方式，不参与事后任何数额窃款的分赃或提成报酬，出台20余次，初次落网，原因是警方在雇主团伙内安插卧底，行动计划被事先掌握，设局诱捕罪犯，实施一网打尽。该窃贼被抓时未做任何反抗，还商请便衣警察稍等片刻，把自制的盗窃工具一一收拾好，交由警方妥善保管。该窃贼有一个警方记录在案的绰号——“神偷佐治亚”。

最终与窃贼达成协议：无经济报酬，事成之后，立即释放，离开华盛顿和纽约，可按其自主选择的去向地，提供相应路费和一周生活费；同时也要他承诺：自愿参加，后果自负，此事前后均不得外泄，一年之内海外旅行证件由雇佣方委托警方保管。

辛西娅相信上司的判断力，没有过细追问犯人情况。她只一听窃贼的绰号“神偷佐治亚”——“冷静的化身”含义，心中不禁一喜，暗想，一个有如此绰号的窃手，显然是对特异技能与心理素质过硬的自信和骄傲象征，想必是一个真正地道的行家里手。这使辛西娅从一开始就对下一步增添了信心。

根据“神偷佐治亚”的意见，布鲁斯须先到机要室摸清保密柜及相关情况，以便做窃前准备，“这是行窃工作必不可少的，专业术语叫‘踩点’。”窃手很正式地向辛西娅和布鲁斯布置自己分内的业务需要。

布鲁斯觉得这事说得简单，做起来有点儿不太好办，一是机要室规定严格，无关人员不允许正常进出；二是以外行的目光去做实地勘察，恐难达到理想效果。但“神偷佐治亚”坚持非做不可，他和辛西娅都做不到，只能由布鲁斯硬着头皮也得上。最后，经与辛西娅商量，决定以“与将退休的老贝诺瓦道别”为借口，布鲁斯无论如何要进一趟机要室。

布鲁斯来到机要室门前敲门，开门的正是首席译电员本人。

“有事吗？布鲁斯先生。”贝诺瓦弯曲的身子堵在门口，礼貌地问。

“来看望您一下，聊聊天，就算是提前与您话个别吧。”

“可您应该知道保密规定的吧，布鲁斯先生，没有大使先生本人的许可，这里任何人都是不可以进的。”

“哦，当然知道。”布鲁斯料到这一步。“但是，情况或许有那么一点儿特殊嘛，贝诺瓦先生，您总不能让一个很尊敬您而对您恋恋不舍的老朋友在走廊里与您道别吧？”

“这……”贝诺瓦稍稍睁了睁眯缝的双眼，一脚门里一脚门外的身体仍一动没动。“也许、也许我想，大使能允许有几分钟吧，这是最低条件，仅此而已。”

布鲁斯进入机要室，立刻感到眼前一片迷茫。看什么呢？从哪看起呢？只几分钟看什么呢？能记住吗？好在贝诺瓦并没请他坐到某个固定位置上，站着扫看的视线范围总比坐着强。他一边与贝诺瓦说些“不舍得分别”“有何事需要帮忙”“保重身体”“将来法国相聚”之类的话，一边结合所说内容做些垂头、抬头、侧头、转头一类的自然动作，对保密柜快速扫上几眼，但不敢明显做出东张西望表情，更不能走动看看。幸好贝诺瓦的眼神只要没有专业领域问题吸引，好像一贯不留意他人。最后时刻，老贝诺瓦紧紧握着布鲁斯的手，弓腰低头，沉浸在与同事即将分手的无言感动中，才使布鲁斯得以趁机专注几分相关情况。

之后，辛西娅和布鲁斯一起与“神偷”开会研究，当“神偷”问到情况时，除了保密柜位置、体积大小，布鲁斯还能说上一二，其他的什么左开门还是右开门，什么编码器、报警器设置等情况全没看出来，不要说来不及看，就算看了，也看不明白，他这才认识到未能了解到必须了解的许多情况，这真是“踩点”成了名副其实的“采来一点儿”。

善于观察的辛西娅发现，这个“神偷佐治亚”非同一般，不仅有一副“像恋侣说情话一样动听”的嗓音，而且还有一双“像职业钢琴家那样灵巧”的双手，完全可与自己这双弹琴自如的手一比上下。这个话语不多但动作麻利的男人十分机警敏锐，有一种凭着耐心细致的询问和依托娴熟技术的判断，来勾勒出一个保险柜结构全貌的能力。他瘦小枯干，但一点儿不显得鼠头鼠脑，眼光在随意色彩的掩护下，透出一种令人望而生畏的锋芒。“这是一个能干大事，也能干成大事的人！”辛西娅对自己这个三人行动团队的一员，得出进一步定论。

“给我画一张你所看到的保险柜略图吧。”“神偷”对布鲁斯说。

布鲁斯立刻照办，并在略图上把他所问的每一点尽量标出来，不时停下来回忆一下在机要室看到的情况。但他在那里停留的时间实在太短了，什么推动锁簧的铰链在哪儿？把手在哪儿？转盘在哪儿？他都答不上来，但最终，这个“神偷佐治亚”，不愧为辛西娅判断的窃贼高手，还是根据很有限的情况得出了自己的结论：“这是一个莫斯勒牌保险柜，”他肯定地说。“锁上安有咔嗒咔嗒作响的转向器，大约有 4 个转向轮。”

最后，“神偷佐治亚”估计，他可以在 55 分钟之内把保险柜打开，如果运气好的话，可提前 5 分钟。

“要是贵先生的运气碰上珍珠港的晦气呢？”辛西娅心里挺急切，但仍表现得不失风趣。因为此时保障大家在紧张中尽量放松，十分必要，况且她是行动策划的组织者，更需稳住阵脚。

“那我就再回那鬼地方去呗。”

他的话让辛西娅和布鲁斯心里同时“咯噔”一下，这意味着不是延长时间的事，而是打不开的问题。“神偷佐治亚”一下看出了他们两人的顾虑，但他确实不能夸下海口立什么“军令状”之类，这通常不是一个职业窃手的习惯，更不是他“冷静化身”的风格，但他暗暗决意已定，要集自己所有技艺和经验之所成，跟这个自信得让他暗自惊诧不已的女人干好这一票。因此，他觉得，为了给这个令他尊敬的女头儿再打足一把气，也为了事成之后自己归宿所得能再多添一分胜算，有必要在眼下这个时候互相鼓励一下，就像球队上场前大家把手叠在一起，高呼一声“加油”一样，有必要打破一下职业常规和个人风格，该叫响时就叫它一嗓子。

于是，“神偷佐治亚”一边慢慢地把布鲁斯画的略图撕碎，一边耐人寻味地看了看辛西娅，若有所思地说：

"依我看，头儿，一个小柜子要让咱们像珍珠港大兵那么倒霉，不可能！"

不可能！——这是有史以来辛西娅听到这个表达词儿最顺耳、最舒服、最能接受的一次。

战争中的间谍让普通人难以想象，战争时期的谍战与和平年代的暗斗无法比拟，战争中的人和事都是被环境和条件逼出来的，所以才有了战争中间谍创造的谍战事实："行窃使馆"乃惊世之策，"狱中捞贼"属骇俗之举。

战争让无数人涉入和付出，和平把无数人铭记又遗忘。有些人对战争的贡献理应享受崇高荣誉，但由于种种缘故，未被称颂过，其中包括窃贼犯人，"神偷佐治亚"就算得上一个。

超越不可能

与“神偷佐治亚”商量完开柜问题后，辛西娅马不停蹄又与布鲁斯研究如何进入使馆，如何应对警卫保安以及动手时间、撤离方式和线路、紧急情况下的脱险措施等，一直忙到深夜。

为了全力协助辛西娅，斯蒂芬森专门从纽约选派人手、调配车辆，准备在使馆外围设置几个接应点，美国战略情报局也根据英方请求指定专人配合行动。一切在按部就班筹划中，以辛西娅为首的一支“盗窃使馆”的内外队伍，在紧锣密鼓的准备中进入待发状态。

任务的异常特殊和艰巨，使斯蒂芬森等人及美方相关人员在为行动提供坚决支持的同时，也无不为实施者未来的运气越发担忧，此时此刻，大家所有的目光仿佛都落在了一个“本不该让她承受如此重负”的女人身上。

辛西娅很清楚这一点，但似乎并没有什么特别的紧张感。她的个性使她在心理上乐于被人注目，乐于迎接挑战，乐于在困难面前，通过自己的执着和毅力，打败“不可能”定律，证明“不可能之可能”。因此，她有一种兴奋感，有一种表现欲，有一种按捺不住的奋发激情……

与此同时，临战前的辛西娅又往往是一个最理智、最冷静、最深思熟虑、最知道深浅的人。她可以在冲锋号刚一吹响，立即越出战壕，扑向对手；也能在号声尚未停息之际，立刻转攻为守，防御敌手射来的子弹。所以，在即将付诸行动之前，她总会把一切正反两方面的可能因素在脑子里过来过去，在心里掂来掂去，而且不动声色……

辛西娅还有一种异样的感觉，那是因为她知道，自己此次与以往投入的战斗不同，不需要与对手在情网里周旋而费心劳神。这一次，她的行动角色是勇士出征，她的任务形象如同侠女剑客披挂上阵，因而，她心潮激荡，跃跃欲试……

此时的辛西娅内心深处也涌起一种特别的欣慰，因为她知道，这一次的作战不再是一对一单打，不是她个人独当一面，这使毕竟是一个女人的她为自己的“不孤独、不寂寞、不势单力薄”而倍感一种“有宽阔而厚实的肩膀为自己挡风遮雨的那般”温暖……

此时此刻，辛西娅为自己与布鲁斯志同道合的“一唱一和”而深感安慰，深受感动，也为“神偷佐治亚”——用她自己的话说“这个臭小子”的加盟而感到庆幸，感到欣喜。

这就是特殊时代、特殊任务在特殊环境和特殊情况下打造的三个特殊人物，构成了一支特殊行动的特殊战斗队。

行动正式启动前，斯蒂芬森指定菲利普斯与辛西娅三人组合一起，再次仔细审核窃取计划全盘环节，反复推敲和演练，直到具体行动细节一一确定。

大使馆实行昼夜安全保卫制度，白天以门卫把守为主，夜晚以流动巡查为主。白天工作日馆内安全事务由使馆保卫部门管理，晚上下班后交由值班保安人员负责，通常夜间安保比白天警惕程度高，还有一条嗅觉灵敏的大狼狗。但除节假日连休期间外，平常只安排一名保安人员夜间值班。

据此确定，由布鲁斯策应，辛西娅和“神偷佐治亚”在使馆下班后设法进入大使馆，待天黑后实施行动，从进入使馆到结束行动预计 5 个小时。若一切正常顺利，当夜安排“神偷佐治亚”乘火车离开华盛顿，美方负责以“战时征集犯人充军服役赴国外参战”理由，向监狱方解释。一旦行动失利，在辛西娅等人被抓无法自行脱身情况下，拟依据华盛顿夜晚治安状况不良的实际情况和参照曾有过的使馆和外交公寓偶发被抢案例，由化装的秘密行动人员以“打劫使馆”方式，强行冲馆实施营救，再由战略情报局武装人员在第一时间以“当地警察部队巡逻发现案情”为名赶到现场，将所有“涉案和当事人员”带走。辛西娅和布鲁斯以“情人私会、夜宿使馆、遭遇案发”做开脱口供。无论行动结果如何，英国情报机构将对布鲁斯及家人今后生活负责。

布鲁斯率先启动。他告诉使馆门卫保安人员，自己近来事务繁多，有一大堆积压的案头工作需尽快处理，要在使馆加几个夜班，可能待得很晚，甚至不得不干通宵，又故作神秘地对保安员耳语："有个女朋友会来陪陪我，工作不寂寞……你明白吗？"对方恍然大悟，为新闻官把这样秘密都告诉他，感到受宠若惊。随后布鲁斯悄悄塞给他一些钞票，"别让我老婆知道啊！"挤眉弄眼暗示他为情人来使馆陪伴良宵"开绿灯"。保安员心领神会。

因为一切都那么合乎常理，法国人是崇尚爱情的浪漫主义群体，自然愿为爱情提供人道主义方便啦。

傍晚时分，当辛西娅出现在使馆门卫面前时，一副可怜兮兮企盼与情人幽会的样子，获准后又像个天真的小姑娘一样，欢快地跑进去。一切她都演得惟妙惟肖，门卫毫无怀疑。随后，布鲁斯对门卫谎称，预约一名维修工人，利用业余时间来修理他办公室那套变形的蹩脚家具。过了一阵，一副工装打扮的"神偷佐治亚"带着工具箱，经门岗正常登记和对随身携带品例行检查后，由布鲁斯带进使馆。

夜色降临，行动开始。"神偷佐治亚"上手几下，就把对他来说"小儿科"一般的机要室门锁弄开，然后，像顺着味儿似的，径直奔到保密柜前，进入工作状态。

一切顺利，只待时间过去。辛西娅在机要室门外不远处静静地守候，仔细倾听外面的动静。布鲁斯赶紧利用时间自己修理家具，心却一直吊在机要室那边，几次险些把锤子砸在手上。时间在慢慢流逝，到目前为止的顺利，并没有使辛西娅有丝毫的松懈，她知道一切才刚刚开始，此时密码近在咫尺，但又实实在在置于千里之外。

马上快到预计的时间。突然，"神偷佐治亚"的身影闪现在辛西娅面前。"走！"他压低着迷人的嗓音。辛西娅一愣，开柜子只是第一步，还有下一步呀，怎么能说走就走呢？可一看他已拉起自己手臂，只好先走再说。

原来，法国大使馆机要室的保密柜是一个老牌产品，使用多年，长期缺乏维修保养，是一个各部位老化、尚勉强维持使用的锈铁疙瘩。

"神偷佐治亚"没有如期得手,窃取行动临场落空。

其实,"神偷佐治亚"不是打不开柜子,而是因为锁构系统的异常复杂,他难以确切把握开锁将耗用的时间,所以不得不饮恨放弃。因为,行动前提有一个时间上的限制,一旦超出预定时限,警卫保安荷枪实弹的巡查将会出现什么样的后果,只有鬼知道。事实上,即使"神偷佐治亚"再花一段工夫把柜锁打开,恐怕给辛西娅留下应对柜中宝物的时间也所剩无几了。

三个人马上开紧急碰头会,听取"神偷佐治亚"讲明情况。他说:"它的内结构部件至少 3 年没有上过润滑机油,这是我见过的最蛮用的柜锁。它的齿轮转动发出涩涩的声音,有时出现卡位,有时出现跳跃,完全不是按正常的转动节奏发出常规声响。我敢肯定,即便用正常的锁码开启,也必须由经常使用它的人,按自己养成的手法转动,才可打开,外人即使有锁码,也一时难以顺开,只要稍一违反操作规程或惯用手法不对,就可能会触动报警装置,报警线连接警卫室,那里会有红灯叫闪。"

布鲁斯好像有点明白了,难怪老贝诺瓦一直得干到退休最后一刻,看来不是大使不给他派接班人,而是那个"铁疙瘩"老伙计离不开他开门的习惯手法。辛西娅意识到这是一个预料不到的问题,它像一座大山突然挡在面前,必须得搬掉它,才能看到通途,而搬开它的人只能指望这个瘦小的加拿大人。

"我想,上帝会让急需的人想出办法的,要不咱们怎么能再干呢?"辛西娅不慌不忙地说。但话中以含蓄的方式,明确无误也不容置疑地强调了"继续做下去"的决心。因为她心里非常清楚地知道,此时此刻若流露出一点点不得不放弃的意思,他们俩都会"就坡下驴"立马同意收工。

聪明的"神偷佐治亚"从辛西娅的语气中立刻领悟了这位女头儿的念头,嘴里嘟囔道:"这个老爷保险柜,它的轮齿转动,就像一天比一天衰弱而步履蹒跚的老人,简直难以断定平均步频,不过……"他慢悠悠地转折了话语,其实与辛西娅一样,也不想就此放弃,至少不想因此砸了自己的手艺,决心从头再来。"也许,给我一天时间,能让我读懂一个老人的步伐。"

"神偷佐治亚" 仍然是嘟囔的口气, 但仿佛像从瘦小体内丹田发功一样，让辛西娅和布鲁斯感到一种凝聚力。

接下来的一天，“神偷佐治亚”陷入他从业以来最漫长、最深入的思考，他把所有以往开过的各种保险柜情形一一回忆，用大学课堂上掌握的机械原理一一参比。他还在辛西娅的带领下，特意找到一家汽车维修场，从废弃堆里拣出一些有机油和无机油以及锈蚀程度不同的零配件，拿回住处进行细致的敲音比对和滚动比试。

这一天，辛西娅一直陪伴着他，像姐姐对弟弟一样，关心照顾他三餐用饭，专门出去买了水果给他。加拿大人很感动，更暗暗增添了琢磨透的决心。

“我告诉你保险柜暗码试组数字，”中午吃饭时，“神偷佐治亚”主动对辛西娅说。“再告诉你最基本、最有效的解锁方法，这样万一有需要你独立开柜时，足可应对一些情况。”

“你们这一行不是一向技不外传吗？”她没想到有这机会，颇感兴趣。

“那要看对谁了，别忘了，你是我头儿！”他的嗓音确实动听，可惜，他属于金口玉言那种人，平时常锁闭声喉。

“神偷佐治亚”用了两小时时间给辛西娅上了一堂“撬锁开柜入门课”。辛西娅以惯有的理解意识和接受能力强记吸收，对锁与钥匙、锁码与设定之间的微妙关系心领神会，偶尔“师傅”刚讲出上句，她就马上悟出下步，甚至猜出第三步环节的窍门儿。为了证实自己在撬门压锁方面上的灵性悟感，也为了检验“徒弟”学有所成的效果，她还在“神偷佐治亚”的监督与计时下，从实际出发，以住处门上的暗锁为客体，进行现场实习演练：就地取材，以头上别发鬓用的一个小细卡子，做无钥匙开门锁试手，结果快速、准确到位，只听“啪”的一声悦响，锁簧弹启一次成功，令“师傅”刮目相看。

“看来，头儿，你是我们这一行一个潜在的、能让人丢了饭碗的高手，如果你想干下去的话，会抢了我的生意。”他由衷地对辛西娅说。之后，“神偷佐治亚”不再提开锁的事了，而是挺显神秘地告诉她，干完这票活儿，他准备去找妻子复婚了。“去找妻子？”辛西娅一听这话，立刻意识到，这不是在考虑退路的事吗？这不是在传递一种暗示“找到办法了”吗？好一个“神偷佐治亚”！已经琢磨好了，不用再琢磨了，没什么事干了，开始“收徒”教人开锁玩了。想到这儿,她那颗悬着的心随之落了下来。

辛西娅是与各种男人打交道的老手，知道对方不想明说的心理动态，是给自己留有余地,这是高手的做法！为了迎合对方的暗示心理,她也不追问他琢磨的结果,而开始与他聊起家常,当她询问他离婚缘故时,他说,妻子有了外遇,他一气之下跟她掰了。“现在想一想,当时也是有些冲动,毕竟那时我在加拿大,她一个女人,又带个孩子,那个男人又老去帮她,所以……”他说着说着突然停了下来,看了看辛西娅,问:“你真的想听吗？”见对方肯定地点了点头,又继续说:“她跟你一样,是美国人,她在加拿大留学时,我们认识的。那个时候,她以为我不回来了,还听人说我被抓了,可能逃跑时被警察开枪打死了。其实,当时我确实被抓过,但没等进监狱,途中就用藏在身上的一根针把手铐和囚车的锁打开了，也把其他几个人的手铐打开,大家一起跑,警察开枪了,但死的不是我。后来我只能隐姓埋名,好不容易偷渡来美国,等我回来突然找到她,一切好像有点晚了……”他又停了下来,见辛西娅在认真地听,又开始说下去:“这两年我一直给她娘俩寄钱,现在干这个也是为了她们。这次我进去了,她说等我,一直等我出来。我还以为这回会让她等到老了,上帝保佑,碰上你们了,谢谢,头儿,我替马上复婚的妻子谢谢！”他一口气说完,起身向辛西娅鞠了一躬。

“看来,我是第一个向你祝贺复婚的人喽。”辛西娅也站起身来,伸出右手,优雅地把手背递给他。“神偷佐治亚”毕恭毕敬地接过来,在她手背上轻轻地吻了一下。

与“神偷佐治亚”聊过天后,辛西娅更证实了他暗示的结果,当然,后来已不再是暗示了,是对“一个战壕里的战友”的真情表白,他说这是第一次对别人说这些话。她想,这就是人们预感要干大事或要出大事之前常有的“倾诉型”“交代型”心态。对此,辛西娅喜忧参半,说不清那大事的结果究竟如何。

天有不测风云,正当一切准备就绪,就等“神偷佐治亚”再次出手时,这个瘦小的加拿大人突然病倒了。

也许是连续思索疲劳,被夜里寒气乘虚而入,“神偷”突然一病不起,发高烧被烧得像一只打蔫的小鸡,蜷缩在床上,连一向机敏的小贼眼也全然呆滞了。辛西娅一边心疼这个眼下无依无靠的患难小兄弟，一边心里着急得简直不知所措。因为布鲁斯已警告过，他向门卫保安谎称的"夜晚临时加班、有情人陪伴"之辞，一两次还合乎常理，若无度延续下去，很容易让人有所怀疑，要么把事捅到大使或"盖世太保"耳朵里，要么夜班门卫自己把这条道堵死。

可是，窃手无以替代，他如此不堪的身体和神智状态，即使咬牙坚持上岗，也恐难胜任听觉、手感、体力一系列高难高精的操作技术要求。辛西娅一时觉得很无奈，很无助，赶到这份儿上却无能为力，真是苦涩，恨不得找个没人的地方哭上一场。不过，恨不得归恨不得，她这个女人一向是"欲哭无泪"，即使当年初为人母不得不把襁褓中的爱子送养出去，也哪怕是咬破手绢，咬破嘴唇，也咬牙不启动泪腺。

当然，在西班牙与阿萨奇诺别离那一次，她不仅哭了，而且好像把前半生和后半生所有的泪，都哭出来了……

辛西娅照顾"神偷佐治亚"，他对她心里想什么一清二楚。昏睡一上午后，加拿大人终于可把窝成一团的身子骨展开了，按说早晨烧得直说胡话，喝了几大缸子白开水，就能把小身板直起来，也算不易了，起码有一定的精神头在作怪。他支撑着爬下床，拖着虚弱的身体走到门前，用钢琴家一般的手握了握门把手，那股有限的精神头好像一下又垮下来。"手里怎么像握个铁锹把儿？"——"神偷佐治亚"痛苦地感应到。辛西娅看在眼里，摇了摇头，又把他重扶回床上。"先好好休息，臭小子，记住美元上的话：我们信仰上帝！"辛西娅安慰道，给他掖了掖被子。"唉！"加拿大人一声叹息，闭上眼睛。"要是我的手艺有个真传弟子就好了！"话音刚落，他一双小眼突然又睁开，一转脸，与辛西娅同样也一闪的眼神碰到一起。

真传弟子？辛西娅和"神偷佐治亚"心里同时一动。加拿大人居然像僵尸还魂一样"腾"地一下从床上坐起来。"嘘——"辛西娅用手指在他嘴边示意着，转身把桌上的水杯拿过来，送到面前，看着他把满满一杯糖水喝尽，又轻按他躺到床上。

"现在，告诉我，怎么做？"她在床边椅子上坐下，说。

"神偷佐治亚"躺在床上开始真传:"不管指针位置,第一步大转动,一圈顺时针,两圈逆时针;然后反方向,先逆后顺时针,各3圈,从该位转至2、7、4内构指令刻度,记住,头两步转动都是找手感,不是心感,只要转动方向对,转多转少没关系,可在原点重来,但重复有碍手感,也浪费时间,重新转再找手感需10分钟,因为要停一会儿,让手感从零开始。"他说得很慢,像钢琴曲处于舒缓阶段一样,眼睛一直盯着天花板。"第三、第四步,是听,从'咔嗒、咔嗒'到'咔——嗒嗒、咔——嗒嗒,直到'嗒'音变成'咔'音,这个过程会很长,声音很微弱,会受到外界杂音或内构锈齿带出的涩音干扰,所以,听,不是耳朵,是用心,用心灵的感应听!"这时,"神偷佐治亚"慢慢转过头,看了眼辛西娅。她的思路随着他"像恋人说情话一般动听"的嗓音,进入钢琴曲流畅境界。"头儿,听的时候像欣赏《献给爱丽丝》钢琴曲一样,心理不会有紧张感。"这个加拿大神奇小子仿佛看透了弟子的心,她想到哪儿就被他点拨到哪儿。《献给爱丽丝》一曲正是当年贝蒂·索普获得明尼苏达州少年综合人才特别奖的钢琴曲目。

然后,"神偷佐治亚"把最关键的"手感与听觉"相结合的第五步向辛西娅做了详细说明,把自己第一次行动失手的所有感觉和据此悟出的要领全部告诉了她。"注意,输入数据虽然不长,但一点儿不能错,否则会自动启动报警装置。为不出差错,把数据分别写在左右脚面上,以便核对,记住,不要把数字记在别处,脚面可在不改变操作姿势又不破坏手感和听觉的前提下,随时可见,方便复核,如有特殊情况,用脚底抹掉证据。当然,这是新手的做法。"他还把如何开机要室门锁和复原方法一一交代清楚。"放心,头儿,那房间的门锁与这房间的门锁没多大区别,以你现在的水准,小菜一碟,不过别用你头上的卡子,用我的针。"

最后,"神偷佐治亚"建议,他一个朋友公司有一台类似"莫斯勒"牌的保险柜,到那里做现场演练一次。辛西娅同意这个主意,待病人休息一阵后,两人动身前去,做模拟演习,晚饭前顺利完成。

当天傍晚,辛西娅出现在法国使馆门前,如以往理由一样,同门卫说明一下就进去了。布鲁斯事先已知,为避免亲自迎候显眼,在使馆二楼办公室阳台上朝门岗招手致意。

天黑以后，使馆内空荡安静，布鲁斯在一楼迎门厅望风，辛西娅迅速潜到机要室处，用针具几下打开门锁，进入室内。

第一步开始，顺利到达第二步，很快进入第三步。她的耳畔真的像回响《献给爱丽丝》一样，弹奏到抒情的第三乐章。“这臭小子的钢琴水平一定比我的撬锁水平高！”她心里好像突然有这样一念，随即手上进入了第四步环节。

咔嗒、咔嗒，响得如此熟悉；

咔——嗒嗒，咔——嗒嗒，听起来是那么亲切；

咔——嗒嗒嗒，咔——嗒嗒嗒，嗒嗒——咔！一切断然陡变。

“坏了，不好！”辛西娅心里一紧，手上一停。她不敢再动下去，怕那红色警报在宁静中骤然尖叫。她稍停片刻，又伏身贴耳，轻轻慢动，然而那熟悉又亲切的声响再也听不到了。辛西娅不禁失望，亲自上手的努力以失败告终。她现在完全能理解“神偷佐治亚”初次失手的沮丧滋味，那是没有尝试成功的人无法理解的悲至心底的沮丧。

眼下只有指望上帝保佑这个加拿大臭小子尽快康复还原了。辛西娅和布鲁斯在使馆的长沙发上依偎着度过漫长的一夜。

第二天一早，当辛西娅去看望“神偷佐治亚”时，令她大吃一惊：“上帝啊，这还是你吗？臭小子！”只见这加拿大人穿戴整齐，头发梳得一丝不乱，整个面貌焕然一新，与一夜前的病号形象完全判若两人。“嘿嘿，美元教导我们说：我们信仰上帝！”他一眼看出辛西娅空手而归。“这样也好，上帝不会让人互相抢饭碗的，只是让不吃一碗饭的人尝尝另一碗饭的味道。要我说，头儿，你能敢端一个没有尝过的饭碗，连上帝都会认为，吃没吃到那碗里的饭，无所谓！”

辛西娅打内心里感激“神偷佐治亚”的宽慰，无比高兴他的迅速康复，也毫不含糊地向他下达了必须完成的命令：“但是，碗，在你手里；所以，你，必须吃到！”

辛西娅主意已定：越是不可能越要可能——我就喜欢干不可能的事！

雌雄大盗逢场作戏

这是一个全新的日子，像平常一样又不一样，它是阴霾消散，雨过天晴，是奋发的人精神抖擞、昂首挺胸走出户外的特别一天。

好不容易挨到大使馆下班时刻，辛西娅又一次出现在门卫面前。现在她和值班门卫已是老相识了，几天来一趟，也像上夜班似的，打着招呼就进去了。随后，她与布鲁斯配合，成功瞒过门卫，再次把"神偷佐治亚"秘密带进使馆。

"神偷佐治亚"进来的方式当然不是像上次"维修工"了。辛西娅想出一个新办法：布鲁斯告诉门卫，利用天黑前的一段时间，开车带心上人出去兜兜风，也换换脑子好晚上加班。约 1 小时后回来时，辛西娅笑盈盈地给门卫送上新买的水果，布鲁斯把车停入车库，打开后备箱，先探出一双"职业钢琴家灵巧的手"，紧接着，一个矫捷的瘦小身躯从里面鱼贯而出。

布鲁斯提前已算好保安人员巡视使馆一圈的时间是 60 分钟，每间隔一小时巡视一次。此时，夜班巡守的是一个蓄着满脸大胡子的保安人员，他正伏在警卫室的桌子上呼呼地酣睡，进入新婚燕尔后的蜜月梦乡……

原来，那是辛西娅事先策划好的。根据初战失利情况，辛西娅认为，行动时间不宜卡得太死，必须要打出一定的机动量，以备特殊情况，如保密柜转轮突遇卡壳、保安临时抽查等，因此要尽量为窃手争取时间，确保万无一失。"必须让保安睡一觉。"辛西娅对布鲁斯说。并马上通知斯蒂芬森手下的人紧急提供最新催眠药物"戊巴比妥"。

过去辛西娅在对付迪克副官获取"恩尼格玛"密码索引时，用过"以酒醉人"招数，把对方灌醉昏睡过去。这次辛西娅决定故技重演"醉人"战术，不是老手段的简单翻版，而是如法炮制的“改进型”——酒，由威士忌改为香槟酒，因为保安值班期间饮烈性酒不合常规，用香槟酒可说得过去，只是香槟酒难以醉倒保安这种体壮的男人，所以要略施小计：下药。

“戊巴比妥”迷魂安眠药是当时投入市场不久的一种紧俏药，药效特点是用量小、见效快，药力有效作用在5小时左右，药力过后无头晕或失忆症状等副作用，基本是服后过一会儿犯困，睡一觉醒来啥事没有。

行动当天晚上，辛西娅已让布鲁斯准备好香槟酒。他们把时间计算得很准。当“大胡子”保安员巡视到他们那儿时，刚好看到一对浪漫情人在喝香槟。布鲁斯对值班员说：“今天是我和亲爱的她邂逅一周年纪念日，来，同我们俩一起干一杯，庆贺庆贺！”

“您知道的，新闻官先生，值班时间是不能喝酒的，”值班保安捋了下大胡子，显出为难。

“哎哟——香槟酒嘛，对你们大男人来说，不就是饮料嘛！”这回该轮到辛西娅表演了。她端起已加入适量“戊巴比妥”的香槟酒杯，走到“大胡子”面前。“喝了我俩这杯酒，你也会有艳遇的。”

“大胡子”眼睛一亮，虽然刚结婚，男人嘛，谁不喜欢艳遇呀？况且又是这么漂亮的女人敬酒，岂有不喝之理？不就是一杯香槟酒嘛！他心里这样想，顺手接过高脚杯，一仰脖，灌下。“谢谢，尊贵的小姐，祝您……不，祝你们二位度过愉快的夜晚。”

“对了，听新闻官说，你正在度蜜月。”辛西娅想能拖他一会儿就多拖住一会儿。“来，这杯我敬你！不过，有了艳遇也别忘了老婆呦。”她说着把酒杯放到嘴边，轻轻抿了一下，又递给“大胡子”。他受宠若惊地赶忙接了过来，一饮而尽。

“来，亲爱的。”她招呼布鲁斯。“再满上，咱们三个一起喝一杯，但愿邂逅酒年年都有，也谢谢你与我们分享快乐时光！”

“大胡子”连喝三杯，乐颠颠走了，回去就睡，哪里知道自己被人做了手脚，直到醒来后都没搞清楚到底怎么回事，心里还直嘀咕：看来男人一结完婚体力下降得真快，连偶尔喝一口都不胜酒力了……

入夜，大使馆内外一片安静，馆内一层大堂设置为迎门式会客厅，穿过这里是通道走廊，走廊尽头位于角落就是机要室。使馆入门后侧有巨幅屏风，隔断走廊与大堂客厅。机要室内三面墙为通体墙壁，只有一面墙上有一扇一米见方的窗户，窗离地面高度一米五。窗外是一块不大的草坪，周围长满灌木丛和茂盛的树木，树后二十米便是半石半栏的使馆大院护栏墙。斯蒂芬森手下人员和车辆就埋伏在后面，机要室的窗户作为紧急出口，如有特殊情况，由“神偷佐治亚”打破窗户，从这里向接应人员发信号。

一楼机要室，门口竖着醒目的“闲人免进”示牌。“神偷佐治亚”幽灵般的身影出现，打开机要室门如履平地，一进去轻车熟路，直扑保密柜前，投入作业。

这台老式莫斯勒牌保险柜体积笨重而坚固，经久耐用，内部结构设计独特，做工精良，除了欠缺保养外，作为镇守机密的“铁将军”，无可挑剔。“神偷”一会儿转动轮钮，一会儿把耳朵紧贴在轮盘上，边转边听，室内静得能听见针掉地的声响。在客厅两侧把风的辛西娅和布鲁斯一边密切注意周边动向，一边不时地在屏风前后空当处焦急踱步。

时间一分一秒过去，保密柜仍紧闭不动，“神偷”脸上的汗越来越多，但他不用手擦，怕影响手上的敏感度，这是专业惯偷一个基本要素，他只用上臂衣袖偶尔抹拭一下。室外的布鲁斯不断看表，恨不得指针停住；辛西娅感到这是自己人生中最难熬的时刻，双手早已一次又一次捏出汗来。时间仍在延续，像输液瓶中的点滴一样，嗒、嗒、嗒不停。

使馆门岗警卫室，三杯过后的大胡子保安员渐渐苏醒过来，好像对自己新婚后体力不支、酒力不胜的表现感到有点可笑和无奈，柔着眼睛摇了摇头。转而，他的大胡子一动，似乎觉得有什么不大对劲，站起身来，整理一下制服，摸了摸腰间的佩枪，准备进馆巡看一下。

辛西娅一眼瞧见保安员朝楼内走来，顿感情况突变，两眼瞬间神光一闪。门外脚步声越来越近，就在这紧急关头，辛西娅当机立断，示意布鲁斯与自己飞快动手，三下五除二脱去身上衣物，赤裸裸地拥抱在一起，卧躺在沙发上……“大胡子”推门一进大堂，光线幽幽，用手电一照，只见地上有散落衣服，侧耳一听，沙发处有蠕动声，可能迷魂药的副作用，没太看清，用手电筒照去。唰，辛西娅即感光束扫来，“快，亲爱的，给我！”她发出夸张的呻吟，伴随他猛烈节奏一起一伏，在空旷的大堂刺耳回响，勾人魄，消人魂。

大胡子保安一下就听见叫声，同时看到手电光亮下那熟悉的一对男女，立刻顿感窘迫万分，差点没把手电筒掉落地上，“噢！我的上帝，对不起……”他随口歉意止步，慌忙扭头转身，快速而不敢出动静地退了出去。

一直边叫边偷眼朝门口看的辛西娅，心里一块石头落了地。大堂又恢复了雅致的幽静。辛西娅一边忙系衣扣，一边示意已穿好衣服的布鲁斯盯住门口，自己转向机要室。

大病初愈的“神偷佐治亚”已满头大汗，顺着瓜条脸往下滴答。突然，他手感一动，心里一跳，登时意识到自己真要被释放了！真要重获自由了！随即他那瘦小的身子板儿往后一仰，一屁股瘫坐到地上，长长地大舒了一口气。

保密柜洞开，辛西娅迅速抄起早已准备好的微型照相机，熟练调准焦距，逐册逐页对密码本按动快门。布鲁斯一边为辛西娅翻页扶平，一边替她擦拭脸上不断流淌的汗水，还不时到外面看看动静，太怕万一被人看到私闯保密重地的后果，那可不是什么自圆其说的问题，而是在警卫枪口下掉脑袋的事啊！

使馆警卫室里，大胡子保安员端坐在桌前直愣神儿，眼前总闪现那过目不忘的白花花一片，他为自己今晚做梦都想不到的奇遇窃喜不已，也为手电筒电池光源不太足、造成光束亮度不很够而遗憾不尽。当然，作为一个新婚燕尔的法国人，崇高的爱情观和蜜月的甜蜜感，更使他为及时打住自己的冒冒失失、幸亏成全了人家的好事而欣慰不止。他想着想着打了个哈欠，趴到桌上又睡了。嘿！看来那“戊巴比妥”迷魂安眠药确实不错，后劲儿还真挺给力！

漫长的45分钟，仿佛让辛西娅按动快门的手指僵硬麻木，厚厚的密码本终于被全部拍照完毕，又原封不动物归原处，神不知鬼不觉，大盗完工，大功告成！

夜幕依旧，繁星密布，密码到手，情人在侧，这是辛西娅一生中感到最自豪、最舒坦的时刻。

当一轮朝阳升起在使馆上空时，一脸倦意的辛西娅悄悄吻别进入酣睡的布鲁斯，溜出大使馆，火速与在外围守候的菲利普斯见面，传递情报胶卷，随后，密码情报胶片被秘密转送至英国布莱切利庄园——秘密情报局密码研究中心。

辛西娅间谍生涯几大亮点业绩："恩尼格玛"密码索引、意大利海军密码和此次盗取的法国使馆密码本情报，都与这个神秘的"庄园"密切相关。

辛西娅盗窃的法国使馆密码本影印件，像鸿雁一样飞进神奇而高效的布莱切利庄园。这里的密码专业人员如获至宝，依此具体数码索引，采用特殊解密设备，参照以往研究成果结论，包括犹太人莱顿斯基自制的"哑谜"样机、波兰人雷杰夫斯基研制并由兰杰少校赠送英方的"恩尼格玛"复制品和"炸弹"图纸等相关技术，经过夜以继日的分析研究和反复试验，终于成功解开维希法国政府与德意盟友之间通联密码，在破译敌人通讯内幕、及时获取军政动向情报上，撕开一个通向光明彼岸的大口子。

在获悉维希法国大使馆密码本影印件已成囊中之物后，丘吉尔喜出望外。格外开心的首相像个小孩子似的与身边人员做起猜谜游戏。他探着圆乎乎的大脑袋，用惯不离手的大烟斗往桌面上轻轻一敲，诡异地问："听，这是什么声音？"周围无人应答，面面相觑。"猜猜看，一个美丽的女人送来了什么礼物？"见仍没有回应，他得意地、狡黠地"嘿嘿"一笑，把短粗的食指往敦厚的嘴唇上一搭："嘘——千万可别告诉希特勒先生呀，这是咱们跟美国人的小秘密，是马上要参加北非那帮可怜家伙们葬礼的信号！"随后，他又用大烟斗往桌面上"当、当、当"连敲三记重响，"知道这是什么巨响吗？"不待他人回答，丘吉尔"啪"的一个原地立正，使劲挺起大肚子，把手杖往地上重重一顿，另只手紧握着大烟斗奋臂向前一挥，信心百倍而铿锵有力，用他那极富感染力的出色口才郑重宣告：

"第一声，是一个可爱的女人为我们拼命吹响的冲锋号！第二声，是所有不投降的顽固派死无葬身之地的催命丧钟！第三声，是盟军把一切法西斯分子及其走狗统统埋葬的报捷礼炮！”

辛西娅的情报贡献，与秘密系统其他渠道人员获取的成果一道，为英国战时提供了坚实的情报保障，对二战非洲战场英军作战和后来美国参加的英美同盟联合军事行动，发挥巨大作用。正是凭借辛西娅提供的维希政府密码，盟军通过截获和破译手段，掌握了傀儡法国与盟友德意之间大量通讯内幕，对敌军陆上兵力和海上舰队的战略部署、军力分布、机动意图、作战动向、兵源状况、后勤保障等各方面情况及时获悉，了如指掌。

北非登陆是第二次世界大战非洲战局“大翻盘”，是盟军变被动为主动的转折点，是诺曼底登陆的“演习战”，是英美联军从非洲迈向欧洲大陆的开端。没有北非登陆就没有后来的诺曼底登陆。这是辛西娅继打破“恩尼格玛”神话之后，又一次以女人柔弱之躯推动战争车轮走向胜利。

辛西娅的情报，为盟军北非登陆后蒙哥马利将军打败“沙漠之狐”隆美尔起到决定性作用。一代名将隆美尔在“阿拉曼战役”败北后仰天长叹：“为什么，为什么英国人事先对我们进攻的时间、地点、兵力一清二楚？为什么我们连英国人对我们一清二楚这一点都一无所知？为什么？”

因为辛西娅，有这个女间谍的情报，她改变了战争进程。

让盟军将士把酒问天

1944年初，寒冬，美国特别冷，许多老人、妇女、孩子感到阵阵心寒。因为他们的儿子、丈夫、爸爸在远方打仗，家里犹如雪上加霜。

此时的辛西娅，在严冬中默默期待：斯蒂芬森还会指派什么差事呢？会不会跟布鲁斯和“神偷佐治亚”这臭小子再干上一票吗？偷来的东西能给前方的人带去一份平安吗？在这冰冻岁月里能为他们的家庭换来一丝温暖吗？……

冬去春来，1944年6月6日，盟军诺曼底登陆战打响。辛西娅在报社第一时间获悉，她笑了又笑，带着最灿烂的笑容写下战时新闻报道——“让盟军将士把酒问天！”

作为记者，辛西娅的头脑和视角像当间谍一样出色高超！

登陆壮烈，抢滩告捷。刚刚还在一起的战友，现在尸体都不见了；刚刚还是纳粹盘踞的地盘，现在变成了去埋葬法西斯的起点；盟军将士悲喜交加，难抑心头感伤和激动，这一刻什么都不想说，唯一能表达心情的方式，就是趁总攻尚未打响前夜，痛饮一场！

于是，士兵们瞒着指挥员，甘冒违反军纪被处分的风险，一手握着枪，一手悄悄行动：一班大兵把腰间与手榴弹别在一起的酒壶袋解下，二班战士把怀里与亲人照片揣在一起的小酒瓶掏出，三班老兵把塞在后屁兜里的扁状酒器拽出来，为了战友，喝！为了再冲锋，喝！

一排长不以身作则，自动加入了下属的偷喝团伙，还命令传令兵把排里缴获的酒拿出来，立刻按弹药配额分发给各班；

一连司务长紧急晋见：“报告连长，用于接待上级的存酒太重，无法与枪支弹药一起带入总攻，拟把这些存货就地处理，下发各排，妥否，请指示！”连长不耐烦地：“这点屁事儿你都做不了主？还让我发话！”

一营连级以上军官每人都把平时克扣的酒拿出来了，团部把下级进贡的酒一一搬出来了，连军医作为紧急情况下代替酒精用的私藏伏特加酒都献出来了。

这一晚，守滩将军夜巡查岗，刚进入阵地，突然一阵异味飘来，他用鼻子嗅了嗅：“这酒味儿真难闻，准不是什么像样的酒。”片刻低头不语，见警卫员呆立不动，厉喝：“还愣着干什么？你想让那帮家伙喝劣酒上头明天去冲吗？”警卫员恍然大悟，转身欲返，指挥车还未启动，将军和参谋长一同奔到跟前，抢着吩咐：“把我那些最好的香槟、干红干白、威士忌白兰地，对了，特别是咱们老伙计德国人的清啤黑啤，统统拉过来，一个不留！”

诺曼底6月初，春暖乍凉，登陆港湾的夜晚静悄悄，海风把岸上的树叶和花草轻轻地摇。大部队浩浩荡荡集结，盟军摩拳擦掌，要从西线与东线苏军展开埋葬纳粹的大比武！

夜色深沉的堑壕里，军人们默不作声地相互传递酒壶、酒瓶，一口口干喝，没有下酒菜，没有喧闹嬉戏，没有劝酒拼杯，没有歌舞助兴，就像临战前分头擦枪整理弹药一样，各顾各的，连老兵帮忙新兵也没有，好像都是一起入伍也将一起退伍一样。

这一晚，为了怀念，为了成功，为了胜利，诺曼底官兵喝了多少酒谁也说不清，只记得不管谁酒量大小，都喝得相等，不分彼此，既喝了，又像没喝过。最后，“猛虎突击队”的队员们突然觉得如此“斯文”地喝，实在与“猛虎突击”的打法格格不入，可怎么痛快得过瘾呢？

就在大家一时想不出如何是好之际，一个新入队的小战士，接过队友老大哥自己不舍得喝又慷慨递过来的从不离身的金属扁瓶酒，怯怯地喝一大口，吐吐舌头，仰望满天星斗，道起家乡往事：老家农村秋收时节，收工的男人们轮流坐庄聚在一起，赤膊上阵，开怀畅饮；女人们忙里忙外，做上可口饭菜，欢颜畅聊；老人们安享悠闲，含笑看着汉子们推杯换盏，坐山观虎斗；小伙子姑娘们或暗送秋波、传递爱慕，或卿卿我我、谈情说爱；孩子们欢蹦乱跳，桌前桌后雀跃，连喊带叫嚷嚷起哄：“这样一杯不算！”“那样一碗不行！”于是人们静下来，一同冥想怎能尽兴又让孩子们满意的痛饮办法。这时，一个珊珊学步的小丫头踉跄地跑进屋，再次出现在大人面前时，一双小手吃力地捧着一个铜箔盆，大喊一声：“用这个喝！”

“盆儿?！”机敏的猛虎队员们立刻把大脑思维同时集中到一点：与盆最一样的、人人都有的、装脑袋用的——头盔！大家二话不说，纷纷摘下头盔，把剩余的酒，不管什么类型的，统统倒入里面，队长一声令下，全体队员端起头盔，扑面灌口，珍贵的酒啊，流入士兵胸膛的同时，也沿着盔边儿、顺着嘴角儿流到诺曼底大地，流向刚刚冲锋骤停的弟兄们……

时至今日，这一战地喝法，仍在和平年代的酒桌上相传。这种喝法正式名称叫——“盔儿喝”——源于诺曼底大兵头盔。人们再效仿“盔儿喝”，除了表达畅快痛饮和豪迈斗量，请别忘了：那登陆艇内晕吐苦胆的头盔，那与尸首一起沉入海底的头盔，那被子弹打得飞转的头盔，那血红海面随波漂流的头盔……

啊！“盔儿喝”——伟大的不朽的头盔！

这一夜，诺曼底前线，几个比当晚的酒还珍贵的医护女兵和通讯女兵，奉将军命令，巡视各阵地收拾残局，受命不必向归属单位领导汇报醉人醉事，让醉者原地休息，自醒待命。“哦，对了，给每个醉汉身边放几块压缩饼干。”将军最后甩给女兵一句。

女兵们一个阵地一个战壕普查，辛劳一场，结果向将军报告：她们当晚失业，所有人都处于整装待发状态，没有男人给她们执行“将军命令”的机会。

诺曼底滨海汹涌澎湃，海面上渐渐泛出鱼肚白，欧洲大陆的黎明即将来临。将士们知道即将冲锋，待到最后胜利时，替阵亡战友一醉方休，再让女兵们搀、扶、背、扛、抬、拖，哪怕埋了，把她们累垮也心甘！

《让盟军将士把酒问天！》——记者辛西娅报道。

诺曼底登陆成功，欧洲第二战场开辟，亚洲和太平洋战场的中美军队正准备向日本人发动大反攻。辛西娅在等待总部下达新指令，但是，“人算不如天算"的宿命再次应验,一切就像当初她头上突然降临一顶间谍桂冠一样,辛西娅正值佳境的谍报步伐在巅峰时刻戛然而止。因为一个事实摆在面前:辛西娅这位业余间谍的活动和成就已开始受到多国情报和反间部门关注。

对于意犹未尽的辛西娅来说,这不能不说是一种遗憾。而对于英国乃至同盟国战争尾声和战后时代的秘密工作来说,无疑也是一大损失。

但是,作为情报机关,明知一个间谍已被格外注意而处于危险边缘,还对其一用再用,等于白白送死,这不仅是工作上的不负责任,也是人道上的不仁不义。特别是英国秘密情报机关的人,对辛西娅为战争的奉献满怀敬意和深情,都觉得不能对不起一个值得呵护的"弱女子",要让可爱的女人完好无损地迎来胜利曙光。

一匹浪漫狂奔不知疲倦的烈马,被斯蒂芬森勒住缰绳。

菲利普斯拿着卷宗走进斯蒂芬森办公室,神情严峻。

"这是我们自己人和美国人得到的消息, 有 7 个国家的秘密部门注意到了她,"菲利普斯把卷宗放到斯蒂芬森面前说。"其中包括轴心国所有国家和潜在的对手国家。"

"这些注意到的人说想干什么了吗?"斯蒂芬森一边打开卷宗,一边问。

"如果老板懒得看的话, 我就说给你听吧, 再说那上面也没写那么详细。"菲利普斯在斯蒂芬森对面的椅子上坐下。"'1202 号'从柏林电告,盖世太保准备在决战前下一次手,地点不在欧洲,那太惹人注意,而定在美国;目标是美国政界、军界鹰派人物和咱们使馆,以及包括她、你、我在内为盟军'输血'的人;目的有二,一是为决战找心理平衡,二是打掉'造血'功能,当然,也是为了解解气嘛。"

"名单确定了?"

"还好,上帝保佑,'1200 号'说除美国几个头面人物和使馆知名者大致确定外,咱们的人正在被紧盯中,一旦确定,随时动手。'1202 号'还特别说,在咱们被盯的人中有漂亮的女人。哦,对了,关于漂亮女人,从西西里岛传来的消息也这么说。"

斯蒂芬森仰头闭目，内心交织着矛盾。但他的脑子很清醒，也不能不忍痛割爱做出明智的决定。“看来，她已经做得够多了，该收手了，咱们这些男人也该让一个美丽的女人安心歇歇啦。”

“真该谢谢老板。哦，我是说，我，也是男人，您，替我为她说了。”

“从现在起，菲利普斯，不再为她派活儿了，另外，”斯蒂芬森从抽屉里拿出一把精致的勃朗宁小手枪。“告诉她，斯蒂芬森先生说了，这个小玩意儿放在她随身的小包里不占地方。”

“不瞒您说，老板，我早这么说过，可她说，请转告头儿，她的手是用来化妆的，如果尊敬的头儿和‘跟屁虫’先生，哦，这是她对我的爱称，还有如此盛情的话，可以给她的手包里填充化妆品，当然，她说还有更大的旅行包。”

“那么，菲利普斯，‘跟屁虫’是吧？你听好，让你的人在不让她知道的条件下，不管白天晚上，好好照顾她！”斯蒂芬森坚定地说。“我们要让一个美丽的辛西娅完完整整走进胜利的阳光！”

“是！老板。”菲利普斯第一次像战时军人那样立正，站在庄严肃穆的斯蒂芬森局长面前。

威廉·斯蒂芬森把贝蒂·索普一手拖入战争，又拱手把辛西娅还回和平。

黎明前的昏暗

1944年8月下旬的一天,布鲁斯兴冲冲地来到辛西娅住处房间,手里挥动着报纸,与神采飞扬一样。“快看,贝蒂,这上面写了什么!”

辛西娅接过报纸,头版大标题:法国全境解放,戴高乐政府成立。

“啊!我也是同盟国的人了!”布鲁斯抱起辛西娅转圈。“我们是一家人了!”

“你早就不是维希的人了,我们早就是一家人了嘛!”辛西娅也喜上眉梢,更为布鲁斯的兴奋而兴奋。

“对对对,亲爱的,你说得对,我们本来就是一家人。”布鲁斯放下辛西娅,吻了一下她前额,又把她紧紧拥抱在怀里。“听我说,亲爱的,我要回法国,我要你跟我一起回到心爱的法兰西,我要正式地娶你,我要与你成为真正的一家人!”

辛西娅轻轻脱开了他的怀抱,静静地坐到沙发上。

“我跟你说过多少次了,她怎么办?”辛西娅低着头说。

“亲爱的,我也跟你说过多少次了,我和她要分手的。”布鲁斯赶紧坐到她身旁。

“不,这对她不公平!”辛西娅执拗地但声音不大地说。“而且,也会让我心里永远不安的。”

“听我说,亲爱的,这跟你没关系,真的没关系。以前,我没跟你啰唆那么多我们的事,你也一直没心思听这些。但现在,我不能不让你明白,我和太太的事确实不是因为你曾经的出现和目前的存在而走到今天的。”布鲁斯苦苦说明这一点,并决定向她彻底解释清楚。“让我来告诉你吧,我和现在的太太是中学同学，当年我追求过她，她也愿意，那是我们各自的初恋。后来她随父母出国了，我当兵了，两人多年不见。这期间她结了婚，我也有过几次不成功的婚姻。后来，在一次同学聚会上，她突然冒出来，已独身，我也单身，就这样又走到了一起。”布鲁斯停了停，辛西娅抓过他的手放在自己的腿上。布鲁斯继续说；“可是，我们一起生活后都发现，原来的初恋很浅薄，不像生活这么现实。我们都承认，彼此的感情都有，今生今世永远都会是最好的朋友，根本不取决于是不是在一起生活，你明白吗？”

辛西娅默默无语，想到了自己的初恋，那短暂的快活时光，但布鲁斯紧接着的话又打断了她的遐思。他说：“我们谁也没有提出过离婚，可这正意味着最好的朋友与最好的朋友难以启齿，否则早就明说了。我们似乎都希望有某种外来的、客观的因素‘间接地’把两人共同的愿望提出来。眼下，这种因素好像出来了，但不是你，真的不是因为你的因素，她并不知道你的存在，也不是因为她有外遇的因素，我们俩都不会用人为的因素来伤害最好的朋友，这一点我和她，与你的善良是一样的。”

“那是什么因素？”辛西娅睁大眼睛问。

“战争！”

“战争？”

“对，就是战争。”布鲁斯把自己的手从辛西娅的手掌中翻过来，把她的手抓过来放到自己腿上。“战争开始时，我和她来到这里，法国沦陷后，我无家可归，事实上那时也不想回去。现在法国光复了，我该回家了。可是，她长期过惯了海外生活，父母和兄弟姐妹也都在海外工作和生活。我向她明确表示，我是法国外交部在职官员，一定要回法国工作，我不可能在国外生活一辈子。她也对我明确表态，家人都在海外定居，家族产业也在海外，她肯定不会回到法国生活一辈子。所以，我说初恋是浅薄的，谁也不会料到后来的现实问题，而这又是客观存在的。因此，我说，亲爱的，是战争，是战争的结局为我们创造了彼此不用谁先开口又不能不分手的结局，是战争的结局让两个最好的朋友回归最好朋友找到了恰当的心理平衡。”

辛西娅似乎明白了一切，但她无法对布鲁斯承诺什么，只能在默默中等待,因为战争的最终结局毕竟还没到,它会姗姗来迟吗?

这以后,辛西娅一直忙于记者的采访和撰稿工作,战争尾声的新闻千头万绪,是媒体业务最繁忙的阶段。布鲁斯偶尔来见面,但多因彼此时间紧,连亲热都来不及,就各忙各的去了。一晃一个多月过去,一转眼,离圣诞节只剩一个多月了。辛西娅觉得好像前几天两人还在一起似的,可一追算已经过了好久。又一周过去,布鲁斯仍未露面,她想,会不会去外地出差了?会不会与妻子到国外走亲戚去了?会不会生病了? 会不会住院了?……想到这儿,她决定给法国大使馆打电话找布鲁斯。

电话打通后,接线员问了半天她是谁、与要找的人什么关系、找他有什么事等等,最后一句话"他不在"就把电话挂断了。辛西娅有点纳闷,等了两天,想了又想,终于决定亲自去一趟法国大使馆。

还是那座花园别墅庭院,还是那个让她惊险刺激的大使馆。然而,物是人非。门卫已不是以前的门卫,她的到来也再不像"与情人幽会"那个时候"如履平地"一般了。

辛西娅轻松地表明自己是记者,请门卫通知新闻官布鲁斯先生,可令她万没想到的是,对方回答说:他早不在这儿了。

怎么回事?辛西娅一时有点蒙了,但马上又镇定下来,表示要面见大使加斯顿·海耶先生,结果对方说,新大使不叫这个名字。

辛西娅回去后马上了解到,因为维希政府垮台,戴高乐总统执政,一朝天子一朝臣,刚 3 个月时间,使馆人全换了。

布鲁斯下落不明,也无法四处打探他的下落。辛西娅向菲利普斯通报了情况,斯蒂芬森指示要想方设法替辛西娅找。最后他们不知怎么从布鲁斯太太那里得到一个简单消息,布鲁斯已不在大使馆工作了。辛西娅总算知道他没出事,心里松了口气,开始等待布鲁斯与她联系。可一直到圣诞节,仍杳无音信。

新年刚过,辛西娅通过美国记者协会与法国大使馆沟通,并通过在美国国务院工作的私人朋友渠道,终于面见了法国新大使卡萨拉先生。卡萨拉大使是位和善的长者,他说自己只是过渡大使,使馆也暂时是看守使馆,但与美方的联系一切正常,而且比起前政府来说,日新月异。辛西娅心里急于知道布鲁斯情况,觉得这个和善的长者能够体谅年轻晚辈的心情。于是她决定以诚动人,首先表明了自己是布鲁斯的恋人。

“如果您愿意认为,尊敬的大使先生,或许您猜想我属于第三者的话,我不会介意的。”辛西娅坦率地说。

“不,尊敬的女士,我虽然有点老了,但不糊涂,您能这样主动说出与我猜想有些相同的情况,我认为,至少您是值得相信的。”大使表态。

“谢谢。正如您所知,布鲁斯先生有太太,我不该在您面前充当不该属于我的角色,但我如实跟您说,我和布鲁斯有着深厚的情谊,这使我不得不迫切地想从您这里得到一切关于他的近况。”

“作为一个法国人,我完全理解您,尊敬的女士。”大使果然通情达理,而且十分注重法国人在爱情上的浪漫观和人道性。“本来我不该说的,但就当是为年轻人操心吧。您知道,过去的法国当局是轴心国的,使馆人员也自然是前政府的。所以,他们需要接受例行公事的调查和考证,这也是新政府对所有前政府驻外使馆人员的统一举措,当然,驻美国的使馆稍微例外些,这是由贵国的特殊地位决定的。”

“那他们在哪里被审查?回法国了吗?有自由吗?”辛西娅急切地问。

“各使馆情况不一样,有的人员被押回法国,有的先就地拘禁起来。”

“押回?拘禁?布鲁斯他……”

“别着急,孩子,”大使显然被她情急所感染,自然地改变了称呼。“你的心上人,哦,我可以这么说吧,应该属于后一种情况,因为被押回的,一般来说,大使会知道的,但我没听说有布鲁斯先生,所以他还在美国。”

“那他在哪儿?”

“孩子,你在让一个与你父亲一样年龄的人犯不该这个年龄人犯的错误啊!”卡萨拉大使为难叹息,欲言又止,难过地垂下头。辛西娅见状,起身奔到坐在对面沙发上的大使跟前,蹲下身子,像女儿扶着爸爸的膝盖一样,央求道:

“求求您,告诉我吧,啊?求您了!”

大使抬起头，望着眼前成熟而又孩子般的脸。“告诉我，你想知道的目的是什么，我要你如实地告诉我。”

“我……”辛西娅突然意识到，大使莫不是怀疑自己想去救情人吧？于是赶紧说：“我，我只想知道他在哪儿，真的，我向您保证：我什么都不会做，顶多，顶多去看他一下。”

“他们不会让你看的，所以告诉你也没用。”

“那好，我不去看，打电话，哦，不，写信，写信总可以吧？这不会让他逃跑的吧？”

“孩子，我相信你，”大使先生扶起辛西娅，自己也站了起来。“记住，孩子，什么都不要做，包括写信，那样会对他不利的，你只有在心里知道就行，上帝会让相爱的人息息相通的。”

“好吧。”

“赫尔希。”大使深情地望着辛西娅的眼睛，吐出三个字。

辛西娅怀着复杂的心情离开使馆，对大使善良的人性感恩不尽。

是啊，战争让一些人心理扭曲，也让无数良心大放异彩，人性善良能逾越政治，超越现实，跨越国界，穿越时空，有传世佳话影响几代人：战时荷兰王室一位公主侨居加拿大，十月怀胎，产期临近，可战事空中管制临时限制了航空飞行，水路交通无法如期回国。按荷兰王室规定，王室家族成员只有在荷兰领土上生育的孩子，才有权继承王室待遇，否则不被视为王室成员身份。公主焦急万分，叫天天不应，呼地地不灵。就在此时，加拿大总督宣布，以公主待产医院为中心一英里范围内，临时册封为荷兰领土，问题迎刃而解。战后，荷兰王室为感激加拿大人，决定从此每年向加拿大赠送 80 万株誉满全球的荷兰郁金香。战后 70 年来，加拿大街头的郁金香年年散发着人性的善良气息……

赫尔希，在美国宾夕法尼亚州，距华盛顿 300 多公里。它本不是一个地名，只是一万人口左右的小村落，后来叫城不是城，说镇不是镇。它是一个叫“赫尔希”的人于 20 世纪初在此创建了美国最大的巧克力生产基地——赫尔希食品公司，因而得名，从此被誉为“地球上最香甜的地方”。

作为德国傀儡法国维希政府官员，布鲁斯与前使馆人员被拘禁在“甜乡赫尔希”，听候新政府安全部门审查。

人的命运往往就是这样令人捉摸不定。布鲁斯能回法国老家的时候，不想回去；当很想回去的时候，又回不去了……

欧洲战场，苏军和盟军加紧各自前进步伐，都铆足了劲准备率先攻入德国，要占领它、分割它……中国战场，联合抗日的国共双方悄悄争占日军溃败地盘，面临内斗前夕……

硝烟渐去，时过境迁，

人生如梦，春华秋实。

从看不见的战线一路走来，辛西娅大都是一个人披荆斩棘，特立独行。

回望一路酸甜苦辣足迹，在辛西娅内心深处，始终有一个风雨同舟的人，那就是：一见钟情大使馆，两厢情愿同生死，并肩战斗行大窃，谍缘搭档布鲁斯。

早在采访法国大使相识之初，布鲁斯就被辛西娅的美貌和气质所吸引，被她横溢的才华所折服。辛西娅也发现他“让人着魔”的说法并非夸张，与她以往众多情人相比，他更具内在的“酷”，是一个十分讨人喜爱的男人。她从他那迷幻的眼神和殷勤中察觉到，这个已为人夫的法国人将与自己碰出心灵的火花。

两人从一见倾心到紧密相连，彼此的爱已融为一体，相互的情义已凝结牢固，布鲁斯是她赖以依靠的男人。她的生命已离不开他，他的命运也因为有了她……

谍缘情侣生死相依

1944 年底，布鲁斯与前使馆人员被拘禁在既闻名又不起眼的巧克力城赫尔希，地点是一家原为专供外埠巧克力采购商暂住的相当于“大车店”的小旅馆。旅馆周围环境清凉，相对独立，离赫尔希食品公司较近，远离当地人居住区。这里有一个较大院子，供运输食品车辆停放，一排平房用于转运食品储存，一幢四层客房楼，面积可容纳 150 人左右住宿，内部设施比较简陋，不像星级宾馆那样装饰干净。战前这里比较热闹，如今上货的人减少，显得比较萧条冷清。

辛西娅按卡萨拉大使叮嘱，怕给布鲁斯添麻烦，一时不敢贸然与赫尔希方面联系。但她一直与大使先生保持沟通，人性善良的卡萨拉也常给他视为孩子的美丽而可怜的女人通风报信。所以，法国外交部内调人员何时来、审查重点和进展情况，辛西娅都及时了解掌握，得知法方重点审查“与前使馆盖世太保组织内联情况”。卡萨拉大使对她透露：“有情报显示，纳粹与傀儡政府情报部门有秘密合作，在驻美使馆建立了单线联系的谍报网，这些人是谁？要查出来，要就地取证。但工作有些无从下手，可查不清的话，原使馆人员又无法安排，都回外交部上班？还是统统开出外交部系统？难以定论。”

到 1945 年上半年，法国人审查工作还未完成。卡萨拉大使称，如果审查结果仍遥遥无期，法国外交部将采取“宁可信其有、不可信其无”的思路，将所有身份不清的前使馆人员，统统带回国内，全部遣散。

麻烦的是，布鲁斯正是重点审查而又审不清的人员之一，其中原因恰恰与辛西娅有关。

卡萨拉大使透露，布鲁斯身上有三大疑点：一是进入外交部来路不明，他原为海军航空兵飞行员，跻身外交部原因不详，相关档案又在法国沦陷时“不翼而飞”。布鲁斯自己说明是“受一位外交前辈推荐”，可此人已不在人世；且外交部认为，“飞行员”与“新闻官”职业跨度很大，美国又是外交人员首选常驻国家，布鲁斯“运气”就那么好吗？即使他有这样的好运气，到美国使馆工作也应是武官处之类的角色，而“新闻官员”十有八九是情报机构运用的掩护身份，但布鲁斯并不是法国情报部门的人，那他是谁的人呢？谁有这么大力度安排他呢？答案似乎只有一个：亲德政府按德国之意为亲德人员安排的。

其实，对于布鲁斯从军人转型外交新闻官这一点，辛西娅也有过纳闷，只是信任他没去深究而已。至少，辛西娅以记者专业角度来衡量“新闻官”布鲁斯，确实不敢恭维这个“让人着魔的”情人比他飞行员专业好到哪去。

疑点二：法国外交部内调人员从前大使加斯顿·海耶先生取证，海耶曾通知布鲁斯被裁减，但其坚决不走，宁可领取“一半薪金”留下。而布鲁斯在华盛顿养家和个人交际开销远远超过其使馆收入，钱从哪里来的？布鲁斯自己解释说“一是当兵时的积蓄，二是夫人家境优越”。但调查结果表明，其当兵收入清贫，否则不会有“二度离婚”，那位前二夫人在不知情下也如实提供了“两人因经济窘迫离异”的证词。而他现夫人也在不知情中不知怎么为“最好朋友”丈夫开脱，当调查人员问询时，她一句“家里所有开销都由丈夫支付”，一下把布鲁斯“推”到更不利地步，可她还以为这是“夸老公能干呢”！而且这“傻”夫人还对调查人员说：“虽然我们有离婚可能，但布鲁斯表示今后仍会资助我，他是一个能挣钱的有良心男人！”得，布鲁斯这位可爱的“最好朋友”妻子一番好意无异于对他“落井下石”。

对此，辛西娅心里一清二楚，为了让布鲁斯能继续留在使馆策应“盗窃密码”行动，英国安全协调局按斯蒂芬森指令为布鲁斯提供生活费，但这不是“收买布鲁斯”的钱，因为当时辛西娅是反对对布鲁斯这样“不靠女人钱、不出卖灵魂”的人用钱来收买的，她当时自信他与阿萨奇诺一样是“士为知己者死”的人。所以，给布鲁斯的钱是按谍报部门规矩的“活动经费”，只是相对多一些，确实考虑到他“领取一半薪水”的实际情况，这一点辛西娅是同意的。此外，当布鲁斯全力以赴配合辛西娅窃取行动时，英国情报机构做出决定：不管行动结果如何，英国安全协调局暨秘密情报局将对布鲁斯及其家人的安全和未来生活负责，这是在情报机关档案中有记载的，也是正式通知布鲁斯本人的。而且，当时在设定一旦失败的“营救计划”时，英方也向美国战略情报局通报了辛西娅和布鲁斯皆为“情报机构有责任”营救的对象。

疑点三：据前使馆人员揭发，布鲁斯经常与使馆“盖世太保”保卫部门的人一起聚会，过从甚密。布鲁斯对此说，他在使馆跟谁都不错，都单独聚过、喝过，包括海耶大使。这一点调查人员核实基本属实。但令人疑问的是，使馆人员并非都这样做，布鲁斯所为有无另外目的呢？幸亏调查部门没找已经回国的亨利核实情况，否则辛西娅“委身求密”的事被抖搂出来，布鲁斯的问题就更复杂了。当然，布鲁斯在亨利离开华盛顿时，为他全家订票、送机场等“义举”，其实也是为了能把亨利这种小人越稳住越好，防止秋后算账，节外生枝。

在这一点上，辛西娅也比较清楚，一是布鲁斯有爱交际，尤其是高消费的习惯特点；二是“亨利骗身”一事和“骗门卫保安”行窃后，布鲁斯确实有意接近使馆保卫人员，拉拉关系，以便有何纰漏及时发现补救，防止措手不及。要知道，当时一系列冒险之举也是有后怕的，不能不防啊。辛西娅和菲利普斯都知道这一点，而且还在观望是否有机会能通过布鲁斯的交往，从“盖世太保”中挖出个什么人来，以便有事时起个“保护”作用。

面对所有对布鲁斯的怀疑，应该说法国方面是有道理的，并非完全空穴来风，没事找事，而且一旦挖出像布鲁斯这样的“内奸”，确实很有利于法国政府的安全，任何国家防谍保密部门对此都会重视的。

而这些怀疑，大部分与辛西娅有关，或者说，如果辛西娅不拉布鲁斯“蹚浑水”，恐怕也没这些事，顶多是一个“来路不明”问题，而这一点又是最先澄清的。

原来，与布鲁斯“未进过教堂”的第三任准夫人有关。当时布鲁斯刚转业认识了她，虽然她后悔没早认识一分钟，否则绝不会让他转业而让他去扛枪打仗，但又不能眼睁睁看着准丈夫在一家小企业打工呀！于是，这位准夫人暗中请大款亲戚用钱买通了外交部高级官员，才使布鲁斯进入外交部。后来他们两人和平分手时，她念旧情，还是通过钱的作用，使布鲁斯“有幸”到了外交部人员“挤破脑袋”都想去的驻美使馆，还让他这个飞行员挑了个“相对能胜任的”新闻官美差。随后，这位准夫人参加了戴高乐领导的抵抗部队，到战场上勇敢杀敌，替准丈夫体现了“扛枪打仗”的英勇斗志。法国解放后，她，战斗英雄，担任了巴黎一个区的领导。当她听说布鲁斯在美国被拘禁审查后，马上找到外交部问明情况，并对“前夫”进外交部一事做证，表明：“此事真相布鲁斯本人不清楚。因为他若知道是女人为他安排的，会拒绝的，他是不吃女人软饭的男人。”这一点与当初辛西娅反对总部让她“用钱收买布鲁斯”的观点完全一样。法国外交部很重视“反法西斯女英雄”反映的情况，马上找当事人核实。那位被准夫人亲戚买通的官员是傀儡政府时期的卖国贼，被新政府投入了监狱。在狱中他不得不交代了收受贿赂卖官的事，证明了布鲁斯进外交部和赴美使馆的实际情况。

一个女人解决了布鲁斯三分之一问题，还有两个问题显然落到了另一个女人辛西娅身上。

残冬日趋消失，暖春宛若来临。纳粹德国大势已去，拼命垂死挣扎，战争仍在继续……

其实，布鲁斯与使馆人员被带到赫尔希伊始，也急于同辛西娅联系，担心她找不到他而着急上火。但初期拘禁很严，法国保安部门的策略正是“几个月内断绝前使馆人员与外界一切联系，防止走漏风声给敌对势力营救机会”。所以，卡萨拉大使向辛西娅透露消息实为冒险，又不断给她提供信息也是违规。辛西娅是“间谍自有间谍招儿”，不用“美人计”也能建立特殊的“情报来源”，她以“诚”打动了本就人性善良的老大使。

几个月过去，法国内调人员允许被拘禁人员与外界联系，但只是书信，没有电话，谢绝探视，仍担心“内外勾连”。但大家很快发现所有收发信件全部被登记检查，说明这是一计：从书信中发现线索，按图索骥找问题。这种情况下，布鲁斯更不能与辛西娅主动联系，以免牵扯到她，毕竟她是盗窃法国使馆主谋，说是反纳粹，谁信呢？禁不住查，说不清道不明，麻烦只会多，不如自己一个人扛吧。但布鲁斯一直放心不下辛西娅，天天料想她的情况，甚至开始怕她知道自己所在，以她的性格，若得知，还说不定冒出什么类似“盗窃使馆”那样发疯的念头呢！那样不仅无济于事，反而会把事情越搞越糟。

其实，布鲁斯的考虑还真没错，多亏卡萨拉大使提醒，辛西娅也不忍把这善良老人“卖”了，要不然，她至少能奔到赫尔希，到了那儿若白跑一趟，她的个性还能善罢甘休？可能又是当年找阿萨奇诺告别时的一出：“我是他女朋友、情人、未婚妻、老婆！行了吧？”然后来个硬闯，谁拦就跟谁“玩命”。

辛西娅，这女人，能干出这般“好事”！

结果，两人虽都很想联系，但为了对方，一个不敢联系，一个不能联系，彼此天各一方，在默默祈祷中心仪守望。

战争接近尾声，辛西娅一天比一天坐不住，决定采取主动行动，不惜任何代价为布鲁斯解围，这代价包括“击鼓鸣冤”：去巴黎！独闯法国政府大楼，陈述“盗窃使馆”真相，证明布鲁斯是反纳粹、反傀儡、为法国光复不顾生死的战争英雄。

辛西娅，这女人，想得出就干得出，就像小时候听女裁缝一说：“想好了，看准了，下剪子要快，不能剪出歪歪扭扭和毛毛边儿！”她“咔嚓”就是一剪子，管它什么布料！

辛西娅立刻约见菲利普斯，他招之即来，立刻从纽约赶到华盛顿。她把自己的想法向菲利普斯摊牌，发出最后通牒：“向法国政府说明真实情况是唯一解决办法，布鲁斯不光是我的，也是我们的，必须有责任这么做，至少我个人会做！也没人能拦住我去做！”

菲利普斯并不感到惊讶，而是被震撼。从1936年至今近10年，他是英国情报机构与她见面最多的人，对这个女人的了解超过斯蒂芬森几倍，怎能不信她刚才的话？甚至还觉得她碍于两人老伙计面子，尚有所保留呢！但这样已够惊天动地了，如果不阻止她，她一发疯，能把英国秘密情报局的老底给抖搂出来！尽管她知道的有限，但仅个人所干的：偷“恩尼格玛”密码索引、获取意大利海军密码、盗窃法国大使馆密码本，光这三样就足够让局长难堪，足够让首相过问，足够让英国对外疲于解释，足够让美国人法国人看大笑话。当然，菲利普斯也永远相信，辛西娅不会拿这些事去告密来交换布鲁斯，也不是以此相要挟来逼迫去救布鲁斯，只是要澄清布鲁斯的问题，但为了说明问题就必然涉及盗窃使馆，而这种事靠个人的嘴是说不清的，弄不好连她一起抓起来，可这恰恰又是辛西娅最豁得出去的。所以，她的莽撞结果可以想象：成事不足败事有余。但是，如果明确阻止她，菲利普斯明白：瞎子点灯——白费蜡。

菲利普斯快速而冷静地思考，辛西娅也明白给这老兄出了大难题，也没急于催他表态。终于，菲利普斯缓缓开口：

“我想，以我与头儿的老关系，他大概不会反对我帮你预定去巴黎的机票，不过，说不定我会订两张，毕竟与美女同行就像在帝王酒店与美女吃饭一样，永远令人记忆犹新。”

好个菲利普斯，这时候还开玩笑！辛西娅心想，但立刻明白了他玩笑话里隐藏三层含义：一是同意解决问题的思路；二是说服斯蒂芬森想办法；三不赞成无组织的个人行为。

两人太熟知了，从最初招募“智斗”一直“斗嘴”多年。辛西娅打心眼里喜欢菲利普斯的思维方式和行事准则，认为他是地道的有勇有谋专家，是自己兼职天地里最好的伙伴。

辛西娅就这样被高明的菲利普斯一下给“阻止了”，她表示同意在斯蒂芬森想办法之前，自己绝不贸然行事。

……1945 年 4 月 21 日，苏军攻入柏林市区，30 日红军 150 师战士将红旗插上纳粹第三帝国议会大厦，宣告：第二次世界大战欧洲战场以纳粹第三帝国彻底覆灭而告终！一切结束了，战争以人类的巨大不幸画上休止符。

斯蒂芬森要撤离美国，菲利普斯将升至局位。在退与晋之前，他们共同要做的一件事就是解除辛西娅一块心病。此时，他们已不把她当作下属间谍了，而是完全还其本来面目：一个可爱、可疼、可亲、可敬的美女凡人。

战后英国百废待兴，带领英国人走向胜利的首相却被抛弃，保守党败选，丘吉尔离任。他引用古希腊作家普鲁塔克的话说："对伟大人物忘恩负义，是伟大民族的标志。"开始著书立说，伺机东山再起……

缺了丘吉尔这个大靠山的斯蒂芬森几次商请伦敦总部，设法与法国情报部门沟通，协调解决为英国二战有功之臣布鲁斯先生的问题。但不知是英国战后大事要事太多顾不上一个法国普通外交官的事，还是法方不屑于英方出于保密而"不详细"的佐证，反正一直努力，一直久拖未决。菲利普斯几次向辛西娅说明情况，解释客观原因。辛西娅也理解他们的难处和努力。

直到战后半年，斯蒂芬森已离开美国，一直跟踪此事的菲利普斯告诉辛西娅，事情有着落了，法方终于受理英方诉求，同意来人面商。菲利普斯准备代表英国情报机构，会同伦敦总部的人，亲自前往法国巴黎。

在辛西娅、斯蒂芬森和菲利普斯接连努力下，布鲁斯终于重获自由，法国新政府正式认可英国情报机构证明前使馆新闻官布鲁斯为二战有功人员，恢复其待遇，从领取"一半月薪"起补发全额工资。

往事延绵今生缘

辛西娅走过战争，与布鲁斯一起从谍战中走出。与她个人生涯密切相关的人，各自命运结局又如何呢？

辛西娅初恋情人小画匠托尼，后与贝蒂失去联系。他知道初恋情人的间谍事是通过战后公开媒体。托尼从军5年，离开军营那阵儿，正是贝蒂与帕克婚恋时。这位一生钻研绘画终成名家的美术大师一直珍藏着他自己唯一的裸画，那是贝蒂14岁的习作和笔迹——你我今生，来世了缘。

记者后来辗转找到托尼，他避谈贝蒂，略说个人："其实我最早是从海景画起家的，但自从不得不去服兵役后，就再也没有勇气到海边作画了。"

结果，记者笔下生辉："海滩初识泳装贝蒂，海景定格永恒记忆，使也许更有成就的托尼放弃了绘画艺术一片永远不忍目睹的天地……"

威廉·斯蒂芬森，战后1945年底撤离美国纽约，申请脱离英国情报机构，回到故乡加拿大，重返商界，续写个人经济奇迹，曾任加拿大政府工业发展首席顾问。他受到英国、美国政府嘉奖，在自己祖国得到巨大荣誉，加拿大许多街道以"斯蒂芬森"名字命名，老家温尼伯还成立一家专门研究他的"胆儿王"学会。

1989年，威廉·斯蒂芬森爵士在百慕大群岛去世，享年93岁。

约翰·菲利普斯，1945年8月升任英国情报机构北美地区负责人，1946年撤离美国纽约，回到英国总部工作，任特工培训部副部长、教官、顾问，1955年退休，专职从事图书业务，与辛西娅一直保持联系，曾免费为研究她间谍生涯的人士出版书籍，一儿一女分别为官员和学者，夫妻偕老，先后故于1979年上下半年，享年同为81岁。

阿萨奇诺与辛西娅当年是一对苦命恋人，一个是现役军人，一个是有夫之妇，他不能跟她出国，她也不能留下跟他结合，但他们又是一对幸福的情人。

当英国情报机构为避免辛西娅继续留在西班牙而引起麻烦，临时决定调其与丈夫帕克一起转赴波兰时，辛西娅夫妇只有 24 小时准备行程。辛西娅冒着“可能被丈夫识破知情”的风险，不顾一切要与阿萨奇诺见面道别。当她来到军官公寓营地被门卫例行盘查时，她只一句：“我是他女朋友、情人、未婚妻、老婆！行了吧？”说罢，昂首挺胸“一副拼命硬闯的架势”，连头都不回大步走进去。后来，什么都不清楚的哨兵见了阿萨奇诺长官怯怯地说：“我真没敢拦您的那位，她可真是个美丽的爷们儿！”

当辛西娅告诉阿萨奇诺不得不马上离开西班牙时，他的第一反应是：“你有危险了？别怕，有我！”辛西娅的眼泪“唰”地一下倾泻而出，这是她一生唯一为男人别恋的眼泪，连当年与小画匠分手和后来与迪克分别都未流过。

阿萨奇诺是幸福的，辛西娅也是幸福的，因为他们一直保持着联系。当辛西娅听说阿萨奇诺后来被佛朗哥政权革职，气得够呛，紧招菲利普斯见面，让他向“头儿的头儿的头头们”强烈反映：阿萨奇诺是有功的。“当时没有他，我一事无成！”辛西娅坚决而肯定地说。

菲利普斯一听就为这事让他急三火四跑一趟，哭笑不得，这事跟西班牙怎么说呀？谁说呢？他建议向总部给阿萨奇诺申请点钱如何？“让你的钱见鬼去吧！”辛西娅立刻驳回他：如果阿萨奇诺是为了钱，当时连一份情报都得不到！

菲利普斯完全读懂了辛西娅间谍初期工作背后的故事。

阿萨奇诺是幸福的，辛西娅也是幸福的。

他后来写信告诉她，从部队转到地方，因祸得福了。他到民航学校任教，成为知名教授、航空学家，妻子是一名空姐。“她秀美，鲜活，真感谢上帝照你的样子给我复制了一个她。”阿萨奇诺在信中这样给辛西娅写道。“但是，她可没你能哭啊！要知道，你那开闸放水的泪，湿透一条毛巾！这毛巾一直还在我参军第一次发的皮箱子里躺着呢，你要不承认你能哭，我可以把毛巾拿出去给别人看，谁都相信，那软得像棉花一样的军用大毛巾，足能蓄存1升以上水分，那就是你的泪！”辛西娅每当重温这封信时，就想哭，就想那条大白毛巾，就想那握着毛巾的手。她为这世上能有这样一个人知道比自己最隐秘的还隐秘的事而感到无比幸福。但她没有把这封信让布鲁斯看，尽管她知道布鲁斯不会因此而“吃醋”，也相信如果有朝一日，自己的眼泪真的会在他面前夺眶而出时，这个法国人也同样会用他的心给她“送”上一条让她尽情湿透而永远属于他的大毛巾。辛西娅只是想，让“湿透的大毛巾”永远属于她和阿萨奇诺两个人的。

阿萨奇诺和辛西娅并未努力重逢，因为他们在彼此心里好像从未分开。辛西娅的闺密克里斯蒂娜从“撺掇”他们相识到见证关系演变，一直深知二人那种“只可意会不可言传”的感觉，老是积极主动在他们之间穿针引线，互托信息。战后，一直从事海外旅游业务的克里斯蒂娜，还安排阿萨奇诺一对龙凤胎儿女利用她公司跨国旅游机会，与辛西娅见面。辛西娅很高兴，把父亲留下石头中的一块，赠送给他们全家。阿萨奇诺上世纪80年代初去世，享年79岁，那一天正是他和辛西娅在西班牙内战中分手的日子。

安东尼奥，辛西娅拜门牧师，1937年西班牙内战时，被辛西娅从政府军关押中救出，与她“同居”一夜后，师徒假扮夫妻，由阿萨奇诺开车送出城，避难两年后，回到佛朗哥执政的马德里继续做教堂大牧师。他履行诺言，从未间断为辛西娅替儿子做圣祷。70岁抱病最后一次做主婚大牧师——为好友阿萨奇诺女儿出嫁婚礼。

安东尼奥1958年病故，辛西娅委托阿萨奇诺敬献花篮。

瓦伦斯基·迪克，1915年生人，波兰外交部长的机要副官。他比辛西娅小5岁，双方“情人”关系时，他22岁，她27岁。

从1938年10月起，希特勒向波兰提出波兰走廊问题，发出战争威胁。1939年9月1日，希特勒悍然撕毁《波德互不侵犯条约》，以闪电战突袭波兰，侵占波兰大片领土。9月17日，斯大林为建立东方防线，命令60万苏军越过苏波边界，进入波兰东部，9月28日，德军攻陷华沙，波兰沦亡。

德国入侵波兰是第二次世界大战正式开始。

亡国后，瓦伦斯基·迪克随波兰流亡政府到法国，法国沦陷前又迁往英国，他一直跟随约瑟夫·贝克外长工作。后来迪克主动要求上战场，成为反法西斯部队一名副团长，1944 年底与德军战斗中，受伤被俘，被关进纳粹在波兰多处集中营中最著名的奥斯维辛集中营。

瓦伦斯基·迪克团长在集中营组织策划战俘暴动失败，1945 年 4 月，二战结束前夕死于大屠杀，临终前高呼："波兰万岁！"高唱波兰国歌，年仅 30 岁。

迪克留下 3 个后代，由遗孀抚养长大。两个女儿一个成为医生，一个是农民，儿子颇具传奇色彩，是他的遗腹子。

1944 年末，迪克利用战场间隙回趟家，看望一年多未见的妻子和两个女儿，在家过一夜，与妻同房。一个月后妻子发现怀孕，两个月后丈夫被俘。迪克就义后，1945 年 8 月，儿子勃坦宁出生，却带来麻烦，被外界认为是迪克太太与别人的私生子。迪克太太经受无数流言蜚语，丈夫是反法西斯英雄，波兰有关方面不让孩子随父姓，"不能玷污英雄名誉"。可又无人证明迪克曾回家一次与妻子同过房，原因是：迪克那次是偷偷从部队跑回家的，没有请假，无人可知。

迪克太太带着 3 个年幼孩子躲到乡下老家，历尽辛苦，大女儿 12 岁时就发誓：要当一个能证明弟弟是爸爸孩子的医生！后来果然是她在医学院学习时，通过家族血液检验比对，以确凿医学证据，证明弟弟是爸爸亲生子，波兰有关部门认可为瓦伦斯基·迪克遗腹子，结果孩子 7 岁时才得正式全名"瓦伦斯基·勃坦宁"。迪克太太为证明自己清白，终身未嫁，去世后被迪克家族隆重葬于迪克墓旁。

艾伯托·莱斯海军上将，当战后与辛西娅隐情被披露后，莱斯已经去世。意大利国防部忠实地袒护他，愤怒否认这些"流言蜚语"，意大利国防部长公开对外界宣称"莱斯将军是一个完美的最忠诚和最值得尊敬的"男子汉。

有人评价莱斯是一个沉溺于女色的愚蠢男人，也有人说他客观上是在使自己的国家摆脱纳粹的阴影。事实上,莱斯被美国宣布为“不受欢迎的人”回到意大利后,确实一直渴望他的祖国从德国人的桎梏中解脱出来,并不遗余力地为此做过努力。但是,他此前毕竟无可辩驳地落入辛西娅的圈套,不管他个人想法如何,以出卖情报方式达到“解救国家”目的,无论如何是一种极端做法,正像对他持有异议的人所言:以国家蒙受巨大损失为代价来换取这个国家脱离某种局面,毫无疑问,是大逆不道和事与愿违的。

安妮·霍尔德,辛西娅“圣女学校”铁姐妹。这位“冰洁圣女”在老同学最无助时仗义出面,帮助辛西娅偷做了一生中唯一的一次人工流产,也演绎了一个与辛西娅密切相关的生育故事。

原来,当年辛西娅找安妮帮忙流产时,安妮已是两个女儿的妈妈。后来她身体一直不太好,也不想再生孩子了,尽管在医院当副院长的丈夫霍尔德很想要个儿子。那时安妮夫妇只有一套两居室住房,为照顾两个十来岁女儿,安妮常与她俩在一个房间睡,另一个房间为丈夫的卧室兼书房工作室。她冒名顶替为辛西娅做“流产登记”后,又“责令”丈夫让下属女医生为她和辛西娅“调包”,使真孕妇辛西娅成功进入手术室。流产手术当天,辛西娅不宜在医院久留,安妮二话不说,强行把辛西娅接到家里做“小月子”。当天晚上,安妮把自己床铺腾给姐妹,让辛西娅与两个小女儿住在大房间,她搬到丈夫房间睡。就在这天晚上,久未同房的霍尔德夫妇一夜激情,咣当,一个他们梦想的大胖小子从此诞生!

后来当安妮到丈夫医院做孕检时,被蒙在鼓里协助“调包”的女医生暗暗一算日期,对安妮说:“你可真行啊!前脚刚做掉一个,后脚又怀上一个,我的博士论文真该写这样科学难以解释而又事实‘存在’的课题。”陪同安妮孕检的丈夫霍尔德,对这位一直希望得到自己关照通过博士论文的下属女医生,自豪地说:“如果你改写这样题目的论文,我会让它比你现在的论文通过得更快!因为,本人我,当之无愧,是那新论文的‘论点和论据’!”安妮美滋滋地白了一眼得意的丈夫,“德行样儿,你是‘论点’,我是‘论据’,别都抢走了!”霍尔德正了正领带,一本正经地说:“当然,这篇绝世论文的背后,有一个把‘论据’成全给‘论点’的人,这就是上帝让我终生不忘的博导——‘圣女’贝蒂！”

副院长的话让女医生彻底“丈二和尚——摸不着头脑”，但她知道，全心全意照顾好他待产的太太才正是巴结之机。1943年3月安妮顺利产下儿子，成为她和她全家与辛西娅一个美好的不解之缘。

“神偷佐治亚”，原名比尔·瑞纳特，参加使馆盗窃后，当夜被遣送到加利福尼亚前妻住处。前妻以为他越狱偷跑回来，表示愿带女儿跟他亡命天涯。瑞纳特说：“我遇到恩人和贵人，为了他们，第一我要马上跟你复婚；第二从此金盆洗手，干正当职业跟你好好过日子。”瑞纳特被情报部门监视居住3年，妻子多次打听“恩人和贵人”情况，他只字未露。

战后，在斯蒂芬森帮助下，瑞纳特携妻子女儿和后添的儿子回到加拿大安大略省定居，由斯蒂芬森证明，作为战争有功者，免予其此前所有刑事责任，安排到汽车机械企业工作，后担任副厂长。又经斯蒂芬森搭桥，瑞纳特终于与辛西娅和布鲁斯恢复联系，三人大盗团伙延续友情。

比尔·瑞纳特征得斯蒂芬森同意后，郑重告诉妻子：“这辈子我和全家的恩人是斯蒂芬森，贵人是贝蒂。”

克里斯蒂娜·雷恩，1910年10月出生，美国人，比辛西娅大一个月，闺中密友。辛西娅曾说“克里斯蒂娜和我，是彼此倾听生命的人”。她是辛西娅一生中不可或缺的人，她最了解生活中的贝蒂，发现她与《西班牙女郎》的巧合，为后人留下传世佳话；她前后牵线搭桥，使辛西娅与阿萨奇诺一直生活在有形与无形的幸福中；她豁达爽朗，也是闺密丈夫帕克为数不多的好朋友之一；她明智而严谨，对闺密间谍的事从不多问半句，而若需她协助，她永远只做不说……

克里斯蒂娜父母从事国际旅游业务，哥哥和她继承家业；她与前夫有一女，后嫁丈夫为银行家，育有二子。克里斯蒂娜于上世纪80年代末去世，子孙满堂为其送葬。

一日夫妻百日恩

辛西娅生活中最重要的人——

阿瑟·帕克，1930年4月与贝蒂·索普结婚，1939年7月与辛西娅离婚，之后侨居阿根廷首都布宜诺斯艾利斯，由于身体一直不佳，又患了不治之症，久医不愈，卧床不起，不堪忍受病痛折磨，于1945年11月在自己的寓所自杀，时年55岁。

帕克去世后一个月，战后第一个圣诞节前，辛西娅得到前夫的死讯，百感交集。圣诞刚过，辛西娅接到一个来自南美的长途电话，告诉她：已替她向前夫的墓地献了花篮。

来电话者不是别人，正是智利大亨古德曼的妻子穆塔丽莎。

圣诞节时，穆塔丽莎像往年一样与辛西娅互致新年问候。电话里穆塔丽莎感觉朋友的声音有点不太对劲，再三追问，辛西娅不能不提到刚刚得到帕克去世的消息，但并没委托什么，电话另一边的穆塔丽莎也没主动承诺什么。

朋友与朋友，倘若真心相待，一切尽在不言中。

穆塔丽莎放下电话后，立刻吩咐老公尽快让阿根廷分公司的人到英国大使馆了解阿瑟·帕克先生的墓地所在。很快，古德曼这位大老板的指示被下面落实，分别以辛西娅和古德曼夫妇的名义向阿瑟·帕克先生的临时墓地敬献了花篮。1950年，帕克故去5年后，他的骨灰由他和辛西娅20岁的儿子维克多·帕克从阿根廷迁回英国下葬。

帕克·维克多，生于1930年10月25日。他出生29天后，母亲贝蒂20周岁生日刚过一天，在父亲帕克的执意坚持下，就被表姑和奶妈抱走寄养，

7岁前一直与养父养母在伦敦郊外生活，后迁居距伦敦约100公里的考文垂市。

1940年11月14日，希特勒德军轰炸有25万人口的考文垂，布莱切利密码中心通过破译“恩尼格玛”事先获知德国人空袭计划，但丘吉尔为了保住破译“恩尼格玛”而来之不易的“厄尔特拉”超级机密渠道，忍痛决定放弃防御，以“牺牲一个城市”为代价，对敌人行动装不知道，任其轰炸。结果，在这场浩劫中，维克多养父为保护10岁养子，用自己身体挡住弹片，被炸身亡；养母带着养子钻地洞、躲炸弹、防空袭，在战火中颠沛流离，艰难求生。

帕克1939年与辛西娅离婚，两年后，遇到一位阿根廷女护士凯塞琳，她是离异女人，带个女孩，帕克资助孩子上学。在他自杀前两三年重病期间，一直是这位女护士照顾他，但两人没正式结婚。帕克直到结束生命前才以特殊方式让单位知道“外界已越来越司空见惯的”婚前孩子的事。

帕克留下简短遗书：“一、自愿资助凯塞琳护士的女儿念至大学一切学杂费，请英国外交部从我职业基金中代办；二、个人全部财产，包括名下不动产，在此指定：我与前妻贝蒂·索普在合法婚姻内的亲生子帕克·维克多做为唯一继承人，授权私人律师全权办理，允许贝蒂·索普以亲生母亲身份在帕克·维克多未成年前，做监管人之一。”

严谨的帕克将遗书写好后密封，交给凯塞琳护士保管。他自杀后，老实忠厚的凯塞琳女士将男友帕克所有遗物和遗书信封交给英国驻阿根廷使馆。经帕克亲属和私人律师同意，使馆公开了遗书，协助处理后事。因当时一时联系不上辛西娅以及战争刚结束等诸多不便，英外交部与帕克亲属商议，暂在布宜诺斯艾利斯火化遗体，临时存放骨灰，待其子成年后再议葬事。

尽管他们婚前恋情短暂，却是相爱至深，虽然婚后异床多于同枕，冷战不比相安，但多年双双走南闯北，也算夫唱妇随，最终也是好合好散。辛西娅曾对克里斯蒂娜说：“离婚前常常觉得自己只是贝蒂，离婚后反倒觉得对帕克有尽老婆义务之感。”也许这是辛西娅为“风流贝蒂”对前夫的歉疚，也许是人们常说的“一日夫妻百日恩”。

世人评论，辛西娅是二战中最著名的女间谍，也是最幸福的女间谍，因为：她有过与小画匠托尼轻率但纯真的初恋，有无话不说的闺密克里斯蒂娜，有穆塔丽莎和古德曼这样特殊而真挚的友人，有心底永恒的至亲情人阿萨奇诺，有随时两肋插刀的“圣女”同学安妮，有识才用人的顶头上司斯蒂芬森，有“招之即来挥之即去”的最佳联络官“跟屁虫”菲利普斯，也有“神偷佐治亚”这样一个战壕的战友，还有她与布鲁斯的香艳故事、刺激情节、延续战后……

辛西娅更幸福的是：她有与前夫共同的儿子维克多，母子一起走进和平。

最幸福的女间谍

第二次世界大战胜利后，大不列颠王国政府决定，向二战期间功勋卓著人员授予国家最高荣誉——乔治勋章。

“乔治勋章”全称“乔治十字勋章”，由英王乔治六世于1940年设立，取代此前的“大英帝国功绩勋章”，以表彰“最伟大的英勇行为或在极端危险的情况下所表现的杰出勇气”。此奖可在身后追授，通常颁给非军人。勋章一面刻有圣乔治屠龙画面和“英勇可嘉”字样，另一面刻有获奖者姓名、颁发编号和日期，名字后加上“乔治十字勋章”缩写“G.C.”字母。丘吉尔“安插”到希特勒身边的“钉子”间谍埃德加·纳西，1942年获此殊荣。

英国内阁颁布政府令：特授予美国公民贝蒂·索普“乔治勋章”，以表彰其在战争期间为大不列颠王国和盟军胜利起到“改变战争进程”作用之卓越贡献。

菲利普斯激动地通知辛西娅，告诉她：由国王亲自颁发。

一向喜欢鹤立鸡群的辛西娅，在感怀总部同仁“不了情”之余，在念及斯蒂芬森“领路人”知遇友谊之际，在感谢菲利普斯第一时间通告此消息之后，却做出了令人意想不到的决定：没有前往伦敦亲自领取这枚意义重大的勋章。

因为，此时的辛西娅已然超脱于人生重大抉择：回归孩提时代，与常人一样享受和平阳光。

从此，二战名谍辛西娅从浮光掠影的谍海销声匿迹，洗心革面，深居简出。她像曾留给前夫自控信中忏悔的那样，完全放弃自己“轰轰烈烈”的人生信条，过一个帕克信守的平凡人“踏踏实实”生活。

大河奔腾滚滚，激流勇进；

谍海波浪滔滔，壮士隐退。

同样壮观，别样情怀。

如果说，世间男子有“不爱江山爱美人”的动人故事，那么这一回，作为女人的辛西娅，为世间留下了“不爱勋章爱搭档”的传世佳话。

战后第一春，1946 年 3 月，36 岁的辛西娅终于同已经离婚的布鲁斯一起，前往他的故乡法国南部的鲁西荣。这对经受谍战烽火洗礼的异国情侣，双双携手，步入婚姻殿堂，结成相濡以沫的恩爱夫妻。

布鲁斯的家乡鲁西荣，西邻比利牛斯山的卡尼古峰，北临科比埃丘陵区，南临与西班牙的分界山阿尔贝尔山，东临著名的地中海。这里有的年份，一天之内既可下海游泳又能上山滑雪，享有全欧最秀丽景色之一美誉。有山有水的地形风貌，山清水秀的天然环境，使这里成为法国人和外埠人度假旅游胜地。在阳光普照下，漫步在宁静的中世纪小城佩皮尼昂城墙外狭长的石路，无不透露着悠久的历史痕迹和亲切的人文气息。

布鲁斯用补发工资和政府奖励金，以及英国情报机构提供的特别基金，在家乡买下富有诗意的卡斯特尔努古堡。这个古堡地处比利牛斯山脚，是一座传奇式的、具有浪漫主义色彩的中世纪城堡。

鲁西荣被誉为是法国天然甜酒的故乡。辛西娅居住这里后，很快成了酒“专家”，每天喝一杯里韦萨特经典甜酒。她一改往昔个人随意习性，专职做好布鲁斯太太。他们共同走出各自的过去，远离尘世喧嚣，告别纷繁杂乱，情注二人世界，过上宁静、祥和、免受干扰的田园生活。

1946 年，辛西娅第一次与不满 16 岁的亲生儿子维克多重逢，嘱其与养母继续生活。

1947 年，辛西娅正式学习葡萄种植技术和制酒工艺。

1948 年，辛西娅将“乔治勋章”奖金赠送儿子养母。

1949 年，作为加拿大政府工商顾问，斯蒂芬森率团参观鲁西荣葡萄种植园和酒业基地，与辛西娅和布鲁斯阔别重逢。

1950 年，辛西娅主导前夫帕克骨灰从阿根廷迁回英国。

1951 年，有关辛西娅的间谍传奇从零星到广泛披露于世。

1954 年，辛西娅婉拒英国官方邀请参加诺曼底登陆 10 周年纪念活动，不愿正式抛头露面。

1955 年，辛西娅儿子维克多与菲利普斯女儿玛莉雅喜结良缘，谍报同事成为儿女亲家。

1957 年，辛西娅获鲁西荣地区“酿酒工艺”资质证明，参与当地酒坊配制的葡萄酒获法国酒业评比银奖。

1958 年，辛西娅与传记作者合作撰写自传。

1959 年，辛西娅以继母身份出席布鲁斯女儿戴琳婚礼。布鲁斯与第一任妻子生有一子，女儿是第二任妻子所生，离婚时戴琳 2 岁随母，1945 年第二任妻子病故前，托付布鲁斯父母抚养。辛西娅与布鲁斯 1946 年结婚时，认 8 岁戴琳为干女儿，对布鲁斯说：“这回我有女儿了，不用再生了！”

1960 年 11 月 22 日，辛西娅 50 岁生日。

这一天，在克里斯蒂娜的精心组织下，为闺密庆贺。生日会上午在葡萄园，下午在辛西娅和布鲁斯的家——卡斯特尔努古堡。辛西娅喜悦地请客人吃葡萄，尽情畅饮举世闻名的法国葡萄酒。她以当地人口吻招呼大家：“来来来，吃我家的葡萄、喝我家的酒！使劲吃、使劲喝，外面有的是！”

前来参加辛西娅 50 岁生日的客人有：

从华盛顿来的闺密克里斯蒂娜夫妇和儿子儿媳，

从伦敦来的亲家菲利普斯夫妇，

从纽约来的“圣女”同学安妮夫妇和他们与辛西娅有缘的 18 岁儿子，

从马德里来的阿萨奇诺女儿和丈夫及儿子，

从智利来的好友穆塔丽莎和在法国留学的女儿，

从加拿大来的“神偷佐治亚”比尔·瑞纳特夫妇，

从明尼苏达州来的贝蒂姐姐的女儿夫妇和儿子，

从巴黎来的布鲁斯女儿也是辛西娅干女儿戴琳夫妇。

还有从英国考文垂市来的一家人，这是克里斯蒂娜为闺密准备的最大生日礼物：国际刑警维克多·帕克与太太玛利雅和 5 岁儿子、3 岁女儿——

辛西娅的儿子、儿媳也是她的“跟屁虫”菲利普斯的女儿，以及孙子、孙女。

生日晚宴上，菲利普斯代表官方致辞，“神偷佐治亚”转赠斯蒂芬森贺礼——一对情侣表，阿萨奇诺女儿宣读父母贺卡，安妮的儿子代表下一代献花，穆塔丽莎呈送丈夫古德曼专程从智利空运来的鲜果篮，辛西娅的孙子孙女为祖母演唱《雪绒花》，这是安妮的主意，代表“圣女”同学向“冰姑娘”致贺。辛西娅为大家弹奏了少年时获奖钢琴曲目贝多芬的《献给爱丽丝》，布鲁斯身着燕尾服陪站钢琴旁。

晚宴尾声，克里斯蒂娜请大家坐好，打开留声机，放上唱片，古堡一片安静，响起动人歌声——

美丽的西班牙女郎，
人们都热爱着她，
她多么活泼漂亮，
到处是一片赞扬……

1963 年 10 月，辛西娅不幸罹患口腔癌，几个月后，在诺曼底登陆 20 周年前夕，这位叱咤风云的一代谍后溘然长逝，终年 54 岁。

丘吉尔特发唁电：“谨以战时名义痛悼。”

辛西娅墓碑题刻——反法西斯战争斗士。

布鲁斯为失去爱妻心痛欲绝，但还是坚持着独自生活了 10 年，于 1974 年终老在一张烧煳的床上。

人们不知道他那床火的起源，但仿佛感到来自外星月球，因为那里有一个“月亮女神”，她像火，又像助燃的风……

改变战争进程的女人

辛西娅在自传中曾这样说道:“战争期间,有的间谍幸运活下来,过上正常人生活,有的离奇死亡或消失。那些我们根本就不知道,根本就没有资料证明他们曾经存在过的间谍,对他们隐姓埋名的生活,对他们的生死又知道多少呢?也许有一天,他们的档案资料会像上帝给我幸运一样重见天日,可在还暗无天日的埋没时,我们必须怀念他们,惦记他们,比起他们,我现在一点儿都不重要。”

战后至今,关于美女辛西娅有无尽的传说,关于女谍辛西娅有无数的评说。人们在赞叹辛西娅的美丽和欣赏她间谍业绩的同时,不免有人产生这样那样的感想和议论。

有人说,她花容月貌,取悦异性不在话下——这是父母给予的天分和福气,属于“天生我材必有用”的幸运儿;

有人说,她色欲横流,勾引男人易如反掌——是男人好色本性为一个原本风流的女谍提供了“英雄用武之地”;

有人说,她工于心计、甘于献身,迷惑诱骗对手驾轻就熟、掌控自如——大概是没出息的男人恰好被她运气碰上,换别的女人赶上这一拨,没准儿也行;

还有人说,她水性杨花、招蜂引蝶,男欢女爱各得其所,一举两得——顺手牵羊,捎带脚干活儿,实为快乐工作法,属享受事业型,“搂草打兔子”嘛!何乐而不为?

如此种种感觉和想法,不足为怪。从客观角度和平常心来说,不管这些说法出自何种群体,还是好说不好听,姑且算作于情于理,尤其是西方民主社会“言论自由”,任何观点都可表达,所以无须计较或辩论,还是摆事实讲道理,用事实说话。

事实是怎样呢?

事实上,辛西娅投身谍报行业后,她原有的为所欲为个性和随心所欲习性,已悄然发生质的变化。这种变化的特征是她在自觉或不觉中把个性生活取向主动置于间谍目的需求之下,表现方式就是不屈不挠的敬业意识和无私无畏的奉献精神。

国际谍史公认:辛西娅是改变战争进程的女人!

辛西娅本人缺席仪式的“乔治勋章”证书题词:谨以国王陛下尊贵的名义致战争贡献至高者。

英国王储菲利普·查尔斯了解辛西娅事迹后说:“历史教科书可以写:战时鼓舞斗志的是王室,率领军民抵抗的是丘吉尔内阁,打败德国人的象征是蒙哥马利,拯救英国的是美丽女谍。”

英国首相温斯顿·丘吉尔评价辛西娅:一代名谍,一世英名。

英国皇家海军坎宁汉上将在旗舰甲板上对着天空一轮皎月感慨而言:应该在地中海东部海域高高树立一座永不熄灭的航标灯塔,让上帝命名为“辛西娅号”。

英国战时情报与安全协调局局长威廉·斯蒂芬森在得知辛西娅不前来领取“乔治勋章”后表示:她总是一个令人意想不到的女人,但能让人想到的是,作为“乔治勋章”得主的“月亮女神”,与她祖国的“自由女神”像一样,将永远以战争贡献最至高无上的象征,彪炳谍报,载入史册。

英国秘密情报局向政府推举辛西娅获“乔治勋章”报告中有这样一段话:她的谍报业绩令人铭记的也许只是:让希特勒德国“恩尼格玛”在战争中无计可施、让英国海军击败意大利舰队而掌握地中海控制权、让维希法国大使馆形同虚设而使盟军在北非所向披靡。仅此几项,对于“乔治勋章”候选标准而言,应该有过之而无不及。

英国情报与安全协调局档案对所属谍员辛西娅有这样一段文字:她的成就对英国乃至她的故乡美国的价值,都是无法估量的,仅就勇敢而言,在第二次世界大战情报史上，是无与伦比的。

据美国中央情报局（前战略情报局）解密文件显示，在总结该局战时谍报工作的一份秘密报告中认为：美国公民辛西娅没能给自己国家干什么大事，而给英国人干了那么多天大的事，只能说明我们自己没干出把她拉过来这件大事，因此才显得我们自己曾有过多么天大的愚蠢。

西方谍报专家公认：二战期间女间谍中首屈一指的当属辛西娅，在世界谍报史上，辛西娅可以使许多风流艳谍自惭形秽。

战后西方各国媒体对女间谍辛西娅的一致评论是：不论她的外貌还是内涵，只要她一出现，便会迸发出一股爆炸性魅力！

布鲁斯在谈及辛西娅时郑重地说：我，一个法国外交人员，能在一个美国女人的带动和指挥下，为光复我亲爱的祖国法兰西，做一点儿比她做的少得可怜的那种神秘又神奇的事，与我在这片故土上娶她为妻一样，感到荣幸备至。

辛西娅间谍生涯的联络人、后来的亲家公、英国资深特工教头约翰·菲利普斯以与她联系最久、接触最多、经手其所有谍报成果传递工作的独一无二资格，评价道："辛西娅具有充当间谍的双重优势，一方面她不惧一切危险，充满胜利信念，就像为征服世界而来世一样；另一方面她的美艳气质令人沉醉，连生气的样子都尽善尽美。可以说，她既可在波涛汹涌的谍海里闲庭信步，也可与任何男人信步闲庭。"

一位知名历史学家这样写道：英国是二战的首批参战国，也是最终的胜利者，他们确实拯救了许多国家地区，而自己的大不列颠却被一个美国女人一次又一次挽救，这就是辛西娅。

一位"辛西娅研究会"负责人历尽千辛万苦成为唯一拜访过克里斯蒂娜、斯蒂芬森、菲利普斯的超级粉丝，他分别对三人访谈，得出辛西娅最突出个性的一句话，后来辛西娅的传记作者也证实辛西娅本人说过这样的话："我最喜欢做不可能的事情。"

一位获诺贝尔文学奖提名的欧洲著名作家评论说：显然，英国情报机构至少有一个文学涵养极佳、极具艺术细胞的人，这个人为贝蒂·索普起的间谍名字"辛西娅"不仅富有创意和诗意，而且贴切至极，具有超前的预见性。不是吗？——说“贴切至极”的理由是，若用诺贝尔文学奖的文字语言标准来形容女子的美丽，不外乎“明月般的”“皎月似的”“有如皓月当空”“宛若月牙弯弯”“仿佛夜空中众星捧月”之类表达，而“辛西娅”，恰是“月亮女神”；说“具有超前预见性”是因为，用谍报行业标准来衡量，一个间谍最基本的功能起码是“寻找对象”“守候目标”“捕捉时机”“设计圈套”“获取猎物”一类技巧，而“辛西娅”，又正是“狩猎女神”。所以，我的结论是：不能不钦佩和感谢这位大有学问和极富思想的起名者，使美丽神话传说中独一无二的名字“辛西娅”，实至名归。

一位坐落在法国埃菲尔铁塔脚下的书店老板举着有关辛西娅的书，对记者兴奋地说：“这是间谍书中卖得最快的，要是世上再有几个这样的间谍，我的书店更火了！如果能找到书中的女人，我一定请她为书签个名，放在书店最显眼的地方，永远不卖，专门吸引埃菲尔铁塔游客。”

一位以辛西娅间谍事迹为素材拍摄影片的好莱坞导演亲自为首映式撰写一句广告词：如果您想看一部真实谍战与科幻情节最接近的电影，那就为间谍辛西娅的片子购票吧！

一位看过辛西娅故事影片的二战老兵对妻子动情地说：我一直以为是上帝让德国人手下留情，现在才知道，是一个叫辛西娅的女人把我和战友们的命从非洲沙漠捡回来的。

一位后来获得保释出狱的前德国纳粹情报部门高级战犯反省说：真没想到，同盟国一次又一次击毁轴心国战车的秘密武器原来是一个弱而又强的美丽女人——辛西娅。

一位参加过北非作战的盟军著名将领说：可惜我动笔远不如动枪动炮，要不然一定为辛西娅写一本厚厚的书留给子孙后代，在扉页上写下：一个名副其实的超级间谍，一个名正言顺的美女间谍，一个名垂青史的功勋间谍；书名就叫《她，一个人顶我一个军团》，不，也许顶整个盟军。

一位专门收集媒体对辛西娅谍绩报道和评论的统计学专家说，西方主要报纸 100 份中均出现过并非相互转载而内容基本一致的文字：战争让女人走开，但辛西娅绝对例外。

后记

1995年,本人在莫斯科红场,亲历纪念世界反法西斯战争50周年大阅兵,白发苍苍的老兵方队,胸前一排排战斗勋章,周围投来的崇敬目光……宏伟壮阔,历历在目。

2015年,第二次世界大战暨中国人民抗日战争胜利70年了,遥想当年大阅兵,那一个个老军官、老战士、老男兵、老女兵,让我始终冥思:其中会有那些在谍海中舍生忘死的特殊男女吗?

于是,我久有凌云志:要把难以现身公众的隐形者写出来,哪怕只是一个代表,让世人检阅!

好在本人对秘密战影响战争的意义有深刻理解,对间谍在战争中的作用有足够认识,对一个改变战争进程的女谍有充分研究,所以谨以此书——

献给世界反法西斯战争暨中国人民抗日战争胜利70周年

讴歌秘密战线男女间谍无名英雄和情报行业幕后英雄

下一个10年后,当二战80周年时,还有多少或几位当年老兵,祝愿他(她)们健在,未来百岁老人。

我相信,再过100年,后人仍会记得过去岁月,因为不忘历史才是人类文明,才叫珍惜世界文化遗产。

2015年元月于家中书房